文
景
———————
Horizon

Helen Macdonald

在 黄 昏 起 飞

Vesper Flights

〔英〕海伦·麦克唐纳 著　周玮 译

上海人民出版社

目　录

引　子

　　在十六世纪的欧洲，从宫廷到民间开始流行一种奇特的爱好，人们将一类特别的藏品放进华丽的木制橱柜，称之为"珍奇柜"。不过德文原词 Wunderkammer 的直译更能体现收藏目的——"惊奇柜"（cabinet of wonders），柜中物品意在供人把玩，感受不同的质地、分量和奇特之处。和现代博物馆或美术馆不同，没有哪件藏品被锁在玻璃柜里。此外物品陈列并未遵循今日博物馆学的分类标准，这一点尤为重要。在珍奇柜的木搁架上，天然和人造物品相伴左右：珊瑚、化石、民族手工艺品、斗篷、微型油画、乐器、镜子、鸟类和鱼类标本、昆虫、矿石、羽毛。它们本质迥异，形态或相似或不同，各具其美，奥秘莫测，如此相互映衬，令人称奇。我希望我这本书也多少像个珍奇柜，满含不可思议的事物，让人为之惊叹。

　　有人说，每个作家都有一个主题，贯穿他们所有作品，比如爱情或死亡，背叛或归属，家园、希望或流放。我相信自己书写的主题是爱，尤其是爱这个非人类生命组成的光辉的周遭世界。成为作家以前我曾是一名科学史学者，这是一个令人大开眼界的职业。科学素来被视为纯粹的客观真理，然而它对这个世界提出的问题必定会受到历史、文化和社会悄然无形的影响。在科学史研究中，我发现人们总会不自觉地将自然界当作镜像，投映自身的世界观、需求、想法和希望。本书也有不少篇章试图拷问人对自然的这类设定和臆断。我更希望这本书传达了当下我最为重视的主题，即寻求某些途径来辨识差异，欣赏差异。尝试用不属于你的眼睛去观看，了解到你看世界的方式并非唯一，思考爱上"非你族类"意味着什么，为事物的复杂性心生欢喜。

科学鼓励我们反观自己的生命尺度，参照系是广袤浩瀚的宇宙，或是人体内多到令人迷惑的微生物。它为我们揭示了一个始终有别于人类的美丽星球。科学让我了解到数千万只候鸟跨域欧洲和非洲的飞行，用羽毛、星光和骨骼的线条画出的地图路线，比我所能想象的还要惊人非凡，因为这些生物通过将地球磁场可视化来导航，它们能够察觉眼中受体细胞的量子纠缠变化。科学研究的意义正是我希望有更多文学作品也具备的，用文学揭示我们身处的这个精妙繁复的世界并非只与人类相关。这世界并非只属于我们，它也从未如此。

就环境而言，这是个可怕的时代。我们比以往任何时期都更需要反省人类的自然观及对自然界的影响。地球的第六次物种大灭绝正在发生，这一次由我们亲手造成。周遭景观正一年年变得更加空虚安静。我们确实需要严谨的科学来确定这些物种衰亡的速度和规模，推测灭绝的成因，以及能够采取哪些干预措施。但我们也同样需要文学，需要表达这些损失到底意味着什么。比如庭园林莺这种橙色小鸟，它正从英国森林中迅速消失，列举这个物种减少的统计数据是一回事，而让人们了解庭园林莺的本来面目，失去它意味着什么，这又是另一回事。一旦林莺消失，来到一片由阳光、树叶和鸣唱构成的树林，我们的体验就会损失少许复杂，少许神奇，总之**损失了一点东西**。而文学能让我们把握这个世界真实的质地，借助文学很有必要，因为只有传达事物的宝贵价值，才可能有更多人为此奋起挽救。

巢

我小时候想当一名博物学家，于是慢慢积攒起一批自然收藏品，陈列在卧室的窗台和书架上，作为我从书页间收集的所有零碎知识的实体展示。虫瘿，羽毛，种子，松果，从蛛网上摘下的荨麻蛱蝶或孔雀蛱蝶的单枚翅膀，展平后钉在纸板上晾干的死鸟断翅，小型生物的头骨，灰林鸮、仓鸮和红隼吐出的食丸，还有鸟儿的旧巢。其中一个是苍头燕雀的巢，在我掌心就能放下，巢中夹杂着马毛、苔藓、苍白的痂状地衣和脱落的鸽羽。另一个是欧歌鸫的，由稻草和软枝编织而成，内圈是泥巴糊成的杯状巢。在我心爱的藏品中，这些鸟巢似乎和其余的东西格格不入，并非因为它们令人想到时间的流逝、飞走的鸟儿和死亡中蕴含的生机，这类感受要到很久以后的人生才会习得。部分原因是我对此怀有难以描述的情感，最主要的还是我觉得根本不该占有。鸟蛋是鸟巢存在的全部意义，而我深知鸟蛋绝对不该收集。哪怕我看到掉落在草坪上的半个白色蛋壳，鸽子已将沾在上面的草棍啄得干干净净，仍然有一条道德律令让我住手。我永远也做不到把鸟蛋带回家。

在十九世纪和二十世纪初，博物学家收集鸟蛋是常规之举，上世纪四五十年代在乡村郊野长大的很多孩子也是如此。一名女性朋友惭愧地告诉我："过去我们每个鸟窝只拿一个蛋，大家都是这样的"。这些人比我年长二十岁，却掌握着我不了解的自然知识，这种错位纯属历史的偶然。好多人的童年在捡鸟巢中度过，他们日后看到一片荆豆棘丛仍惦记着朱顶雀，也会忍不住打量去年营造的树篱能否支撑苍头燕雀或欧亚鸲的窝。他们和我不同，倚赖的是无言的直觉，那和一个人如何用头脑、眼睛、心灵和双手共同把握风景有关。在我自己的乡村体验中，鸟巢是不打算让人发现的，是被小心维护的盲点，是熟悉的文本中被删改的字句。即使如此，年幼时我也觉得它们意义非凡。在孩子眼中，树林、田野和花园里遍布神奇之地，却又互不连通，有隧道、洞穴和避难所，藏在里面备感安全。儿时的我就明白鸟巢意味着什么。它们是秘密。

我追随乌鸫、山雀、歌鸫和鸸鸟的飞行在花园里穿梭。每年春天，是它们的巢改变了我对家的感受。令我焦虑的是，鸟儿的存在缩减为心有所系的一个点——鸟巢。鸟巢易受破坏，我担心会有乌鸦和猫来捕食，花园成为凶险之处，不复安全。我从未刻意寻找，却总能发现那些鸟窝。我坐在厨房窗前吃着一碗"维多麦"麦片，常会瞥见一只林岩鹨飞入连翘丛，老鼠大小的鸟，身上有条纹和斑点，鸣声如低语。我明知应该移开眼光，却忍不住违规操作，屏住呼吸，追踪着树叶几乎无法察觉的颤动，那是消失了的鸟儿一跃而起，穿过枝丛回到窝里。接着我会看到翅膀晃动的虚影，鸟儿掠出树篱，飞去无踪。一旦确定了鸟巢位置，又看到成鸟都已离开，我必定要探个究竟。发现的鸟窝大都高过人头，我便伸手去够，微屈手指，直到指尖触及温暖的、溜光水滑的羽毛，也有可能是柔弱不堪的雏鸟身体。我知道自己变成了一个入侵者。就像身上的瘀伤，我总是忍不住触碰，哪怕我并不想鸟巢在那里出现，因为它们动摇了鸟儿在我心中的全部意义。我爱鸟，最主要的原因就是它们的自由。但凡觉察到危险和圈套，觉察到任何一种形式的强迫，它们尽可一飞了之。观鸟让我觉得自己也分享了这种自由，然而鸟巢和鸟蛋是一种束缚，让它们变得脆弱。

我童年的书架上摆满了鸟类书籍，那些旧书将巢描述为"鸟儿的家"。我常为此困惑，一个鸟巢怎么可能是家？那时候我把家看作固定、永恒、可靠的庇护所，鸟巢却不是，它们是季节性的秘密，用后即弃。然而鸟类有很多方面挑战了我对家本质的理解。有些鸟整年在海上生活，有些完全在空中度日，它们接触足底的泥土或岩石只是为了营巢，产下将其束缚于大地的鸟蛋。这些都是更深层次的神秘事物，是一个关于生命去往何处的故事，某种程度上像是我幼年被灌输的东西，但又完全不是一回事。有一天你会长大，结婚，买个房子，生养小孩。我不知道鸟类如何对应这些事，我也不知道自己该如何对应。那时候，这种人生叙事法已经让我踌躇不前。

现在我对家的看法不一样了：家可以随身携带，不只是一个固定地点。或许就是鸟儿将这想法传授给我，或是它们带我抵达此处。有些鸟的巢就是家，因为巢与筑巢的鸟似乎不可分割。秃鼻乌鸦就是秃鼻乌鸦巢——它们的羽毛和骨架几乎是二月树上重重枝桠的集合。夏天的白腹毛脚燕从山墙下的窝里探出头来，不仅是翅膀、鸟喙和眼睛，也是它们衔来的泥土筑成的建筑物。另一些鸟的巢却与这概念相差甚远，连巢这个字都漂浮不定，几乎失去了基础。这类鸟窝的一种形式：陈年的碎石子、骨头加上干硬的鸟粪，上方的飞檐提供了荫蔽。另一种则是一大团水草，随水面涨落起伏荡漾。还有一种：屋瓦下黑洞洞的空间，鸟儿有小鼠一般的足，拖曳着碳钢色刀片似的双翅，慢慢钻进去。游隼。鸸鹋。雨燕。

我对鸟巢的兴趣与日俱增。最近我在琢磨这个问题：巢里有蛋时是一种实体，有了雏鸟又好像变成另一种。假如要思考关于个体的问题、异同与系列的概念，鸟巢和鸟蛋无疑是合适的对象。鸟巢的形态属于特定鸟种的表现型，但不同的本土条件会催化出妙趣的个体特点。看到鸟儿用属于人类的材料筑巢，我们总觉得格外有趣。家朱雀用烟头铺巢，布氏拟鹂用绳子做窝，鸶用从晾衣绳上偷来的内裤装饰它们的树顶平台。我有个朋友发现一个王鸢的巢材几乎全是电线。创造鸟类的过程纳入了人类的废弃物，这种看法让人满意之余不免心忧。它们如何利用我们在这个世界上创造的东西？我们的世界和鸟类的相互交叠，以奇怪的方式共享栖身之所。我们一向乐见鸟儿在不寻常的地方做窝：一只欧亚鸲在旧茶壶里育雏，一只雌乌鸫在交通灯柱红灯顶上搭的窝里稳坐不动。这样的鸟巢寄托着希望，鸟儿为了自己的目的而使用我们的东西，技术和设备因此变得多余、缓慢、凝滞，所具有的意义不再为我们独占。

而这恰恰是鸟巢的本质，编织其意义的材料总是部分属于鸟类，部分属于人类。鸟巢的巢杯或巢壁竖立起来，同时也提出了和人类生活有关的问题。鸟儿像我们一样计划或思考吗？它们真的知道怎么打结，用衔满泥巴的鸟喙连续拍打吗？还是这些行为纯属本能？它们筑巢的结构是开始于某种抽象形式，鸟儿预先设计的某种形象？还是一步步思考：嗯，接下来要这样？这些问题拉扯着我们。我们按照计划制作东西，但是下一步该做什么，每个人也都大致有种感觉。在壁炉架上摆放物品，或是在房间里放置家具的时候，我们都有这种感觉。艺术家也是如此，做拼贴画，雕塑，或是把颜料涂在平面上，意识到某个位置的一抹黑色恰好与风景中其余的笔触构成平衡或张力。我们这种能力又是什么呢？我们为技巧和本能之间的差异所吸引，正如艺术和工艺之间的差别需要调控。在一个海鸽蛋壳上涂抹了颜料，旋转时色彩四下滴溅，形成丰富灵动的图案，一如抽象表现主义画作，令人愉悦，这种愉悦感反映出人类的何种特质呢？正是出于一种收藏的需求，亿万富翁才会囤积德·库宁和波洛克的画作，而有些商人会把装黄油的塑料盒藏在床和地板底下，里面装满了斑点精致的红背伯劳鸟蛋。

在周遭的生物中，我们看到了自己关于家和家庭的理念。我们处理信息、思考问题、给出判断，在树枝、泥巴、蛋壳和羽毛的镜厅中投射自己假设的命题，又自证其为真理。在科学领域，我们通常也这样建构问题。我想到尼可·廷伯根[1]在动物行为学领域的杰出成就，也记得他耐心地观察营巢地的海鸥群落，注意到仪式化的动作能够缓解攻击性，而与此相关的，是他自己对过度拥挤的城市和人们的暴力行为的关联产生的焦虑。我想到朱利安·赫胥黎[2]当时正年轻，满怀情爱困惑，

1　尼可拉斯·廷伯根（Nikolass Tinbergen，1907—1988），荷兰裔英国动物学家及鸟类学家，代表作《动物的社会行为》（*Social Behavior in Animals*）。他与卡尔·冯·弗利、康拉德·洛伦兹在动物个体和群体行为的构成和刺激研究方面做出重大贡献，三人共同获得1973年的诺贝尔生理学/医学奖。——译者注，全书下同

2　朱利安·赫胥黎（Julian Huxley，1887—1975），英国生物学家、作家、人道主义者，曾担任伦敦动物学会书记，第一届联合国教育科学文化组织总干事，也是世界自然基金会的创始成员之一。

用一整个春天观察凤头䴙䴘求偶，推测它们相互的性选择和仪式化的行为。在亨利·艾略特·霍华德[1]研究鸟类行为的著作中，我看到两次世界大战之间的他为婚姻焦虑，苦苦思索领地、筑巢和配偶外交配的概念，迫切想要了解特定的雌鸟为何具有性吸引力，能将雄鸟从原伴侣身边夺走。文学作品中更是处处可见。T. H. 怀特[2]的小说《永恒之王》中，营巢的鸟群引入英国阶级制度，海雀和三趾鸥营巢的海崖成了"全世界最大的看台，卖鱼妇数不胜数"，这些海鸟喊叫着："俺的帽子正吗？""哎呀妈呀，还差得远呢！"而怀特笔下的一群群贵族粉脚雁高高掠过崖上的贫民窟，吟唱着斯堪的纳维亚大雁史诗飞向北方。

我有些朋友在较为边缘的乡村长大，和主流的自然鉴赏原则及执行法规鲜有交集。其中很多人带着灵缇犬去打猎，还有些人偷猎，收集鸟蛋。估计有些人依然如此，只是没传到我的耳中。他们大多经济和社会资本有限，只是通过本土田野知识来占有周围的土地，而并非字面意义的占有。在这种传统中，收集鸟蛋意味着什么？我想知道在哪些条件下，

1　亨利·艾略特·霍华德（Henry Eliot Howard，1873—1940），英国业余鸟类学家，是最早详细描述鸟类属地行为的人之一。

2　T. H. 怀特（T. H. White，1906—1964），英国作家，他创作的亚瑟王传奇小说《永恒之王》（*The Once and Future King*）是同题材的经典之作，日后有无数影视动画作品据此改编。

贫穷社区才能拥有自然资源，靠自然发财，也能享受自然。巴里·海因斯的小说《男孩与隼》，写到男孩比利拒绝踢球，拒绝在矿井干活，拒绝一切男子气概的既定模式。比利有多少机会接触温柔？他的机会不过是轻抚欧歌鸫巢中雏鸟的背部，喂养一只心爱的红隼。他能拥有哪些美丽的事物？一个地主可以拥有整整一片水洗丝般的天空，田间的树篱、家畜及农场的一切。一个工人又当如何？这就是问题所在。收集鸟蛋需要技能、野外的勇气和来之不易的自然知识，那些为静物之美吸引的人可能为此上瘾。这种做法令时间中止，鸟蛋收藏者自认为有权撤销新生命和新世代。与此同时，鸟蛋收藏也令精英们不悦，因为他们规定的开启自然的所有正确方式都受到了挑战。

在"二战"期间和之后的博物学文化中，收藏鸟蛋尤为人不齿。英国的鸟类在这一时期被赋予新的意义，它们是国家的组成部分，是国人为之战斗的对象。在这种背景下，英国土地上岌岌可危的鸟种，如反嘴鹬、金眶鸻和鱼鹰，它们的稀有地位也与危机中的国家形势紧密相连。因此，偷窃这几种鸟蛋的行径几近叛国，保护鸟蛋免遭收藏者掠夺也可类比于服兵役。这段时期的书籍和电影中屡屡出现受伤的军人，他们曾在战场上证明自己的英勇，如今又保护着努力育雏的稀有鸟类，以此彰显爱国心。比如1949年J.K.斯坦福[1]的作品《反嘴鹬》写到反嘴鹬的鸟窝面临威胁；同年出版的肯尼斯·奥尔索普[2]的《冒险点燃他们的星星》这部小说则写到濒临危险的金眶鸻。科学史学者索菲亚·戴维斯探讨了这类作品中的坏蛋如何变身为鸟蛋收集者，通常被描述为"害虫"和"对英国的威胁"，而那些心怀祖国命运的英雄又是如何保卫这些鸟巢的。鸟蛋保护者共同守卫稀有鸟类的巢，这确实是战争留给现实生活的遗产。在德国战俘营度过数年之后，鸟类学家乔治·沃特斯顿和同事坐在一起，守护苏格兰五十年来出现的第一个鱼鹰的巢，并用步枪的望远瞄准具来观测鸟巢。二十世纪五十年代，J.K. 斯坦福写到自己守护反嘴鹬的经历，他这样回忆："那弥漫的秘密气氛让人兴奋，黄昏后我们还坐了很久，准备好应付各种情况，哪怕是携带武器的鸟蛋学家从水上突袭。"收集鸟蛋的人如今多

---

1 J. K. 斯坦福（J. K. Stanford，1892—1971），英国作家。他毕业于牛津大学，参加了两次世界大战。"一战"后在缅甸担任公职，业余时间打猎和研究鸟类，出版有小说、游记、鸟类博物学等二十余部作品。这里提到的《反嘴鹬》（*The Awl Birds*）是他的一部小说，the awl bird 是反嘴鹬（avocet）的别名。

2 肯尼斯·奥尔索普（Kenneth Allsop，1920—1973），英国 BBC 电视节目主持人、作家和博物学家。这部小说原名为 *Adventure Lit Their Star*，是依据金眶鸻初次移居英国繁殖这件鸟类学大事而创作的，主角是一对在米德尔塞克斯郡的谢伯顿采石场营巢的金眶鸻，还有一个年轻的观鸟人，他因结核病从英国皇家空军退役，在休养期间发现营巢的金眶鸻后，志愿守卫它们的巢，不让鸟蛋收藏者得手。可参阅《观鸟的社会史》（斯蒂芬·莫斯著，北京大学出版社，2019）第十章"逃离：第二次世界大战，1939—1945"）。

被视作不可救药的上瘾者，还具有严重的道德缺陷，他们被刻画为对所有国民构成威胁的角色，这种定规已经深深植入战后的鸟类学文化。

鸟蛋与战争；占有、希望和家园。多年以后，我的博物收藏早已散失，童年的家也不复存在。到了二十世纪九十年代，我在威尔士一家隼类繁育中心工作。有一间屋子里摆放着成排价值不菲的孵化器，里面是隼蛋。透过玻璃看，蛋壳是核桃、茶渍和洋葱皮那种斑驳的棕褐色。新型孵化器那时尚未面世，它会给塑料袋充入热空气以模拟孵卵斑的压力。我们用的充气加温孵化器是把鸟蛋安放在金属网架上。每天我们都要给蛋称重，胚胎快孵化成功时，就用灯光照亮，把鸟蛋放在灯下，用软石墨铅笔勾出明亮的气室衬托出的阴影轮廓。日子一天天过去，蛋壳上一圈圈的重复线条就像浪潮或横纹木材。然而我离开孵化室的时候，心中总是莫名烦乱，微微的眩晕感让我不安。那种感觉难以形容的熟悉。一个阴雨的周日下午，我终于明白了个中缘由。我翻阅父母的相册时，发现了一张我出生后几天的照片，样子柔弱瘦削，一只手臂上戴着医用腕带，被雪亮的电灯光照着。因为过早来到了人世，我躺在一个恒温箱里，而我的双胞胎兄弟没有活下来。生命伊始的丧失，其后几星期在白光下孤零零地躺在有机玻璃箱里的毯子上，这些经历给我造成的某种深层困扰，此时在这间屋子里得到了呼应，这是一间摆满鸟蛋的屋子，它们被放置在加温孵化器中，处于湿润的空气，需用金属网架来挪动。此时我能够命名那种不安的感受了，它就叫作孤独。

在那一刻，我意识到了鸟蛋特殊的力量，它和人类的伤害相关。我明白了为什么儿时收藏的鸟巢让自己不适，因为这可以回溯到我生命初始的那个阶段，彼时世界别无他物，只有幸存者的孤独。到了后来，后来有一天，纯属意外，我发现如果把一个隼蛋拿到嘴边，然后发出轻轻的咯咯声，一只准备出壳的雏鸟就会咯咯回应。我就站在那里，站在那间温控室里，透过蛋壳，对一个小东西说话。它还不知道光和空气，但很快就会乘驭西海岸的微风和山顶舒卷的云气，以每小时 96 公里的速度轻盈地滑翔，再凭借锋利的双翅盘旋飞升，飞得如此之高，足以看到遥远的、闪闪发光的大西洋。我透过一个鸟蛋说话，哭了。

一点不像猪

我有些困惑。男友和我站在一面矮铁丝网篱前，欧洲栗的树叶洒下荫凉。秋天的林子静悄悄的，只有一阵微风轻轻拂过树顶，冬青丛中传出一只知更鸟滴水般的鸣声。

我不确定该期待些什么，因为我不清楚自己为何在此。男孩说，他要带我看看我在这林子里从未见过的东西，我很惊讶。而我们到了这个地方。他吹起口哨，叫唤着，又接着吹口哨。没什么动静。然后，有了，短暂而突然的一刻，五六十米开外，有什么东西在树丛间快速走动，是野猪。野猪。野猪。

从前我在电影院里看《侏罗纪公园》，第一只恐龙在屏幕上出现时，意想不到的事情发生了——我胸中涌起一阵巨大的、充满希望的悸动，满眼泪水。那真是奇迹般的时刻，我从小到大只见过复制品的东西突然变成活生生的。此刻我也同样震撼。时至今日，我见到的一直是野猪的图像：希腊古瓮上脊背如刀削的野兽，十六世纪的木刻，二十一世纪的获奖照片上猎人持步枪跪在它们身边，我的希腊神话书中厄律曼托斯野猪的钢笔画。有一些神话中的动物是想象出来的：

蛇怪、龙，独角兽。还有一些动物如狮子、老虎、猎豹、美洲豹、熊，曾经神话色彩浓厚，后来因为大量曝光，早期的内涵也被新的意义淹没，围绕它们写下现代的故事。然而对我而言，野猪依然存在于那些更为古老的故事，依然有象征意味，有丰富奇特的含义。此时此地就有一只，它被召唤进真实的世界。

这动物出乎意料，虽然乍看觉得熟悉。它有狒狒那样前倾而具威胁意味的肩，又有熊一般的蛮力和黑色的毛皮，实际上并不像熊。最让我惊讶的是，它根本不像猪。这只野兽向我们小跑过来，一个肌肉、刚毛和重量合成的奇迹。我转过身，惊奇地对男孩说："它一点也不像猪！"他大为满意地咧嘴笑了，说："没错，本来也不是。"

几个世纪以来，自由奔跑的野猪第一次在英国的森林里繁衍兴旺，它们的祖先原本是被饲养肉用的动物，后来有些逃脱了圈养，有些被特意放归。野猪善于适应环境，种群易恢复，所以在整个欧洲大陆和远离它们自然分布区（从英国到日本横跨欧亚大陆）的地方，数量都有所增长。在美国，欧亚野猪于十九世纪九十年代首次被引入新罕布什尔州，现在据报告至少有 45 个州出现了形似欧亚野猪的野生猪。它们在英国的据点是萨塞克斯郡、肯特郡和格洛斯特郡的迪恩森林，后者是古老的狩猎保护区，曾在《星球大战：原力觉醒》的拍摄中充

一点不像猪

当外星球场景地。2004年，有60只农场养殖的野猪被偷偷地非法抛弃在那里，十一年后根据夜间热成像仪的统计，种群数量已经增长到一千多只。

若干年前我住在那片森林附近，于是去寻找野猪的踪迹。这不仅仅是出于博物学上的好奇，还因为它们的存在让我觉得仿佛步入了远古时期的莽荒森林。我从来没有亲眼看到野猪，但确实发现了它们存在的迹象——林中小径和路边草地上被刨出的深辙和碎土，它们曾在那里拱土觅食。野猪是更改林地生态的景观工程师。它们打滚的土坑灌满雨水，成为蜻蜓幼体赖以生存的池塘，毛皮上钩住的种子和芒刺被散播到各处。它们在林子的地表拱土觅食，还造就了多样的林地植物群落。

野猪就在我穿行其中的这座森林生活，想到这一点，英国乡间似乎增添了一种崭新又特殊的可能性：危险。野猪有攻击性，尤其是那些保护幼崽的母猪，它们会向入侵者发起进攻。野猪回归迪恩森林以后，散步者被追赶，狗被扎伤，马在熟悉的小路上前所未有的神经紧张，这些事开始见诸报道。我散步时，发现自己对周遭环境的察觉和从前相比有了本质的变化，会仔细聆听最轻微的声响，还在小路上搜寻它们行动的踪迹。野猪让森林成为一个更加荒蛮，但在某种意义上也更为正常的地方，因为人与危险野生动物的冲突在很多地方都较常见，比如印度和非洲那些践踏庄稼的大象，还有佛罗里达州捕食宠物狗的短吻鳄。在英国，狼、熊、猞猁和野猪很久以前已被猎杀灭绝，我们已经忘记了森林原本是什么样子。

我在围栏边偶遇的这只野猪没有威胁性，是一只被圈养的野猪。当地一个猎场看守人养了几只，它们被铁丝网圈起来，并无危害。然而，它却让我深切地反思自身在这世界的位置。这是从我大学时代阅读的中世纪文学中直接冲出的半神话化的野兽，《高文爵士与绿骑士》和马洛礼所著的《亚瑟王之死》中被射杀的猎物，以可畏的凶猛和蛮力著称。在中世纪传奇文学中，野猪被视为对雄性气概的一种挑战，猎杀野猪是对耐力和勇气的考验。我们初次遇到某种动物，总期待它们符合传说中的形象，但是总会有落差。野猪依然令人吃惊。动物依然如此。

长久以来，我们对侵扰人类空间的野生动物怀有一种领地焦虑。十七世纪的英国园艺作家威廉·劳森建议读者备齐这些工具，以防野兽破坏财产："一只漂亮敏捷的灰狗，一把石弓，再为鹿准备一只带钩的苹果"。公众担忧格洛斯特郡野猪成患，因此英国林业委员会做出减少迪恩森林野猪数量的决定。虽然反猎人士试图阻止猎手宰杀，2014 年和 2015 年还是有 361 只野猪死于枪下。英国控制野猪数量的手段引发的争议，恰恰证明我们对动物及其社会用途的了解实在自相矛盾。

狼既是家畜的掠夺者，也是原始荒野的标志；斑林鸮[1]既是原始森林的重要居民，也是妨碍伐木和生计的麻烦。这些动物在我们自己争夺社会和经济资源的战斗中，做了我们的替身。

当动物变得极为稀有时，它们对人类的影响可忽略不计，产生新意义的可能性也减少了，正是在这种时候，它们开始代表人类的另一种观念，即我们和自然界关系中的道德过失。就在我出生后的这几十年，世界已经丧失了一半的野生动物。由于气候变化、栖息地减少、污染、杀虫剂和迫害，脊椎动物物种如今灭绝的速度比它们在没有人类的世界时快了一百倍。从树后面现身的这一只野猪几乎是希望的象征，我由此猜想，也许我们对自然界的破坏并非无法逆转，濒危或局部灭绝的动物也许有一天会重新出现。

这次邂逅让我感触良多，不只因为一个动物的平面形象变成血肉之躯，还因为意识到世界上存在着一种特别形式的心智：野猪的智力和野猪的感知。被一个并非人类的头脑审视时，你不得不反思自身的局限性。野猪抬头看我，而我对它的了解显然十分有限。只是在这一刻，我的脸对着真正的野猪口鼻，它的眼睛死死盯着我，我才会好奇一只野猪究竟是怎样

1　斑林鸮（spotted owl, *Strix occidentalis*），又名西点林鸮，在美国被列为濒危物种。1990年代初因为保留它们的栖息地而遏制伐木业，引发了激烈的争议。

的存在，它又如何看待我。这只野猪被纳入我中世纪知识的记忆，而我这位前拳击手朋友赞叹着它的体格，谈论着它弯刀般锋利的獠牙，短小的腿和后部如何控制前端雄伟的身躯，还有它显现的可怖力量。

就在他说话时，野猪趴在围栏上，用湿乎乎的鼻孔出声地闻着。我鲁莽地把手伸向它。它抬起头，面部扁平，红色的野猪眼睛思虑着什么，然后继续闻。我收回手。又过了一会儿，我再次把手放低。野猪直起身来，它允许我把手指轻轻按在它拱起的黑色脊背上，那就像是带着太多鬃毛的发刷，只不过底座不是木头，而是厚重的肌肉。毛发之下是绒毛。"他很快就要换冬装了"，男孩说，"六英寸的真毛。"我轻轻挠着野猪隆起的宽厚脊背，感觉到就在这几秒钟，它体内的攻击性开始微微颤动。我早已学会了不要怀疑这样的直觉。忽然，我们双方都决定已经够了。我的心跳停了一下，它发出呼噜的声音，佯装攻击。

它溜到一边，鼻子冲地跪下去，然后无比惬意地坐下，翻身侧卧，皮毛荡出涟漪。我被迷住了。尽管我对这只野猪兴趣浓厚，它却觉得我无聊，便起身走开。

督察来访

　　我有一颗捍卫领地的灵魂。没有哪件事能像房东来访让我如此不适，深感威胁。我几乎花了整晚清扫房间，简直怒不可遏。我甚至想过把这混蛋屋子烧个精光，起码这是一种合乎逻辑的方式，他将无法对实木餐桌上的咖啡杯印有任何怨言。

　　到了十一点，一切都平静多了。我在楼上自己的书桌旁批改文章。空气舒爽，窗户开敞，外面是清凉的灰色天地。一辆红色的福特停在房前，车里出来一对男女。房东告诉过我，这家预期的租户有一个八岁的儿子，他得了自闭症。我没见他的人影，而这一对是父母，举止带有一种几乎无法察觉的克制，那种克制来自对他人的照顾。男孩一定在车后座。没错。他钻出来的时候我先是揪紧了心，随后又舒展了，不是因为他穿一件红橙条纹的卫衣，而是因为他两只手各握着一个小海狮模型。

　　楼下，大人们在交谈，男孩在半暗的客厅里蹦来蹦去，极度无聊。我低头看他的手，两只海狮的鼻子相触或是与其他硬物接触的地方，都有涂料蹭掉的痕迹。我问他想不想看我的鹦鹉。他抬起眉毛，等待着。他的父母简洁而无声地回应了可以，我们俩上楼了。他大声地数出每一级台阶。我们在鸟笼前驻足，鸟和男孩盯着对方看。

他们喜爱对方。鸟喜欢男孩，因为他浑身洋溢着欢乐和毫不掩饰的惊奇。男孩只是单纯地爱着鸟。鸟毛茸茸的小脑袋挑逗地抽动摇晃，男孩也模仿回应。很快，鸟和男孩都在前后左右地摇摆，面向对方舞蹈，只是男孩换了手法握住塑料海狮，用掌心捂住两只耳朵，因为鸟儿过于兴奋，正声嘶力竭地尖叫。

"它**好吵**啊！"男孩说。

"那是因为它很开心，"我说，"它喜欢和你一起跳舞。"

过了一会儿，我告诉他我非常喜欢他的海狮。

他皱起眉头，似乎肩负着认定我为上帝选民的重任。

"很多人都以为它们是……"他语带不屑地停顿，"**海豹**。"

"可明明是海狮啊！"我说。

"对呀。"他说。

我俩为准确分类的重要性而骄傲。

他的父母进了房间。要容纳三个人，他们觉得这个房间太小了。我这一周的清洁苦刑到此为止。

男孩的母亲似乎有些焦虑。"过来，安铁克！我们要走了。"

就在那时，我所见过的最为美好的人与动物的交流突然发生了。安铁克向鹦鹉郑重地点点头，鹦鹉则深深地、礼貌地鞠躬，以示回应。

　　一分钟后，我听到前门打开，就在他们跨过门槛前，我听到咔嗒一声，怀疑可能是海狮鼻子相互敲击，接着安铁克宣布："等我们住到这里，我要跟鹦鹉睡一个屋。"他说。以如此肯定的语气说出的话，在客厅里，如此不忍卒听。

野外指南

　　在澳大利亚蓝山国家公园一处壮观的三叠瀑布附近，从瞭望高台上望去，远处群山反射的阳光洒向一片散发着萜烯芳香的桉树林，将它们染成仿佛漂白过的灰蓝色。在我脚下，大地向远处延伸沉落，目力所及皆是苍白色枝干的亭亭高树汇成的原始森林。山坡更高处是枝型细长的灌木，开出的花好像鲜艳的塑料卷发器，我想是佛塔树属。一只小鸟在枝叶间现身，我用望远镜瞄准它：白、黑和酒石黄，眼睛像小小的银币，下弯的鸟喙正在一根长着条状叶的枝子上蹭来蹭去。我不知道这是哪种灌木，也不确定是什么鸟。我猜是一种吸蜜鸟，但也不确定具体是哪一种。在这片土地上，我什么也不能确定。空气闻起来有淡淡的旧纸味，还有点像飞机燃料。我觉得自己迷失了方向，而家乡遥不可及。

　　我是在一个放满博物学野外指南的房子里长大的，无论是洛克特和米利奇的1951年版两卷本英国蜘蛛指南，书中有很多毛茸茸的眼睛素描，还是关于树木、真菌、兰花、鱼类和蜗牛的图册，一应俱全。这些书是我童年时代不容置疑的权威。我为昆虫学家给蛾类所起的名字惊叹不已："八十蛾"，"暗淡的摩卡"，"锯齿哈巴狗"[1]，尝试着把文字描述和夏日凉爽清晨我在门廊墙上发现的灰扑扑的活标本对应起来。搞清种类的过程总是像在做一个棘手的纵横字谜，尤其是还需要学习肩胛骨和叶状体这样的专门术语。我认识的动物和植物种类越多，我周遭的世界就变得越发复杂，却也越发熟悉。

很久以后我才明白，即使是最简单的田野指南，也和朝向自然的透明窗口相去甚远，需要学会对照混乱的现实来阅读。鸟和昆虫在野外总是稍纵即逝，或是距离遥远，或是光线较暗，又或者被树叶遮住一半。它们不像指南书上排布的绘图，为了方便比较，每一页都在白色背景上并列着相似物种，头部都朝向同一侧，有明亮的无影灯打光。想要有效利用田野指南，你必须学会对眼前的鲜活生物提出正确的问题，如估测它的大小和生境，将整体分解为相关细节（尾巴长度，腿的长度，鞘翅、鳞片或羽毛的独特图案），与相似物种的形象比较，阅读相关文字，眯起眼睛看显示该物种通常地理分布的小地图，然后再回看眼前的形象，细化你的辨认，直至得到

---

1 此处为三种蛾子的英文俗名直译，分别是 the figure of eighty，此种蛾前翅有形似 80 的斑纹，故而得名；the dingy mocha，此种蛾翅膀白底有棕色花纹；the dentated pug，pug 一词在英语中既有哈巴狗之意，也可特指尺蛾科（Geometridae）的球果尺蛾属（*Eupithecia*）。这三种蛾子对应的学名为 *Tethea ocularis*（太波纹蛾），*Cyclophora pendularia*，*Anticollix sparsata*，后两种尚无通用中译名。

满意的答案。这种鉴别动物的过程有一段迷人的历史,因为田野指南细细地追踪着我们和自然互动方式的变化。举例来说,鸟类指南直到二十世纪初期大多只有两种。一种是含有道德说教意味的、拟人化的生活故事,比如弗洛伦斯·梅里厄姆 1889 年出版的《观剧望远镜中的鸟类》,蓝鸲被描述为具有"模范气质",而灰嘲鸫却是"懒惰的自我放纵"。她这样描写后者:"假如它是一个男人,你几乎可以肯定他坐在家里只穿件汗衫,出门上街也不会西服革履。"还有一种指南是针对鸟类收藏家的技术手册,因为那个年代通常是射死野鸟后再来辨识,所以这类指南强调羽毛和软组织的精微细节。在查普曼 1912 年出版的《北美鸟类标记》中,半蹼鹬被描述为"内趾和中趾基部之间有蹼"。但是随着"一战"后观鸟休闲活动的兴起,猎杀鸟类的道德问题屡遭质疑,而廉价望远镜的普及让鸟儿进入视域,书中这类细节的用途也变得有限。人们需要一种新型的鸟类鉴别方式。

罗杰·托里·彼得森 1934 年出版的《鸟类田野指南》开创了现代田野指南的先河。可以说,这本书受到了欧内斯特·汤普森·西顿 1903 年出版的儿童文学《两个小野人》部分章节的启发,西顿是美国童子军的第一任总长。书里写到一个热爱自然的男孩,他发现通过书本学习鸟类让人绝望,因为需要把死鸟握在手中观察。于是他决定要为他在远处看到的鸭子画出"远观速写",再把它们排列成一幅"鸭子图表",展示"标志性的斑点和条纹,就像是士兵的制服"。彼得森的绘画就像西顿的图表,以简洁的图表形式列出鸟种,他还更进一步,在书页上添加了黑色小线段,标志出大多数肉眼可见的鲜明特征,如一只凤头卡拉鹰尾羽末端的黑色带,飞翔中的三趾鸥"滴墨"的羽翼。

在上世纪二十年代,年轻的彼得森是布朗克斯郡鸟类俱乐部的成员,这个团体由年轻的博物学家组成,他们富有才干,渴望打破陈规。在便携式指南尚未问世的年代,野外鉴别的辅助手段形式很不寻常:俱乐部组织者携带一个信封,里面装的彩色插图是从 E.H. 伊顿那本华丽却笨重的《纽约州鸟类》画册中剪下来的,他在一个垃圾筒里发现了这本画册。拉德洛·格里斯康是这个团体的导师,他认真严格,因独创野外快速鉴别鸟类(即使是飞行中的)的技能而著名,"对于鸟类,我们所了解的上千个碎片信息,如所在地、季节、生境、声音、动作、野外标志性特点和出现的可能性,都在我们大脑的镜面一闪而过,各归其位,这样我们就知道了鸟的名字。"彼得森后来这样解释格里斯康的方法。结合书本知识和长期的野外经历来辨识物种,这种瞬间的格式塔完形能力就是鸟类专家的标志,也是至今日渐壮大的竞技性观鸟文化的内核。因为这个鉴别过程融合了智力的深度愉悦,每一次你学会识别一种新的动物或植物，自然界就变得更为复杂，也更为精彩，在一片无名的灰绿色模糊背景中，各种精妙的生物跃然凸显。

今天，电子版野外指南愈发流行，图片识别应用让你无需掌握使用野外指南的技能就可以识别物种，如植物识别软件 Leafsnap 和鸟类识别软件 Merline Bird ID。它们还可以实现印刷品指南不具备的功能，比如播放动物的叫声和鸣唱。但我们靠这些软件难以学到从野外指南中下意识吸收的那部分内容，比如同一科各个物种的相似之处，或是它们在分类系统中的位置。在我成长期间，这些指南书籍本身的质感，重量和精美的装帧，也构成了它们的吸引力。我花几个小时细细端详蝴蝶和鸟类的彩图，分辨不同种类，把绘制的图画牢牢刻在脑中。我第一次在丘陵地牧场看到裸露的白垩土上一只晒太阳的银斑弄蝶，它像一枚土金色的飞镖，翅膀上有锯齿状的浅白色图案，立刻反应出了名字。邂逅一个我已经认识却从未见过的物种，这种愉悦的体验凭借野外指南才可能实现。

回到旅馆房间，我从行李箱的底层抽出两本澳大利亚野外指南，急于查找之前看到的物种。我翻开第一本书，找到吸蜜鸟这一页，有九种鸟并列于浅绿色背景，其中两种有白、黄、黑三色的鲜明图案，但是圆溜溜的银色眼睛是独特的。再对照地域分布图和对页上的简短描述，我确定了自己看到的是一只黄翅澳蜜鸟。我又翻开植物指南，这本手册只收入了几百种植物，而澳大利亚已发现的植物种类有三万种。我初步决定那只吸蜜鸟栖停的灌木很可能是一种蒂罗花，而路边看到的佛塔树属植物是微刺佛塔树，花形"突出、硬直、呈钩状"。这些物种在此地众所周知，但是对我而言可谓小小的成就。现在我已经认识了三种东西。而就在几个小时前，我俯瞰着日落时分的一片山谷，还一无所知。

泰克尔公园

　　我不该这么做，因为在高速公路开车眼睛应当一直盯在路上。我不该这么做，因为故意搅动心弦就像按压正在愈合的伤口，是一种奇怪又困扰的强迫症。但我还是这么做了，时下这么做倒也安全，因为这一带已经被改造成了齐整的公路，M3通向坎伯利的长长的下坡路配置了车速监控摄像头和时速50的标志。经过那里的时候，我可以把车开进外道，慢慢靠近我要寻找的那段围栏，围栏向西延伸，在天空下高高竖立，像古老的寒冰一样洁白。

　　每天可能有一百万辆机动车经过这个地方。在二十世纪七十年代中期，半夜仍然清醒的我可以听到一辆摩托车向西边或是东边疾速驶去，一阵长长的、呵欠般的嗡鸣声以多普勒效应滑入记忆，在睡梦中重复播放。但是，交通噪声就像积雪，随时间流逝而变得浊重。到十岁的时候，我站在欧洲第二大瀑布边，听着水声咆哮，心里只有一个想法：**这听起来像雨天的高速公路**。

　　我不该看，却总忍不住要看。我的眼光锁住那个地方，那围栏后如西洋镜动画掠过的松树让位给一方天空，下面是一棵北美红杉的黑色尖峰，一棵智利南洋杉颇具数学之美的弧形枝条，我为那个失去的时空满心忧惧，因为我**完全**了解那几棵树周围所有的土地，至少是三十年前它们的样子。然后那个地方过去了，我开车继续向前，长吁一口气，在之前一千英尺我一直憋住这口气，似乎不呼吸就能让一切静止——动作，时间，一生中起起落落的所有尘土和脚步。

一段早先的记忆浮现，可笑却又真实。我是在去小学的路上，通过辨认路边树立的那些军事警示牌来学会速读的。"不得进入"足够简单，但是"危险：有未爆弹"花了我几个月。我需要**一下子读完所有**的词，因为我母亲正开着车，警示牌又离得很近。每个工作日早上，车接近军事地界时，我都盯着车窗外，等着那些词再度出现，又有一次辨认的机会。那时我想要了解飞掠而过的某个重要的东西，现在我也有这种感觉。此时，我正在寻找公路围栏后的那个地方，我是在那里长大的。

来到泰克尔公园的第一个夏天，我五岁。无数个靛蓝色的午后，骨子菊在花坛里盛开凋落，屋后松树结的球果咔嚓绽裂。竖着的水管，橙色的笋瓜，干渴的草坪，一段对话中有人向我解释什么叫干旱。那是我第一次意识到年年岁岁各不相同，或者说确实有岁月这么回事。我父母在萨里郡的坎伯利买下这栋白色的小房子，它所在的五十英亩有围墙的地产属于神智学会[1]。他俩对神智学会毫无了解，就是喜欢那栋房子，也喜欢那片地产。从前那里有一个城堡，或者说是十九世纪初地方法官泰克尔修建的类城堡，有仿哥特式的城垛和用于射箭的门上狭缝，还有孔雀和马车。城堡烧毁后，神智学会于 1929 年以 2 600 英镑买下地产，着手打造一个他们生活和工作的地方。居民们被告知住在这里是一种特权，一种可以换取服务的特权。会员们自己盖房，购置露营地所需的帐篷，从军队那里购得二手尼森式活动房屋[2]。他们在围墙内的菜园种植粮食，还开设了一个素食家庭旅馆。二十世纪六十年代，租赁人获准购买房产的永久产权，之后像我们这样的外来户也开始迁居此地。

纳粹德国取缔了神智学社团，因此我们有很多邻居是"二战"难民，其他则是体面人家的不肖子女，多数是上年纪的女人，拒绝了社会为她们设定的角色——萨里郡石南荒原上娴

1　神智学（theosophy）主张对上帝的认识可以通过精神上的迷醉、直觉或特别的个人关系得以实现。海伦娜·布拉瓦茨基（Helena Blavatsky）和亨利·斯蒂尔·奥尔柯特（Henry Steel Olcott）于 1875 年在纽约创办神智学会。
2　尼森式活动房屋，加拿大人彼得·诺曼·尼森（P. N. Nissen）设计的一种金属结构的半圆顶活动房屋，可用作营房。

静的"罗莉·威洛伊"[1]。有个女人常戴着霍华德·卡特[2]赠予她的古埃及珠宝首饰，还有一位在抽屉里放着一个巨大的海雀蛋。间谍、科学家、钢琴演奏家、神智学会的成员、"圆桌会运动"、解放派天主教会、联合共济会。一个前住户从尼泊尔寄回他剃掉的胡须，好在庄园篝火中烧掉。多年后，另一个前住户得知我去了剑桥，问我校园哪里有马厩，因为他二十世纪三十年代也在剑桥读书，为了给他的猎狗找到食宿曾大费周折。每个邻居的生活和往昔都如此独特古怪，我关于正常和不正常的概念从此深受打击，再也不曾复原。对此我心怀感激，尤其是那些女人，她们给我树立了此生何为的榜样。

　　然而最让我感恩的是在那里获得的另一类自由。放学回家后，我做好三明治，带上我的蔡司耶拿 8 x 30 倍 Jenoptem 望远镜，就向最心爱的地方进发。那里有爬满常春藤的石墙和园景树，为悼念惠灵顿公爵栽下的北美红杉，当然了，那时他

1　罗莉·威洛伊（Lolly Willowes）是英国小说家西尔维亚·汤森·沃纳（Sylvia Townsend Warner, 1893—1978）的同名小说中一位不愿屈从世俗压力的主人公。其父亲去世以后，二十八岁依然单身的她被迫离开她深爱的乡间故居，在伦敦度过二十年传统的"未婚姑母"生活后，决意回到乡间居住。独立自由的生活背后，是她身为女巫、把灵魂出卖给好心魔鬼的秘密。小说1926年出版后大获成功，近年来再版，评者大多论及其中的女权主义意识。本书作者海伦·麦克唐纳很喜爱这部小说，尤其推崇其中的乡间自然描写。

2　霍华德·卡特（Howard Carter, 1874—1939），英国考古学家，1922年他发现的古埃及图坦卡蒙王陵墓掀起了全球对古埃及文化的狂热。

们称之为惠灵顿杉[1]。有一栋用木馏油做过防腐处理的避暑木屋，窗户上缀满苍蝇。"阿瑟·柯南·道尔就喜欢坐在这儿"，人们告诉我。那是一棵香脂杨稀薄树荫下的一间最小的木屋，奶油色涂层的墙上挂着"科廷利仙女"[2]的原版照片。意大利风格的露台上有一个圆形浅水池，池中喷泉断断续续，有光滑的蝾螈和龙虱，晚上温带蝙蝠来此饮水，轻点水面。九英亩的草地另一边是日渐残破的马厩，数英亩的欧洲赤松，潮湿的小径被欧洲蕨、杜鹃，还有花苞像糖霜裱花的沼泽山月桂遮蔽。有几条路不知通往何处，因为高速公路是在二十世纪五十年代从神智学会手中强制购买的土地上修建的，它将庄园一切为二。我喜欢那些路，赤脚踩在发霉的柏油碎石路上，边上是无梗花栎树的笔直大道，道路尽头掩映在成簇的树叶中，还有一条新的愿望小径[3]，它弯向右边，绕过高速路的围栏。公园背面的一

---

1 惠灵顿杉（Wellingtonias）是巨杉（Giant Redwood, *Sequoiadendron giganteum*）的别名，和北美红杉（redwood, *Sequoia sempervirens*）是不同的树种。

2 信仰通灵术的阿瑟·柯南·道尔对所谓的"科廷利仙女"（the Cottingley Faires）照片极感兴趣，但照片实际上是一个骗局。1917 年，英国约克郡郊区科廷利村的表姐妹埃尔西·赖特和弗朗西丝·格里菲斯将书上剪下的仙女形象置于溪边草地，然后用赖特父亲的相机拍下一组少女遇见"仙女"的照片。赖特的母亲带着照片去参加神智学会的一次聚会，引起了更多成员的关注，学会领袖之一的爱德华·加德纳抓住这个机会宣扬神智学的观点，称仙女照片是超自然的证据。

3 愿望小径（desire path），建筑学、景观规划学术语，指人们为了在给定路线间求得捷径而在草地上自己踩出来的小径。

条死路有十英尺长的沙质路堤，我翻过去，就会看到那棵巨大的欧洲水青冈，灰色的树皮上刻着爱心、日期和姓名首字母，我想到别人竟然也发现了这棵树，总是心生敬畏，因为我从未在大树附近见过任何人影，从来没有。有天下午，我从树下的腐殖土中挖出一个已经烂掉的抽绳皮袋，袋子里一文不值的碎屑洒落我的手心。听说高速公路修建以前，那里还有萤火虫、鹬鸟和池塘。至于草地的另一边，那时就已经全是房屋了。

父母准我随意游荡，是因为这里每个人都认得我。要是他们又看到我站在齐膝深的池塘中间找蝾螈，或是走过家庭旅馆，胳膊上绕着一条大草蛇，两英尺长卡其色和金色的家伙，就会私下里找我父母聊聊。园丁雷戈开着他的牵引拖拉机带我兜风，我们突突突地一路开去，唱着他教会我的戏院歌曲：

哪里都一样
穷人被责怪
富人却开怀
怎叫不可耻？

雷戈卷烟的时候，我就跑到一边，去林子深处的欧洲蕨和矮灌丛中探险，那里杜鹃长得像树一样高，枝型是很久以前的园丁修剪打造的。我还小的时候，这些杜鹃树爬起来棒极了，它们有扭角近乎直角的分枝和锐角的弯枝，我可以钻进枝丛，栖身于深色叶子织就的树冠。枝叶轻摇，啪啪作响，有小小的杜鹃叶蝉，细看起来就像是动物寓言集插图中最鲜艳的龙。林子深处还有林蚁的蚁穴，每年都改变位置的小土堆散发着浓烈的蚁酸味，无数发亮的林蚁在上面奔忙。把蓝色的花扔在蚁穴顶上，在蚂蚁运走它们之前，你会看到花色变成粉红。有一段时间，我收拾好发现的死鸟尸体，小心地把骨架折起来放在小铁丝笼子里，再把笼子放在蚁穴上。几星期后我把鸟骨抽出来，它们已经被清理成干干净净的白骨，只有蚂蚁的气味久久不散。

几乎全凭偶然，我被赐予享有如此自由和特权的童年，一是因为特别的地点，二是因为我父母相信此地的安全。我得以生活在很多童书的熟悉场景中，《秘密花园》《麦瑟姆小姐和小人国》[1]，只是我不及这些优雅的主人公一半。一个公立学校的孩子游荡在衰败中的正规园林，如果写入作品，也许可以隐喻收缩的帝国、不羁的生活方式、社会阶层的逾越，或是在我出生之前多少作家打造过的避世梦想。

我不知道这份自由有多不寻常，但我知道它赋予了我什

1　这部儿童文学原名为 *Mistress Masham's Repose*，作者是 T. H. 怀特。故事的场景设定在"二战"后的英国北安普敦郡，讲述了一个十岁孤女的奇遇，她在破败的家族庄园中发现了斯威夫特《格列佛游记》中的小人国居民。

么。它让我成为一个博物学家。对我这样的博物学新手而言，九英亩的草地就是全世界最好的地方。那里出现了多少东西：为死去已久的马准备的干草，低地草甸的种子，有蓝盆花、矢车菊、百脉根、圆叶风铃草、蓬子菜、凌风草、野豌豆，还有多种禾草和香草。还有蝴蝶，困在十九世纪以来的这一小块土地上，普蓝眼灰蝶、林豹弄蝶、锦葵花弄蝶、加勒白眼蝶、红灰蝶，还有整个夏天鸣唱不止、从我脚边咻地一声跳开的蚱蜢。草地另一侧有不同的面貌，更符合你对酸性土壤的预期：一片低矮的小酸模，岩生拉拉藤开着小星星似的花，柳毒蛾，潘非珍眼蝶，蚁穴，还有阳光下雾气轻拂的曲芒发草。我深谙那片草地的一切，它比我这一生中所处的其他环境都更丰富、更有趣、包含更多的故事。我把脸贴在草里，看那些和字母 i 上的点一样大的昆虫在缠绕的草棵子里活动，草茎和草根几乎无法区分。有时我翻过身，在天上碎砾般的积云间寻找鸟儿的影踪。

太多关于自然的故事是以自然环境考验自身，在与自然对抗的情境中定义人性。但我的故事完全不同，那是一个孩子看待自然的方式，一种寻求亲密和陪伴的方式。我从田野指南中习得这些生物的名字，这是因为我有需要，就像我必须要知道学校同学的名字。它们多样的生命扩大了我对家的理解，已远远超越我的房屋四壁。它们让自然界成为一个复杂、美丽又安全的所在。它们就像我的家园。

年幼时，你看到的周遭一切事物都是承诺，它们会保持不变永远继续，你用日子和星期，而不是用年份来度量时光。所以，当割草机在八月初的一天来割草（自开辟这片草地以来每年都会割草），我目睹正在发生的事，心中燃起恐惧的怒火。没时间考虑我在做什么，我跑过去，绊倒了，我坐在割草机前面阻挡它。迷惑的司机下来，通情达理地询问我到底在干什么，我默然而被动地坚守自己的阵地，后来跑回家大哭。我不明白这本来就是一片牧草地 1，它需要这种打理，而我只看到毁灭。那时的我怎么会知道割草机的任务是暂停历史的进程，将草地保留原样，而不受荒草、桦树以及时间的侵蚀？

每一年，草地又长回来，欣欣向荣，像从前一样丰饶，一直持续到我们二十世纪九十年代离开泰克尔公园。十年后我在一个阴沉的夏日午后回到那里，为可能看到的结果而紧张不安。车开上泰克尔大道，一掠而过的风景仿佛梦境中逼近眼前弥漫开来的事物，令人困扰、不合比例、诡异。汽车到达通往草地的坡路顶，我为自己将会看到的景象而恐惧。然而草地就

1　牧草地（hay meadow），又叫割草地、干草地。在英国和爱尔兰，这种专门种植牧草（并不放牧牛羊）的草地为牲畜提供冬储干草，所以每年夏天都要收割已经长成的牧草。这种牧草地上的多种野花也可吸引本土昆虫，继而引来鸟类和小型哺乳动物，打理得当就能造就一片物种多样的生境。

在那里：不可思议，它依然奇迹般的生机盎然。

后来，我四十多岁时回去，抵达时已少却一些恐惧，对自己和自己将会发现的都更有把握。然而我错了。有人以为牧草地应当像个足球场，于是以处理草坪的方式数年来连续割除，最终我所了解挚爱的那些活跃繁荣的生命全都消失了。现在的草地看上去就是那个男人认定它该有的样子：空旷、齐整、平坦、便于行走。我看了一眼就哭了，一个女人流泪，不是为了她的童年，真不算是，而是为了这里被铲除殆尽的一切。

失去这片草地，和失去我童年中消失的其他东西不一样，麦克连锁鱼店、Vesta Paella 方便海鲜饭、弹跳球、学校午餐、旋转木马玩具、旅行干道边的连锁咖啡馆里我吃完一餐就能得到的硬棒棒糖。你可以替自己这一代人哀悼快资本造成的伤亡，但是你知道它们不过是被另外一些节目、媒体、可看可买的东西代替。我无法这样对待我的草地，我无法把它简化为笼统的怀旧。栖息地遭到破坏时，失去的是微妙复杂的生态机制和所有构成这个机制的生命体。它们的损失不是我的损失，尽管草地消失时，一部分的我也随之消失，或者说，从存在转换成一份直到今天还在我心中激荡的记忆。我无法跟任何人说：**看看吧，这儿有多美，看看这儿的一切。**我只能写下它的过去。

亨利·格林在二十世纪三十年代末开始撰写自传，因为他估计自己会死于即将爆发的战争，没有写小说所需的奢侈的时间。"这是我的借口，"他写道，"我们这样的人可能没有时间来写别的东西，我们必须尽自己所能。"他还说了别的。他说："应当审时度势。"我也需要如此。在第六次大灭绝的过程中，我们这种人可能无暇他顾，必须审时度势，尽自己所能写作。那天我坐在草地边上哭，一遍又一遍地告诉自己，那个男人是个好人，他可能只是不知道那片草地里有什么。他不知道那里有什么。我想起有一天和朋友提到的问题，这世上有太多人忙于按照他们对世界的想法来改造事物，把地球上大片区域付之一炬，完全没有意识到在这个过程中，他们彻底地、出乎意料地毁灭了很多东西。而我们都有可能不知情地做出这种事，无论是谁，无论何时。

几年前，泰克尔公园被出售给一个地产开发商。今天开车经过那片围栏时，我心头一紧，不只因为我认出了那些树，意识到它们是长存不灭的我童年的幽灵。也因为我知道但凡有人们的照顾、关注、一点爱和技能，这片草地也许会纳入开发计划，变成跟儿年前的它非常相似的样子。我心意难平，还因为痛切地深知虽有这个可能，却没什么希望。数世纪以来栖息地不断丧失，我们关于自然界的鲜活日常知识也逐渐减少，也越来越难以相信原本可以逆转这种发展趋势。

我们常常把往昔视作自然保护区一类的东西，一个独立在外、划有边界的地方，我们可以凭借想象重访，聊作安慰。但我很想知道，有什么能够让人们明白这点：往昔岁月一直在影响我们，借由我们发挥作用。那以各种形式呈现的多样性，无论是人类还是自然，正是一种力量。一大片混杂丰富的植被连同其中所有的无脊椎动物，无论如何都胜过现代的种植计划和田野里诡异贫瘠的寂静。我很想知道，人们的审美和道德标准如何才能与这种直觉一致。我又想起那片草地，如云的蝴蝶已经局部灭绝，但是土壤种子库还在维持，它们还将维持很长一段时间。这些日子我开车经过围栏，在50英里的时速下凝视窗外，这时候我知道自己在寻找什么。就在围栏那边，有一个地方牵动我心，因为它既不完全存在于过去，也不是现在，而是夹在二者之间的时空，那时空指向未来，它牵动的微小痛楚就是希望。

高　空

　　五月初这个清冷的傍晚，暮色笼罩了曼哈顿中城。我一整天都在用谷歌查天气预报，此时走在第五大道上，又掏出手机查了一遍。**北转东风，晴朗**。很好。

　　在帝国大厦，长长的队伍沿街蜿蜒而行，我是人群里唯一一个脖子上挂着望远镜的人，感觉有点不好意思。接下来的一个小时，我一寸寸往前挪动，走上扶梯，穿过大理石厅，经过贴着浅金色壁纸的墙，最终挤进一部塞满人的电梯，出现在86层。在城市上空一千多英尺的高处，劲风扑面，盛大的灯光如一片汪洋，倾泻而下。

　　游客们紧贴着安全围栏，一个男人站在他们背后，靠着墙。在他头顶上，夜风中的星条旗缓缓飘动。夜色中我看不清他的脸，但我知道这就是我要见的人，因为他手持一架看似比我的高级很多的望远镜，正仰面朝天。他的站姿有种紧张感，让我想起曾见过射击双向飞碟的人等待抛靶机发射下一个靶子。他正紧张地期待着什么。

　　他是安德鲁·法恩斯沃思，康纳尔大学鸟类实验室的一位研究员，说话轻声细语。我跟他约在这里，希望能够目睹一年两度横越城市上空、几乎无人注意的野生动物现象：候鸟的季节性夜航。把这里当作自然观察之旅的地点实在违和到了荒诞的程度。除了鸽子、大鼠、小鼠、麻雀这些常见的例外，我们总以为野生动物栖息在远离城市边界的地方，而自然和城市是对立的两极。原因显而易见。从这个高度来看，唯一的自然物是天上散布的暗淡星辰，哈德逊河像一道青色的瘀痕，穿过下方混杂的灯光。其余是我们的世界：飞机的闪光，智能手机明亮的屏幕，窗户和街道被点亮的网格。

夜晚是摩天大楼最完美的时刻，全面发挥的现代化梦想抹除了自然，代之以人工打造的新型景观：钢铁、玻璃与灯光的地图。但是，人们住进高楼的原因和他们去野外旅行一样——逃离城市。最高耸的建筑将你抬升，远离街面的纷杂混乱，也将你抬升进入另外一种境界。天空也许看似虚无，就像我们从前以为深海也是生命无存的空虚。但是和海洋一样，天空是一片充满生命的浩渺生境，有蝙蝠和鸟、飞虫、蜘蛛、乘风飞翔的种子、微生物、飘散的孢子。我凝视着这座城市，视线越过数英里灰尘弥漫灯光点亮的空气，愈发觉得这些超级摩天大楼就像深海的潜水器，将我们运到原本无法探索、难以接近的疆域。大楼内部的空气平稳、洁净、温和，而外部是一个气流湍急的世界，活跃着大量意料之外的生物，这一刻，我们也置身其中。

我们上方，螺旋塔座四周的 LED 灯在黑暗中投射出一个柔和的光环，光环上跃动着一团模糊的白光，透过望远镜，那东西显现为一只夜蛾，它扑扇着翅膀向塔身径直高飞。没有人完全了解这类蛾子在迁徙时如何导航，有一种推测是它们通过感知地球磁场来导航。这只夜蛾正飞向高处，寻找合适的气流，借此飞向自己长途旅行的目的地。

乘风迁徙是节肢动物的一项特别技能，蚜虫、黄蜂、草蛉、甲虫、蛾子和吊在有静电的蛛丝上的小小蜘蛛得以飞越从几十到数百英里不等的距离。这些四处飘游的生物是殖民者和开拓者，寻找新的地界生存、安家。试试在高层阳台的干燥环境露天种一棵月季，很快乘风而来的吸汁蚜虫就在茎上聚集，接着寄生于蚜虫的极小的蜂类也来了。

在我们头顶之上长途旅行的昆虫数量多得惊人。英国研究所科学家贾森·查普曼用对空雷达系统研究昆虫的高空运动，仅一个月就有超过 75 亿只昆虫飞过一平方英里的英国农场，约 5 500 磅的生物量。查普曼认为飞过纽约城的昆虫数量甚至更多，因为此地是一块大陆的门户，而不是冰冷海洋环绕的小岛，这里夏天通常也更炎热。他说，跃过 650 英尺的高度以后，你就升入了一个城乡区别几乎毫无意义的领域。

白天，烟囱雨燕尽情享用这数目庞大的飘游生命；夜晚，在城市居留和迁徙的蝙蝠，还有翅膀上一道白条的美洲夜鹰也以此为美餐。夏末秋初刮西北风的日子里，鸟、蝙蝠和迁徙的蜻蜓都以这些大量聚集的昆虫为食，这种现象是城市高层建筑群周围巨大的下冲气流和漩涡引起的，就像海洋里的鱼群游到浮游生物汇集的水流处。

空中不只是有昆虫。这些高耸的建筑，如帝国大厦、世贸一号大楼和其他新起的摩天大楼，刺入鸟儿数千年来利用的空间。纽约城处于大西洋迁徙路线，这是数亿只候鸟每年春天北飞至繁殖地，秋天又返回的路线。大多数小型鸣禽通常在距地面三四千英尺的高空飞行，但是会根据天气变化来调整高度。更大的鸟类飞得更高，有些滨鸟会从1—1.2万英尺的空中高高飞越城市。在这楼顶上，我们将会看到的只是飞越头顶的生物的一小部分，即使是最高的大楼，也只是刚刚触及浅层的天空。

虽然白天也可以看到迁徙的猛禽在城市上空远超八百英尺的高处翱翔，但是大部分昼行性鸟种都在日暮后迁徙，因为更安全，气温也更凉爽，附近的捕食者也少些，只是少一些，并不是没有。就在我到之前，法恩斯沃思看见一只游隼在大厦上空飞旋。游隼在这座城中常常夜间捕猎。它们栖停在高踞空中的瞭望台，然后纵身飞入黑暗，抓捕鸟儿和蝙蝠。如果身处更天然的生境，隼会把杀死的鸟尸藏在崖壁的缝隙中。而这里的隼会把猎物塞进高楼的壁架，包括帝国大厦。对一只隼而言，一栋摩天大楼就是一面悬崖，它带来同样的期望，同样的高空气流，蕴藏着一份外卖大餐的同等机会。

我们凝视黑暗的空中，希望视野中出现活物。过了几分钟，法恩斯沃思指点着："那儿！"距头顶很高的地方，就在视野中的天空向灰暗的混沌过渡的边界，有什么东西在动。我把望远镜举到眼前，三对扇动的白色翅膀，以密集队形向东北偏北飞行。夜鹭。我从前只见过它们弓着背立在树枝上，或是在湖泊池塘边缩颈休息，现在看到它们和寻常的背景所去甚远，十分吃惊。我好奇它们飞了多高。"这几只个头够大的，"法恩斯沃思说，"你要是抬头看有光的地方，所有东西都显得比本身大，也显得比实际更近。"他估计这几只夜鹭在我们头顶约三百英尺的高度，距地面约一千五百英尺。我们目送它们在黑暗中消失。

此刻我觉得自己不大像博物学家，更像是一个等待流星雨的业余天文学家，正眯起眼睛，无比期待地看向黑暗。我尝试了一个新技巧，把望远镜对准无限远的地方，再径直上举。在镜头中，肉眼看不到的鸟儿滑入视野，它们上方还有鸟，更高的位置也有。这么多鸟，我深感震撼。多得要命。

每看到一只大些的鸟，就有三十只或更多鸣禽飞过，它们很小，注视它们的飞行路线让人感动得几乎无法承受，那仿佛是星星、琥珀、曳光弹缓缓燃烧的火。尽管透过望远镜看，在更高处天空的鸣禽只是一些幽灵般的微小亮点，但我知道它们松松握住的脚爪收拢在前胸，眼眸明亮，骨骼轻盈，向北飞行的意志驱动着它们夜复一夜地前进。大多数在新泽西中部或南部度过昨天，接着腾空飞入黑暗。体型更大的鸟类将持续飞行直到黎明，莺类通常早一些落地，像小石块纷纷落在更北部的成片生境，次日休养进食。比如黄腰林莺是从东南部的州开始长途旅行的，而玫胸白斑翅雀则从中美洲一路北上。

我的心一阵悸动。我再也不会见到这些鸟中的任何一只了。如果不是在这么高的位置，如果不是这栋为了颂扬世俗权力和资本自信而在大萧条年代迅速崛起的大楼，它射出的光柱不曾短暂地照亮这些鸟，我根本就不可能见到它们。

法恩斯沃思掏出一个智能手机。和这里其他高举手机的人不同，他在查看从新泽西州迪克斯堡传来的雷达图像，迪克斯堡站点是国家气象雷达网的一部分，监测范围近乎持续覆盖美国本土空域。"今晚确实是一场大规模迁徙，"他解释道，"你看雷达图像的那些图案，尤其是绿色的部分，那意味着每立方英里可能有一千到两千只鸟，几乎是最密集的程度了。所以这是个重要的夜晚。"对于北飞的鸟儿，过去几天都是坏天气，低云，风向不对，导致了迁徙的瓶颈期，而现在空中飞鸟密布。我盯着雷达动态地图上的像素图案，一朵蓝绿色的树突状花朵在整个东海岸上空翻涌。"这一片空中全都是生物体，"

法恩斯沃思说，手指点着屏幕，"全是生物。"

很久以来气象学家就知道可以通过雷达观测到动物生命。"二战"后不久，英国雷达科学家和皇家空军工程师曾为出现在屏幕上的神秘团块图案而迷惑。他们知道那些不是航空器，以"天使"为之命名，直到最终断定它们是群飞的鸟。"鸟儿污染了他们的空域，是不是？"法恩斯沃思说起雷达气象学家："他们就想把所有的东西过滤掉。不过现在生物学家要反其道而行之。"法恩斯沃思是一个新兴跨学科领域的领军人物，这门学科就是航空生态学，正适合这个气象雷达已经灵敏到可以发现三十英里以外的一只熊蜂的时代。利用复杂的遥感技术，如雷达、声学和追踪装置，来研究天空中的生态规律和关系。"将大气层和空域理解为生境，这个概念只是这几年才进入集体意识"，法恩斯沃思说。这门新科学正在帮助我们了解气候变化、摩天大楼、风力涡轮机、光污染和航空如何影响这些在空中生活和移动的生物。

十点钟，头顶上空掠过的卷云就像泼洒在水面的油。十分钟后，天空重归晴朗，鸟儿还在飞行。我们走到瞭望台的东边，一个萨克斯管乐手开始吹奏。配合着这不大调和的乐声，我们发现鸟儿的距离比之前近多了。有一只格外近，虽然它在灯火中过度曝光，我们还是发现了它胸部的一抹黑色和尾羽上独特的图案，雄性黄腰林莺。它一闪而过，消失在大厦的转角。过了一小会儿，我们看到另一只向同样的方向飞去，接着又是一只。我们这才明白，这是同一只鸟在打转。另一只黄腰林莺也跟上来，但是两只都被灯光无可救药地吸引，好像系在一根无形的线绳上，绕着螺旋塔冠转圈。看见它们这样飞，原本心情欢快的我们不禁低落。今晚是帝国大厦建成85周年的庆典，螺旋塔冠被跃升跳动的彩色灯光点亮，像一枚蜡烛。这些鸟儿被灯光吸引，偏离了惯常路线，过亮的灯光打乱了精确的导航机制，令它们不知所措，身陷巨大的危险。有些鸟被如此催眠后能够抽身而出，继续它们的旅程。有些鸟却无法做到。

纽约是世界上最明亮的城市之一，仅次于拉斯维加斯。它只是从波士顿纵贯华盛顿的人工照明光带上的一个点。我们爱这座城市夜晚的模样，但是迁徙的鸣禽因此饱受打击。在美国各地，你都能看到摩天大楼脚下死亡或是精疲力竭的鸟。灯光和玻璃幕帘的反光打乱了方向，它们撞向窗户，螺旋式坠地。仅一个纽约城每年就有十万多只鸟因此死亡。托马斯·金在纽约M&M害虫防控公司工作，他曾接到高层建筑住户的电话，要求解决迁徙季鸟撞玻璃的问题。他说没办法，但是住户可以跟那栋39层高楼的物业经理提出关掉夜灯。果然奏效了。纽约市奥杜邦鸟类协会倡导的"纽约关灯"的项目，也鼓励了很多纽约居民效仿，既节省能源，又保护鸟类生命。

每年，为纪念"9·11"恐怖袭击中罹难的生命，"纪念之光"亮灯仪式的两束蓝色光柱映照曼哈顿，它们直射上空，高达四英里，城中心以外六十英里可见。在夜晚迁徙的高峰期，鸣禽向着光柱飞旋而下，鸣叫着从空中下降，很多鸟儿在灯光中绕圈，就像狂风中打转的闪烁的纸片。去年的一个夜晚，太多鸣禽被困在光柱中，雷达地图上代表"纪念之光"场地的几个像素超常耀眼。法恩斯沃思和奥杜邦鸟类协会人员就在现场，为避免鸟儿伤亡而将灯光间歇熄灭。那一晚他们把"纪念之光"熄灭了八次，每次约二十分钟，以便鸟儿摆脱困境，回归自己的航线。每一次灯光重新点亮的时候，新一波的鸟儿又被吸引过去。这些有羽翼的旅行者一轮又一轮地拜访双子塔遗址放出的幽灵之光，它们间歇性地释放到黑暗中，接着又飞来一群取代它们的位置。法恩斯沃思是 Birdcast 项目的首席科学家，这个项目整合多种手段，包括天气信息、飞行叫声、雷达、地面观测者，目的在于预测飞越美国本土的候鸟迁移，也预报夜间迁徙高峰，以决定是否需要采取紧急熄灯的措施。

　　瞭望台上空的鸟流仍在持续，不过夜已深。道别以后，我坐电梯下楼，然后沿着上坡路溜达回公寓。虽然早已过了午夜，我仍然清醒。设计高层建筑的目的之一就是要改变我们观看的方式：将世界上的不同视野送至眼前，与成功与权力密切相连的视野，让不可见成为可见之物。我看到的鸟儿大多是无法分辨的一缕光，就像细细的视网膜划痕，或是深色背景上飞溅的明亮颜料。从街面的位置仰望天空，一无所有的上空变得如此不同，一个深邃的地方，生命奔流其中。

两天后我决定去中央公园走走，发现那里聚集了很多新来的候鸟，它们于夜晚抵达，在此歇脚觅食。在漫步区[1]的林子深处，一只黑白森莺"钉"在一棵斜倚的树干上，一只黄腰林莺从树上飞向春日明媚的天空，捕食苍蝇，一只黑喉蓝林莺如此整洁灵秀，好像一块精细折叠的西装口袋巾。这些鸣禽是我所熟悉的生灵，也蕴含了熟悉的意义，我很难把它们和夜空中那些遥远的光点联系起来。

高层公寓的生活阻隔了某些和自然界互动的渠道。你没法在花园里放置喂鸟器，观看旅鸫和山雀，但是你可以置身于高楼常规世界的另一个部分——冰晶、云、风与黑暗构成的夜景。高层公寓是凌驾于自然的象征，但它也可以是桥梁，连接天空与大地、自然与都市，引导我们更为全面地理解自然界。四天后，我的梦里全是鸣禽，有林中和后院那些熟悉的小鸟，也有那些滑动的光点，小小宇航员，用星星来导航的旅行家，它们落到地球停留片刻，又纵身升空，继续飞行。

---

1 漫步区（the Ramble），有超过14万平方米的茂密林地，小路蜿蜒曲折，野趣盎然，是纽约著名的市区观鸟景点。

人　群

大雨中，湖水变成磷光闪烁的钢灰色。侏鸬鹚弓着背栖在枯死的树上。我们一行十二人站在岸边。有些人在草地上用三脚架支起单筒观鸟镜，另一些举着双筒望远镜。我们静静伫立，等待匈牙利的黄昏。太阳从浩荡的湖面上滑落，空气愈发寒冷。我们望眼欲穿，终于有了，耳际微弱的鸣声像猎犬吠叫，又像走调的号角，起初在风打芦苇的咔嚓声中几乎难以察觉，然后渐渐变大，喧嚣得可怕。"来了！"有人低声道。头顶上方，一条长长的、起伏的 V 字形阵列扑打着翅膀，在暮色渐浓的天空上印下墨迹。这支队伍后面涌来另外的鸟阵，那些后面还有更多，一浪大过一浪，全部从头顶上经过，空中密布着美和声响交织而成的火力网。

在我们上空的鸟是脖颈修长、身姿优雅的灰鹤。每年秋天，超过十万只灰鹤从俄罗斯和北欧向南方迁徙，经过匈牙利东北部的霍尔托巴吉地区，在此停留几个星期，收割过的田野里残存的玉米是它们的补给。每天夜里，它们集群飞到安全的浅水湖渔场栖息，吸引了野生动物观光客来此一睹黄昏飞行的壮观景象。其他地方也能看到类似的群集胜景。在内布拉斯加，五十多万只沙丘鹤在玉米地里大饱口福，之后将继续它们的春季迁徙；在魁北克，观鸟者满心敬畏地看到圣弗朗索瓦河上飞起的雪雁铺天遮日，好像一场暴风雪；在英国，越冬的紫翅椋鸟[1]群集如云，飞回它们休息的地方，无论老少，众人皆被吸引。

近距离看到大群聚集的鸟儿，每个人的反应都不一样，有的笑，有的哭，还有人摇头叹息，或是口出秽言。语言在这巨大的扇动翅膀的群体面前失效了，但是我们的大脑注定要从世界的混乱现象中攫取熟悉的意义。注视着黄昏时分的鹤群，我眼中的它们先变成一行行乐谱，再变成数学序列。蛇形的阵列如此同步，每只鸟前方的那只都稍稍抬起翅膀，每一个移动的鸟群分解成一张张呈现单只鸟的幻灯片，随着时间不断延伸。这种惊人的幻觉让我难以置信地眨眼。此外，群集的鸟所创造的光学效应令人迷惑，这也是它们的魅力所在。我记得孩提时候看到上千只涉禽，红腹滨鹬飞过阴凉的灰色天空，消失不见，下一刻它们在空中翻转背光一面的身体，重新显现。也许最著名的例子就是紫翅椋鸟夜憩以前在空中群集飞翔的行为，对应的英语单词是 murmuration，但是丹麦语有更妙的表达：

---

1 紫翅椋鸟学名为 *Sturnus vulgaris*，英语名为 common starling，或简化为 starling。译文中有时简称为椋鸟，仍指这种椋鸟。

sort sol，黑日，这个词抓住了椋鸟集群那种近乎天体级别的奇异。几年前在萨福克海岸边，我看到一大片似迷雾蔓延的椋鸟群瞬间变幻成一团不祥的球体，好像黑色的星球悬挂在沼泽地上方。我听到身边的每一个人都倒吸一口气，紧接着星球炸裂成无数鸟翼的漩涡。

鸟群的迅疾运动也是这种壮美景观的一大因素，新闻网站和杂志经常发布紫翅椋鸟集群飞行的静态照片，呈现出鲨鱼、蘑菇和恐龙等不同形状。2015 年，纽约上空的一群紫翅椋鸟幻化成普京的脸，这张照片在网上疯传，但有可能是假照片。以如此奇特的形象出现，确实更容易让人相信征兆和奇迹。椋鸟群飞时形状不断变换，这是由于每一只鸟以极快的速度模仿它四周六七只鸟的动作，它们的反应时间还不到十分之一秒。一大群鸟的转向以接近每小时 90 英里的速度增殖，从远处看就像是一个自成一体的不断律动的生物。1799 年，塞缪尔·泰勒·柯尔律治在一则笔记中写到一片群飞的紫翅椋鸟变换各种形状，移动时"像一具身体被赋予了自主的力量"。有时它们显得诡异，像一个四处摸索的异形生物，又像是有生命的沙粒，或是随一套拓扑变化形式飘动的烟雾。椋鸟群飞的行为令人激动，但也会引发近乎恐惧的感受。

这种群飞现象大量存在，一个重要的原因就是恐惧。比如鹤群会在浅水中栖息，因为这比在陆地上睡觉更安全；椋鸟群飞振翅的混乱场景让捕食者难以针对任何一个单独的个体。没有哪一只椋鸟想要位于鸟群的边缘，或是第一个落地。安妮·古迪纳夫主持着皇家生物学会与格洛斯特大学合作的紫翅椋鸟国际研究项目，她推测群飞可能是一种信号，邀请其他椋鸟加入某个特定的栖息群，壮大其规模。寒冷的日子里，庞大的栖息群有利于鸟儿保暖。但是在空中，恐惧引发了群飞。鸟儿飞行时，恐惧逼迫和扭曲着它们的群体。一道颤动的黑色浪潮贯穿一大群椋鸟，往往是对一只冲入鸟群捕食的猛禽做出的反应。

此时在霍尔托巴吉鱼塘，天色已暗，我的耳际回响着群鹤喧哗的鸣声。湖面上方声势鼎沸，鸟群从各个方向飞来，加入水上栖息的鹤群，它们现在看似一片点画效果的颗粒细小的迷雾。白额雁也大批加入，穿过群集的其他鸟的翅膀，在空中翻转侧滑而下。突然间这一切几乎难以承受，我晕头转向，感觉不适。庞大的鸟群就有这种力量。观鸟者曾这样描述傍晚群集的秃鼻乌鸦，如此喧嚣混乱，让观者产生了近似晕车晕船的感觉。

为了找到一个固定的物体，我用观鸟镜的单筒瞄准远处的湖岸。在取景器的圆形视域中，混杂的一片渐渐显示为鸟的个体。天太黑，它们的颜色被滤掉了。我凝视着灰度模式下仪态万方的鹤群——降落，饮水，抖抖蓬松的羽毛，彼此致意，继续寻找休憩地。识别方式发生了奇怪的转换：从观看空中群鸟疾飞的模式，转而意识到它们是由上千颗跳动的心脏、眼睛和脆弱的羽毛及骨架构成。我细看灰鹤用爪趾刮擦鸟喙，想到椋鸟群如何像一捧谷粒撒落在芦苇湿地，忽而变成栖停在弯折苇秆上的鸟，眼睛明亮，羽毛上散布白色的斑点，像闪光的小星星。我不禁惊叹，原来专注于鸟儿身体的构成元素，就能厘清这混乱的场景。鸟群的魔力在于几何学和族群之间的简单切换。

我站在那里望着鹤群，思绪转到了人的境遇。前一晚我们住的小村庄感觉很像我东英吉利亚低地[1]的家乡，有同样湿润、水滋滋的空气，鸡在后院溜达，杨树，成堆的木柴。来之前我问一些在匈牙利待过的英国朋友，这里是什么样子？其中几位说，这里最奇怪的一点就是感觉特别像家。现在回想起这番对话让我心痛。到这里以后我一直心中忧闷，想到政府在往南一百多英里处立起铁丝网，意在阻挡穿越塞尔维亚边境而来的叙利亚难民，想到人群向东北缓慢行进，而鹤群向西南迁飞。观看鹤群让我意识到，我们太容易对大量难民群体产生一种内心的恐惧，这种恐惧和看到不断变幻的大群椋鸟或翻转下

1　东英吉利亚低地（the Fens），专指位于英格兰东部，主要在林肯郡、剑桥郡和诺福克郡境内的平坦低地，曾经是碱沼地，十七世纪以来大部分地区在排水后被用作农田。

落的鹤群的反应是同样的，都是将其视作一个单一的实体，陌生、混乱、无法控制。可是，越过边界的人群就像我们一样，也许是太相像了。我们不愿意设想，如果自己熟悉的家园被摧毁将是怎样的情境。在恐惧面前，我们都是椋鸟，一个团体，一群鸟，由一百万个寻求安全的灵魂组成。我爱鸟群，不仅因为那蓬勃的生命力，还因为它促使我从陌生中寻求熟悉。反思过后，鸟群的混乱幻化为个体和小型的家庭，它们需要的都是最简单的东西：免于恐惧和饥饿，以及安全的休憩之地。

学生的故事

一扇窗户，一辆出租车的咔嗒声，还有桌上的葡萄，黑色的甜葡萄。出租车也是黑色的，里面有一个女人，一个在你被拘留时善待你的慈善工作人员，她靠近司机付车费。透过蒙尘的窗玻璃，我看见你站在人行道上，在打开的车门旁。你背朝着我，我只能看到你裹在蓝色牛仔衣里的肩膀，你的肩膀绷得很直，透露出一种关切，不是为了你自己，而是为了在付车费的女人。我隔着窗户招手，你转过身看到我，微笑着招呼。

我们现在谈话的这间房子是借来的，不是我的家。

我们坐在桌旁，我不知从何说起。

我对你一无所知。

很难提出问题。

你想让我提问，你说因为回答问题比讲述你的故事更容易。我不想问，因为我想到那些问题你以前一定都被问过。但是你想让我提问，于是我开口："你何时来到此地？"你认真地写下阿拉伯数字：2016.12。十二月。我提出更多问题，你回答，英文词出不来的时候，你就用手机翻译，要花一点时间。太阳那扁扁的、金色的光泼在桌面、葡萄碗和茶壶上，所有这些家常的物件，我等着弄明白你的意思。这是我们谈话时你查找的词：**背教者**。**不容异说的**。**败坏的**。**躲藏**。

你是一个流行病学专业的学生。流行病学家研究疾病的传播方式，如何在人群中由人传人。你告诉我之前在你的国家，夜晚你和朋友们在你的餐馆会面，以便讨论基督教和研读圣经。你的餐馆里有基督教的标志。你知道可能因此被捕。保密是最重要的，然而信仰就是信仰。

这就是你被谴责为背教者时所发生的事。在当局口中，你似乎是你研究的一种病原体。星期五祈祷时，在五个地区、两个城市和三个村庄，他们指名道姓地公开谴责你。他们说你所在大学里的一个女人"败坏"了你，意思是她怂恿你成为基督徒。他们说你改变了你的宗教信仰。现在你持有这种信仰，又把它散布给别人。

他们将你的信仰视为一种传染病。他们要隔离它、遏止它，和所有将道德等同于健康的类似的恶毒比喻一样，治愈疾病的手段总是灭绝。你知道在你的国家，那些改变了信仰的背教者会受到怎样的处置。即使我明白发生了什么，想到那种处置手段时依然屏住了呼吸。

情报人员去你祖母家搜查，她叫你来，说那些男人是你的朋友，虽然他们说着跟当地不同的语言，穿的衣服如此特殊，一看就知道他们的身份和在此现身的目的。但是祖母年事已高，你无法责怪她，她期待友谊，迎来的却是刺痛人心的相反结果。你的叔叔是明白人，他叫你逃跑。**你有生命危险**，他说。于是你逃走了，抛下一切。

你开车经过一个又一个城市，在一个更偏远的城市和你叔叔的两个朋友碰头。他们说可以开车带你和其他人一起去欧洲。到了那个地步，你想知道该去哪个国家。你叔叔说，**英国好**，他付钱给走私代理，让你偷渡过去。汽车把你们所有人撂在一个杂草丛生的花园，你只能藏在那里，直到午夜时分卡车到来，然后你进了卡车。

北去的卡车，数日挤在黑暗的车厢里。一辆冷藏车。有多少人跟你一起在车里？我问。你笑了，说：**十个？我不知道，太黑了！**我也笑了，心生愧意，我不知道为什么要追问这些细枝末节。我们都不想知道那是何种境况。我们不想知道五天五夜不吃不喝不眠是什么感觉，在恐惧和黑暗中全靠对光明彼岸的希望维系生机是什么感觉。我们谁也不想知道被刀指着，生命受到威胁时是什么感觉，被你付钱让他们把你带到安全之地的人持枪要挟是什么感觉。

你说，**那时候感觉最糟**。然后又说了一遍，**感觉最糟**。

有几次，你对我说，**死亡就在我眼前**。

然后你又说了一遍，**死亡就在我眼前**。

我意识到，最艰难的事情，你都要述说两遍。

当你对沉默道声抱歉，等待能够再次开口的时候，我所想到的是这些。我想到科学家也只是刚刚发现我们的大脑如何形成记忆。他们过去认为人们先记录一段短期记忆，之后再获取短期记忆并将其转移到大脑的不同部分，存储为长期记忆。但是现在他们发现大脑总是同时记录两种记忆的，也就是说总是并行录制两个故事。短期记忆、长期记忆，两段流淌的回忆，记忆成双。总是成双。

这使所有发生过的事都发生两次。

这使我们总被一分为二。

你是一个传染病学家。你又是一个难民。

你是全国最出色的传染病学学生之一。

你又是一个寻求避难的人，你曾目睹难民拘留处的囚犯用剃刀割伤自己，暴力发泄，用合成大麻素（Spice）麻痹自己。

政府打算把你送回最先到达的欧洲国家，但那样很危险，因为那里的人知道你是谁，他们威胁过你，跟你老家的当局有联系。结果你现在和另外四百个人待在一个收容所。你必须早上登记一次，晚上再登记一次。你是一个学生，一个兄长，一个儿子，设法通过 Telegram 和 WhatsApp 和家乡亲人通话，你也是一个旅舍中爆发疾病或暴力事件时跟前台人员求助的男人，眼睁睁看着前台不屑一顾地耸耸肩，无人相助。你跟我说，看到难民身上发生的一切，都**伤害大脑、心灵和精神**。你用最平和最温柔的声音说起收容所，**那里，真的没有一点好的。没有一点好的。那个地方非常糟糕。**你对我说了两次，**有些人甚至没衣服穿。**

十二月，你从卡车冰冻的黑暗中给警察打了电话。警察打开车门，把你带到监狱，讯问，将你关押 72 小时。你请求去庇护所，却被他们转移到一个非法移民拘留中心，你在那儿待了八十天。关于那里的情况我听说了很多，那是个被称为魔窟的地方。对此你只是说：**拘留所的情况非常糟糕。**足见你的善良隐忍。

你是一个在拘留所的才艺比赛中唱歌的难民，那里人们被拘留的时限无法确定，你也是一个坐在阳光下餐桌旁的人，为自己的错误笑出声来，因为你意识到自己本想说父亲是文盲（illiterate），却说成了他是文学（literature）。你是一个能够笑话自己荒唐的误译的人，你也是一个抛下一段人生的人，抛下你的父亲、小弟弟、生病的家人，还有家乡的每个角落。你满身写着失去这两个字，笑中的沉默像一股寒气沉到地面，充溢整个房间，潜伏在这里说出的每一句轻松的话语之下。

你不愿谈论自己，除非是给出事实。你想说的是你身边的人们面临的难题。慈善工作人员告诉我，你看到一则"水援助"组织的广告后，请她把你手中不多的几个钱捐给那些受苦的孩子，因为某些制度限制，你无权自己捐助。她告诉我，不过又为此道歉，因为这不是她的故事，她说你一直在为收容所的孩子买水果和小扁豆，因为那里的饭菜实在太差，人们因此生病，你看出孩子们都营养不良。

你讲述抵达此地途中的恐怖时，明亮的眼睛噙着的泪水不曾滴落，但当你想到那些善待自己的人们，情绪就会失控，会哭泣。你说起和我们坐在一起的女人，**如果没有她，我可能已经自杀了**。我问你现在居住的城市里，人们对你是否友善，你说是的，因为问路时他们会告诉你地址在哪儿。他们会告诉你在什么地方。

我想起我们讲述的所有难民的故事，几乎总是片面之词，从未包含两面。不是悲剧，就是恐怖剧；不是受害者，就是侵犯者。从不复杂，总是单一，总是界限分明。将被迫迁移的人们轻率分类，放进文件架的格子。

但是这格子不仅是放置分类档案的，它是两个事物之间的空间，它是一个优拉米语[1]、波斯语或英语词语之间的壕沟。它是过去和未来、衰老和新生生命之间的空间。年岁之间。三月新年到来的时候，你走到收容站所在的那座城市里的公园，

---

1 优拉米语（Urami），伊朗的一种方言。

在湖水边唱起歌迎接新年。新的一年意味着什么呢？当你如此年轻，所能做的却只有等待。

我想做个有用的人，你说。**我不想在收容所里等待过活。**你一只手揉了揉眼睛，接着说，**请为我祈祷**。你说。**这个问题很困扰，在我脑中、我心中**[1]**。我想快点加入这个社会。还有文化。眼下我没有任何证书，因为我是寻求避难的人。我没有参与帮助人们，因为我没有钱，我没有任何帮助人的手段。我认为我的人生是宝贵的**。宝贵的？你试着说出这个词，好像抛出一个问题，好像这个词本身是错的。

我不愿意等着被时间消耗，你说，**因为我还年轻**。

你还年轻。你是一个学生，一个传染病学家，一个基督徒，一个难民。你太想帮到别人，让我不禁难过。那天下午我们聊完，我开车带你去了医院，好给你拍一张站在临床医学院门外的照片，因为和你的未来紧密相连的是这个明朗的希望，也许有天你能帮助别人，在这里的医疗部门工作。当我们发现医学院关门维修，窗户外竖起木板，脚手架让我们看不到教学楼，你向后微微转头，笑了起来。我们还是拍了照片，你自己在栏杆前，你和你的慈善工作人员，你和我。我们都在等待着世界重建。

1　此句按原文不规范的英语直译。

蚂 蚁

我从超市开车回来的路上，起初没什么事值得注意。我经过街角成群的学童，看到一辆SUV在环岛处恶劣的行驶操作，听电台里某个人抱怨这个那个。后来，我注意到我右边的高处有什么动静。我握紧方向盘，又往前开了一点，把车停在路边一处空地，锁好车往回走。我手里松松地拿着车钥匙，抬眼望向天空。

一些自然物候因循着季节的变化，为我们所珍惜。我们期盼春来的家燕和雨燕，第一批夏日的蝴蝶，我们侧耳聆听秋天交配季狐狸和鹿的叫声。可是在英国，我们很少有难以预测确切日期的年度盛况，比如加利福尼亚州海滩上春季满潮过后的几夜，成千上万的美洲银汉鱼产下鱼卵。即便如此，这里人人都知道一个事件。各地发生的日期不一定相同，但是无论住在哪里，总有一个无风、潮湿、晴朗的日子会触发它，今天，它就出现在我眼前。

在我头顶上，是飞蚁聚成的塔柱，我知道它们在那儿，完全是因为空中还有一百只左右的银鸥，它们瘦削的灰色双翼尖端为黑色，有些在屋顶的高度巡飞，有些在几百英尺的高度盘旋。它们并不像平时那样省力地飞行，慵懒地拍动翅膀，从一处滑翔到另一处。它们正在进食。我看不见它们吃的蚂蚁，但是我知道蚂蚁个体的确切位置，因为每隔几秒，一只银鸥便侧身翻飞，振翅一下、两下，在空中一啄。然后是另一只银鸥，又一只。空中的饕餮狂欢正像热带海洋里的"饵球"现象，只不过主角是海鸥和蚂蚁，而不是鳀鱼和鲨鱼。

我目睹的正是黑毛蚁的婚飞现象，黑毛蚁是我们城市街道和教区花园里一种常见的黑色蚂蚁。在之前的 24 个小时里，所有市镇的工蚁都把地下蚁穴的入口挖大，好让有翅的处女蚁后钻出去。雄蚁也有翅膀，已经在地面聚集，等到蚁后升空并释放费洛蒙（信息素），它们也飞起追随。蚁后把追求者们带得越来越高，等待足够强壮的雄蚁接近，然后交配，有时是跟不同蚁群的几只不同的雄蚁，这些碰巧发生的短暂交配预示着小小帝国的诞生。落回地面以后，雄蚁死去，而蚁后蹭掉自己的翅膀，寻找一处地方建立新窝。这些蚁后虽然可能再活三十年，但它们永远不会再交配了，余生产下的每一个受精卵所需的精子，都是它们在一个夏日午后的飞升中储存在体内的。

我看到海鸥从四面八方飞来享受这突如其来的盛宴。蚂蚁被卷入一股上升的热气流，来的海鸥接触到气流外缘，一只翅膀的尖端被上升气流牵动，它们很快平展双翅，盘旋而入，毫不费力地飞到高处。几英里外也能看到这座奇妙的"鸟塔"，一个乡间小镇路边教堂上空稍纵即逝的显著地标。这些大群的捕食者也是导致整个地区的蚂蚁同时出现的一个原因，空中的蚂蚁越多，其中一些就越有机会躲过鸟喙的屠杀。一只赤鸢也加入鸟群，在其间俯仰翻飞，双翼在天空中印下黑色的剪影。

太多时候，我们觉得科学似乎削减了世界本身的神秘和美丽。然而恰恰是我从科学书籍和论文获得的知识，让眼前所见变得无比感人，在此刻几乎难以承受。上千条不同的飞行轨迹划过苍穹，其下鸥鸟翻飞构成道道曲线，晴暖的空中充满张力，一方意在捕食，另一方是每一只升空的蚂蚁的渺小希望。让我着迷的不仅是飞旋的鸟群，或蚂蚁如何神奇地开拓出各自的平凡空间，并赋予其戏剧性和意义，还因为这壮观景象背后的动力完全不可见。这一片浩荡的天际，海鸥，难以看清的蚂蚁，活生生地揭示出不同尺度的生物之间的关联，让我兴奋又谦卑。之所以谦卑，是因为我思忖着尺度和生存的目的，不禁想到自己在那个更宽广的自然系统中和蚂蚁差不了多少，我的重要性不会超过这里任何一种生物。沉迷之中，我注视一群雨燕纷纷飞来，是它们收获的时候了，翅膀如镰刀割下，粉红色的咽喉大张，从空中吞啖蚂蚁。我脖子后仰，目光追随着它们，直到群鸟横亘在太阳和我之间，刺眼的阳光将它们从视野中抹去。我的眼里涌出了泪水，低下头看着被我遗忘的土地，沥青路面上铺满翅膀闪亮的雄蚁和蚁后，它们都已做好准备，为这一生第一次也是最后一次的飞翔。

症　状

　　偏头痛——像雨，像一颗子弹在暴力威胁发出几天后的一个早上才装膛。它是一条蛞蝓，像棘轮一样旋转切入，插进你的脊椎，之后是缓缓推进的注射器，起初如雨伞压顶的空虚压力令你觉得晕眩，仿佛真的有一团空气如雷雨云抬升膨胀，向上向外鼓起，直到它的边缘和你的头骨交叉相接，然后是两个拇指压在你的太阳穴上，移过你的下颌，当你拿起一个杯子或一支笔时会有奇特的抽痛感袭来，那两个拇指按进你的肩窝，深藏在痛感发作时才意识到的部位。痛感来袭时是单向的，有时在头骨左边，有时在右边，然而痛感如此强烈，哪一边也无法容纳它，它像凛冽风中啪啪作响的旗子一样晃荡，又像心跳一样深沉搏动。有时你一只眼睛流泪，是和头痛发作的同一侧的那只，那是医生所说的鼻后滴流，它使整个世界尝起来是灼热的金属和浓盐水。有几次我自己偏头痛发作的时候，我突然有一种强烈的直觉，觉得自己的成分是钴，大概是因为嘴里的那种味道，也因为我过于昏沉，但主要是感觉到大脑中的干扰有时好像在沿着古代中国瓷器上那种精致的青花纹样游走。[1] 沉船、骨头、珍珠。就是如此，偏头痛把我带到隐喻构筑的世界，而后又有更多的隐喻，因为它们总是多得**难以承受**，所有的过滤机制都消失了。

30% 的偏头痛患者在头痛发作时会经历视觉障碍。我只有过一次，一个文学节的风雨之夜，我正忙着在书上签名，一团闪烁的火花，一阵针刺般的青紫色辉光好像短路的圣诞彩灯，从视野的右上角向下扩散，直到我几乎无法透过闪光看清东西。在教科书上这种现象被称为"闪光暗点"[2]。辉光闪烁，我已崩溃。我继续签名，继续微笑，用十个脚趾紧紧抠进鞋里，担心自己会死，然后头痛开始发作。

尽管很痛，亮光像凶残的入侵者，我也被迫卧床，吞下安全范围内最大量的止疼片，但是我的偏头痛并非一无是处。它们的利用价值不是疼痛，疼痛极其难过，令人心生怨恨，我恨它从我生命中夺走的时间，恨头痛来袭时的无助，恨我蜷在床上打湿枕头的泪水。但是偏头痛提醒我，多数人总以为自己的身体多么结实，然而绝非如此。世界卫生组织 1948 年对健康的定义是："身体、精神和社会关系全面和谐，不仅仅是没有疾病或身体不虚弱"，照此看来没有一个人符合标

1　中国自唐朝起在陶瓷生产中广泛应用钴的化合物作为着色剂，唐三彩、青花瓷、景泰蓝的釉料中就含有钴，只有钴颜料的蓝色才能历久弥新。

2　闪光暗点（scitillating scotoma）是偏头痛先兆的一种视觉现象。

准。这个美化过的定义比乌托邦更有健全中心主义的歧视色彩。这种完美不可能生来具备，因为我们是化学物质、网络、偶然的分子路径和变幻的电能风暴的组合，谁也不曾拥有过完美的健康。

偏头痛普遍得难以置信，十亿多人都深受其苦，而它又是一种相当神秘的神经病症。具体的病理还无法确定，不过很可能是大脑对其输入物失控的一种倾向，一种部分遗传的感官处理失调。我们知道了大脑四围的脑膜血管在头痛时会扩张，偏头痛和三叉神经中枢的活动相连，那是控制脸部和咀嚼肌的神经网络的基底。我们也知道先兆性偏头痛和掠过大脑的电流活动波幅有关，这种波幅叫作扩展性脑皮质功能障碍。在偏头痛发作期间，一无所知恰恰能够说明问题，疼痛抹除了所有知识，令理解能力变得多余。没有什么需要了解或理解。主体、客体，全都失去意义。你所有的只是存在本身，它只是全然疼痛。

有些人的偏头痛在月经期发作得更为频繁（女性偏头痛患者数目是男性的三倍，性激素似乎是一个原因），我的情况也符合这种关联，不只因为我是那些女性中的一员，还因为我的月经是偏头痛最近的表亲。毫无疑问，流血，或是蜷起身体痛苦哭泣，这二者来临前都有一系列先兆症状。

我用了近三十年的时间才摸清经前规律，现在我知道了，经期前一周，总会有一天我时刻想象着谋杀陌生人，尤其是开车慢的司机，还会有一天任何事都能让我流下多愁善感的泪水：超市广告，一张橡木桌抛光的桌角在太阳下闪耀，一只鸽子从山楂树的一根树枝上飞入风中。那一周大部分时候，我内心那个评判者的声音就像果仁蜂蜜切糕一样蛊惑人心，哪怕它说我是一个糟糕的人，是世界上最差的作家，我也会相信。然而经过数十年的困惑，这些状态现在如同老友，我以狡黠的手段与其周旋。

我对偏头痛的预感极其细微具体。偏头疼前两三天，我的冰箱里塞满了一瓶瓶香蕉牛奶。我打很多呵欠，莫名的口渴，关节也痛。我买回黑巧克力和糖渍甜菜根。我感觉幻灭般的疲倦，情绪恶劣不堪，连最动听的鸟鸣也让我厌烦。现在我能一一列举这些症状，然而偏头疼真正发作时总是令人惊讶，我从来觉察不到它的征兆。这些症状属于偏头痛最早期的阶段，是发作之前的前驱症状。而一些最声名狼藉的发病诱因却根本不会触发头痛，吃巧克力的欲望和接踵而至的剧烈头痛一样，都是偏头痛的一部分。

疼痛减退后，后续反应开始了，这是我的一位特殊的缪斯。虽然我感觉虚弱、压抑、迟钝、愚蠢，但在这反应的内部过程中，写作却来得最为容易。我大脑中不知运作着什么，让文字涌流，让世界变得清晰，将我轻轻推入似乎被重新铸造的日子，更轻易地为一片风景惊艳。此时，体验着后续反应的我正在厨房餐桌旁书写，一片热帖盖住我的后颈和双肩，以松弛因疼痛两天而纠结的肌肉。今天早上太阳刚出来，我从花园后篱望向一片燕麦田，更远处是环绕四围的河谷和山丘，天空现出珠母贝似的虹彩，低洼的大地笼罩在发光的雾气中。对于一个害怕耀眼阳光的偏头痛患者，这样缓缓滑入秋天柔和的日子和早临的夜晚，无疑是巨大的安慰。

但是有什么地方不对。我摇摇头，又摇了一下，心想我是不是病得比我了解的还要严重，因为我能听到一阵强大的轰响，是一种低频的轰鸣，就像大型客机从头顶飞过的声音，但这架客机不知怎么停止飞行了。没有多普勒效应，没有声音的变换，调子就像雾气一样凝滞不动。声音的来源似乎无法觉察，是从地面上发出来的，从空气自身。或许是，**来自我体内**，念及此我心里一惊，也许这是我先前不知道的偏头痛附加症状，一种新的幻听。我的焦虑就像灌木丛着火，尖锐的刺痛感如闪光的水波在皮肤上蔓延，直到一只斑尾林鸽在我头顶的树上开始鸣唱，低沉的咕咕声传到空中，频率和周围充斥的那种噪声一样。我的惊讶感从后颈直向下延伸，胳膊上起了一片鸡皮疙瘩，这才明白那是林鸽的叫声，它们成百只聚集在这里，啄食田野收割后散落的谷粒。方圆几英里内，它们在树丛、树篱和篱桩上同时鸣叫，数量众多，让个体之歌融为一局。这不是我的凭空幻想，它并非某种症状，而是**此时此地正发生的**。在上百只动物的喧嚣声中，我满心欢悦，想到不管多大年纪，还能遇到新鲜的事。或许我的神经病学知识有误，过度解读了这种经历，但是换个想法，有时可能没必要自责。有时那不是你的问题，而是世界出了问题。

有一次我跟朋友说起自己总是无法意识到前驱症状。我说，其他人明白他们症状发作时意味着什么。大多数人。我却不行。我说："很奇怪。我猜自己是不是成心否认，因为我对偏头痛充满怨恨。"她沉默了一会儿，然后小心地回答："可能是这样。"然后她又说："还有一种可能性。你有没有考虑过，你无法分辨偏头痛发作时的相关症状，这本身也许就是一种症状？因为有些事情就是如此设置的，看不见它们，无法理解，就是经历这些事情的一部分。"

我这种偏头痛患者最擅长否认。我们了解那种感觉，眼睛和心脏后面那种指尖的按压感，明知它在那里，却又相信它不存在。这就是为什么我每次听到气候变化的新闻，总会想到偏头痛，尽管我们对前者的科学机制比对后者的了解明确得多。就在我写作本文的时候，西伯利亚的林火正在撕裂上百万英亩缓慢生长的松树。亚马逊雨林在燃烧。村庄坠入大海。解冻的永冻土层释放甲烷，炸出一个个坑洞。狗拉着雪橇跑过融水。最热的夏天。又一个最热的夏天。再一个。飓风在大西洋沿岸登陆。一、二、三。为一张快饿死的北极熊照片难过是容易的，为科学家的预测性声明而惊恐，为飓风或洪水造成的生命代价极度悲伤和恐惧也是容易的，然而更容易的是否认系统性崩溃的存在。我们知道自己陷入困境，却把焦虑化作可感知、可想象的恐惧。我们为垃圾污染的海洋里漂浮的吸管和像海蜇和栉水母一样漂游的塑料袋心焦。有些人用一个虚构家园的概念来锚定心灵，而我们周遭的家园正在燃烧或被淹没。还有些人想象出威胁我们家园和熟悉的生活方式的敌人。我们坚持网络上流行的叙事，将恐惧导向阴谋论和宏大的代替物，阴谋像千禧年宣传活页四处翻飞，手写的反对言论用电子墨水重新呈现。但是我们知道自己身陷困境。

对于人们的理解无能，有一种解释我读到过太多次，觉得它几乎是绝望滋生的一种重复。这种观点认为我们无法对气候紧急状态的事实形成概念，因为人类的大脑就是如此进化的。漫长的演化历史决定了我们无法做出反应。我们天生就无法领会如此宏大而涵盖全局的东西。过错不在我们，听到这个说法令人宽心，但困境并未解除。每次我读关于气候紧急状态的文章，就会联想到偏头痛，因为我渐渐怀疑我们的不作为和偏头痛发作的机制可能相似。假如并不是演化的历史导致我们无法看到问题呢？假如这和早期人类生活中的选择性压力并无关系呢？假如是我们自身，是现在，正经历着一种结构性的问题，致使我们无法将预感认作症状呢？我的偏头痛症状是一连串不相干的事情——甜菜根、香蕉奶、打呵欠、畏光、疲惫，看似彼此无关，也和其后发作的疼痛无关。难以想象这些事情如何产生关联或组成一个整体。同样，我们一直被教导，这些事毫不相干，只是偶然和世界的运行关联起来。比如农业生产、食品分配、国际贸易协定、跨国企业文化，我们很难理解这些事可能是气候紧急状态的先兆前因。我们为时代所限，无法处理某些类型的问题和措施，因为它们不符合我们对世界的惯有认知。我们一直被引导去相信——可做出决定在超市里改变世界，只有个体行动最重要，想要实现大规模的变革，我们应当从自身的细微行动做起：更换白炽灯泡，不开柴油车，不使用塑料吸管。但是有时候，那不是你的问题，而是世界出了问题。公开的抵制和过程中的变革是集体行动，不是个体的。我们需要的是大规模的、齐心一致的文化行动，这才是我们应当加紧组织的。

很多年了，每当偏头痛来袭，我感到第一阵剧痛时，都被强烈的宿命感吞没。我知道已经太迟了，无论我待在一个暗室，还是喝下一罐罐苏打水，或是听鲸鱼歌声的磁带，都无济于事。我能做的只是蜷起身子，等待疼痛来临，它将夺走这个世界。后来，也就是最近的事，我尝试了一种偏头痛药物，它通过模仿天然的生化成分血清素的效应，选择性地抑制偏头痛引发炎症的颅内血管。这种药对于过了绝经期的妇女和有心脏病的人有潜在危险，所以虽然在英国药店里买得到，但需要填写一个详细的问卷，并跟药剂师深入地讨论你的健康问题，获准后才能买药。

多少年来，我自以为唯一的选择是熬过偏头痛，把自己绑在桅杆上等待风暴过去。这仍然是个选择，有时偏头痛虽然严重，但还不是世界末日，我就忍着，因为我知道经常服药会减弱药效。可是如果疼痛愈发强烈，快要到崩溃点（我完全能确定崩溃点是什么状况，何时会来临），我就会吞下一粒药片，只需一个多小时，疼痛就会消失。天光又变得柔和，我的眼睛不再流泪，痛苦像锋面过境后消散的云团。之后几天我会有种迷糊而陌生的感觉，但是疼痛总会消失。我最深刻的体会是，每次服下一剂药物，我都认为没用，完全不可能发挥药效，然而每一次都生效。在我此生的经历中，这种药效几乎最接近奇迹。

当然，地球正在遭受的问题和偏头痛患者的不同。假如只是你的身体，你有理由为自己做决定，处理让你饱受冲击的状况。但是二者有些方面可以共鸣。从前我的偏头痛真言总是"本来如此"，直到我意识到它不必如此。现如今，我们已然处于地球生态体系崩溃的早期阶段，大灾难的前驱症状。在末日论的传统想象中，世界末日总是迅速发生，一天终结一切的恐怖日降临人间。然而自然界更为广袤，整个系统的运转并非围绕我们人类短暂的生命。我们已经置身末日，森林大火和五级飓风已是足够多的征兆，就像从无底坑里上来的兽[1]。

末日论才是行动最大的敌人，它让我们放弃主动，感到唯一能做的只是忍受和坐等结局。这不是我们现在应有的想法，因为末日不一定是巨大的变动，不一定是大灾难。这个词早先的含义是启示、预见、洞察，从前未知的事物变得分明。我祈祷当今的末日能够带来启示，让我们意识到自己有干预的力量。就像在我身上，被偏头痛折磨的大脑机制是可以调节的，虽然我们直到它真的发生，才相信这可以实现。看起来这个世界似乎必须依靠化石燃料和无穷尽的经济增长，但这种无法自拔的机制同样也可以调整。我们所能采取的行动似乎无法实现，没有意义，然而它们恰恰是完全、绝对、应该实现的。我们可以施加压力，响亮发声，我们可以游行、呼告、哀悼、歌唱、希望，为这个世界而战，和其他人站在一起，哪怕我们并不相信，哪怕变革看似没有可能。因为，就算我们不相信种种奇迹，奇迹也依然存在，它们正在等待我们发现。

1　见《圣经·启示录》："他们作完见证的时候，那从无底坑里上来的兽必与他们交战，并且得胜，把他们杀了。"

性、死亡、蘑菇

雨下得很大，林中的空气散发出腐败的甜酒味。我和老朋友、也是从前我读博士时的导师尼克在一起散步，他是科学史荣誉教授，也是业余真菌学家。过去十五年里，我常常跟他一起在秋天找蘑菇。今天，我们来到了萨福克郡的塞特福德森林。我们带着传统的英式柳条篮来存放奖品，也许会有菌柄细如发丝的小菌，从朽木树干上掰下来的凸凹不平的片状菌，似乎被人丢弃的圆枕头似的大团的菌，或者是从土里伸出来好像红色海星腕足的菌。

奇怪的是，寻找蘑菇的感觉就像捕猎动物，尤其是寻找食用菌。我找鸡油菌的时候，发现自己下意识地蹑手蹑脚走过长满苔藓的树桩，好像它们会听到我过去。如果四处走动，想要直接发现它们，那是行不通的，它们有种特异能力，能躲开搜寻的眼睛。而你需要改变自己看待周围土地的方式，关注落叶层奇怪的现象学，试着把注意力平均分配给纷乱的森林地被上所有的颜色、形状和角度。一旦拥有了这种松弛的、略带捕猎者意味的注视，明亮的蜡黄色鸡油菌就会从叶子、树枝和苔藓后面纷纷冒出头来，现在它们看起来已经和旁边的假鸡油菌颇为不同了。尼克说，有了足够的经验，就算它们的样子千变万化，至少对于常见的种类，就能很有把握地辨认出到底是哪一种，而你也无法解释是怎样辨认的。他十几岁的时候已经是一个真菌发烧友，牢牢记住了至少几百种真菌的名字。

蘑菇是真菌的子实体，真菌的生命形式是被称为菌丝体的组织，由细小分枝的菌丝构成。有些是寄生性的，有些则以腐烂物为营养，很多都是生长在植物根系周围的菌根，和它们的寄主共享营养。采一朵蘑菇不会杀死这株真菌，从某种意义上可以说你只是从一团隐蔽缠绕的丝状体上摘下了一朵花，那团丝状体可能既巨大又无比古老。俄勒冈州的一种蜜环菌[1]盘踞几乎四平方英里[2]的土地，已生长了近两千五百年。

很快，尼克和我就遇到了很多呈不规则半圆形分布的蘑菇，宽大的菌伞就像冷却的牛奶咖啡，不可思议地置身于枯叶中。这些是"云帽"[3]，此地的常见菌种，据说颇有毒性。我们走开继续前行。没过一会儿，尼克发现了高草中一点亮黄色。这一种更有意思。他在它旁边蹲下，皱起眉头，用拇指和食指

1　此处指美国林业科学家 1998 年在俄勒冈州东部蓝山发现的奥氏蜜环菌（*Armillaria ostoyae*），并不是说它是巨型"蘑菇"（地面上的子实体），而是指它地下的菌丝体网络极其庞大。网络曾流传一幅后期制作的假照片，针叶林中一些人站在一个巨型蘑菇下，显得十分渺小。

2　约等于 10.36 平方公里。

3　根据原英文俗名 cloud caps 直译，根据其描述判断，最符合的物种是杯伞属的水粉杯伞（*Clitocybe nebularis*），在英国和爱尔兰的针叶林中很常见。

捏住标本下部，轻轻地将它拔离苔藓和草丛。"口蘑，"他满意地道出，"硫黄口蘑（*Tricholoma sulphureum*）。"真菌学家一般都用学名来指称菌种，因为它们的俗名太多了，他手中的蘑菇有时俗称为"硫黄骑士"或是"煤气伞菌"。他把蘑菇递给我，示意我闻一闻，一股难闻的硫黄味让我皱起鼻子。然后他把口蘑收进篮子。

我不大擅长鉴别真菌，但比以前有所长进。这些年来，我不仅学会了通过看、闻，或是观察断面的变色来辨识几种菌，也越发为真菌在我们的想象中占据的奇妙地位而着迷。我们采食蘑菇已有千年之久，它们依然具有扰乱身心的力量，构建出有关性和死亡最深邃的人类谜题。十九世纪的人们对白鬼笔尤其心怀恐惧，这是一种吸引蝇类的真菌，气味腐臭，膜质的菌蛋裂开后长出一根成体，其学名 *Phallus impudicus*[1] 生动地描述了它的形状。查尔斯·达尔文的女儿汉丽埃塔晚年曾到林中专门采集白鬼笔，然后带回家中，"考虑到女仆的贞洁道德，锁上门，用客厅的炉火将其秘密烧尽"，这是她的侄女在回忆录中写到的。一些现代田野指南也反映了我们对性持续的虔敬，其中将丝盖伞属蘑菇的独特气味描述为："不宜明言

1　白鬼笔的拉丁学名由卡尔·林奈命名，其中的属名 Phallus 意为阴茎，种加词 impudicus 意为有伤风化。

的"或"恶心的"，而不是更为准确的"精液味"。

在冬天将至的森林中，这些美丽的异形绽放在朽木、动物粪便或枯叶堆中，仿佛一种生死相依的魔咒，极为强大奇异。在波罗的海神话中，蘑菇被视作死神伸出地面的手指，穷人以此为食。但它们和死亡的关联更为直接，很多蘑菇确实致命。吃下一颗鳞柄白鹅膏或毒鹅膏菌，你或许能生还，但恐怕需要肝脏移植。此外真菌的特殊毒性与它们的外形一样神秘。一株蘑菇可能含有不止一种毒素，是否做熟，如何烧煮，是否用以下酒，食用前有无发酵，都会改变它的毒性。真菌学家说到毒菌和爬行动物学家谈论毒蛇一样，颇有一点违禁的快感。

如果你想采食真菌，唯有依靠鉴别技能才能避免死亡或重病。这项活动有点玩命的性质，时时把自家性命押在一些恐怖的可能性上。如今食用野味的风尚开始流行，部分是因为那些野外采食的明星大厨，也和人类渴望与自然重建联系的心态有关。一些流行的田野指南应时而生，其中列举了一部分可食用菌和毒菌。尼克认为很多类似的指南不负责任，甚至是危险的。"对于你可能遇到的东西，指南并没有提供全面的说明"，他警告说。很多毒菌跟食用菌外形极其相似，将它们一一辨别需要仔细地检查和顽强的决心，还经常需要在显微镜载玻片上细看染色后的孢子。

辨明令人迷惑的样本这一过程本身便让人满足。要是在菌类探索之旅当晚拜访尼克，你会看到他坐在桌旁，桌上摆满了菌类、几大册价格昂贵到惊人的真菌鉴别指南，一台显微镜和一个放大镜。他脸上的表情愉悦而又极其专注。"有些种类的颜色多变得难以置信，"他激动地说起红菇属，"它们被雨水浇过后，颜色褪了，那么孢子上的疣的分布特点就成了一种辨别的手段。所以一个普通人注定失败，因为看颜色不管用，又没有一个倍数足够大的显微镜。"菌类迫使我们思考自身理解力的局限，并非一切事物都能轻易符合我们的分类标准。归根结底，这个世界可能复杂到我们无法了解。

几个小时过去了，雨势开始减弱。我们被淋得透湿，但心情大好。尼克的篮子里满是又小又难以分辨的毒菌，我的堆满了食用菌，其中有几枚黄孢红菇，闪亮的菌伞和太妃糖苹果的颜色一样。我们返回停车的地方，路上穿过一片浓密的松树，那里空气湿润，光线阴暗，树皮剥落的树干之间挂着蛛丝紧绷的蜘蛛网，我能感觉到它们在我胸口崩断。肥肥的园蛛从我的外套上掉落在厚厚的松针地毯。刚要走回小路，几米开外一棵树下有什么东西吸引了我的注意。我立刻认出那是什么，虽然以前只在书里见过。"绣球菌！"我大叫着跑了过去。一颗苍白、半透明的肉质的凸起物，有足球那么大，好像在湿淋淋的荫蔽处发光。它繁复的皱褶像是煮牛肚和海绵的杂交体，令人不适。看着看着，我记起了它的拉丁学名：*Sparassis crispa*，它寄生在针叶树上。绣球菌撕碎后加鸡汤炖煮，气味很香，味道鲜美。我坐在湿土地上，打算看得更仔细些。

我们都是视觉动物。对我们来说，森林是树木、叶子和泥土组成的。但是就在我的四周，无影无形却又无处不在的，是真菌的生命网络。上百万条细小的菌丝在树木之间生长蔓延，聚拢在成堆的兔子粪便旁，将灌丛和小径、枯叶和有生命的根系交织在一起。我们几乎不知道那儿有真菌，要到时机合适才会看到它生发的子实体。但是，如果没有真菌不停地循环水、营养物质和矿物质，森林就无法正常地运行。在我看来，也许蘑菇最神秘的地方就在于，它们是一个至关重要却为人忽略的世界的实体呈现。我伸出手，掰下半个易碎卷曲的蘑菇，放进篮子，迫不及待地想要尝尝滋味。这枚纪念品所在的世界里，满是从我们眼皮下躲藏起来的生命。

冬日树林

每一年的元旦，我总在入夜前去林中走几个小时。夕阳低垂的时分，在深深的雪地上，在雨中，在紧贴皮肤更像水而非气体的湿雾中，我在林间穿行。我走过成片样貌邂逅、未到成熟期的松林，古老的低地森林，榉树林，农场的杂树林，我踏着泥泞的小路穿过桤树和桦树丛。有时我和家人或朋友一起，多数时候独自一人。我不太记得我的新年行走始于何时，但是多年来它已经成为一项亲切的冬季传统，就像烤过头的火鸡或是花了太多钱买的圣诞树。

在冬天，林中漫步成就了一种特殊的现象学。无风的日子，林中一片深邃的宁静，脚下枯枝折断的响声就像射出的子弹。那种静谧培养出对细微声音的敏锐觉察，而那些细微的声音在这一年的早些时候会完全被埋没在喧闹的鸟鸣中，比如我脚边枯萎的欧洲蕨丛中一只田鼠轻轻的摩擦声，一只乌鸫搜寻蜘蛛翻检枯叶时单调的刮擦声。现在树木落光了叶子，野生动物的行迹更显眼了，不过我自己也同样显眼。我常常遇到松鸡、普通鸳、知更鸟和灰松鼠发出警告的叫声，特意用尖厉的声音告诉我，它们知道我在那里。被林中的生物咒骂让我觉得不安，却也欣慰。现代文化中的自然鉴赏往往预设自然界仅供观看和观察，就像透过一片厚玻璃板。而这些警鸣声提醒我，我们的存在会产生影响，我们喜爱观看的动物本是拥有自己的需求、欲望、情感和生活的生灵。

一片冬日的树林展示了它们生长其上的大地的骨架，缓坡、沟壑和洼地的地理轮廓。树木变成了模式识别练习，每一种树有其独特的树皮纹理，粗枝和细枝的布局和角度。叶落之后，冬天让光线和风雨都进入树林，冬日渐长，向春天过渡，阳光新近照过的树干上，藻类也变得青绿。

冬天的林中生命迹象不够明显，但它们确实存在。明亮的星芒状苔藓，或是经受严寒的真菌子实体，它们有"防冻液"细胞，都值得我们关注。有一年，淡薄的阳光下，林中的骑马道中央有一小群冬天的苍蝇，让我着迷了许久，我深刻地意识到它们的脆弱，它们对这个世界短暂的把握。冬日里缺少生命的鲜明迹象，我由此想到自己作为人类的感知是有局限的。这里的大多数生命对我而言都过于微小了，或者是在地下生存，我看不见。在我脚下，菌根真菌的菌丝将植物的根须相连，和土壤联结，它们让树木接触到重要的营养物质，也赋予树木一种联络方式。

我们很容易把树木视作静止不动、令人起敬的存在，以它们为尺度衡量自身的生命，我们自己渺小的历史。但是树木会生长，叶子会凋落，冬天会攫住大地。一个树林其实是一个进程，一个不断变化的地方，而我花了很长时间才明白。孩提时候我以为家附近的树林会永远保持原样。今天，我从前行走过的很多小径已经被密密的桦树丛挡住，只是我对那些小径的记忆仍在。

夏天的树林几乎让我察觉不到时间的流逝或到来，它们充满嗡鸣、闪光、不断变换的丰富生命。所有的一切都昭然于世，难以感觉到潜藏的东西。而冬天的树林正好相反，它唤起时光流逝的感觉。冬日的白昼总是快速移入黑夜，在凛冽的寒风中散步，很难不惦记回到温暖家中的感受。我头顶上和周围是去年的鸟巢，成鸟筑巢庇护的雏鸟早已羽翼丰满。其他生命的迹象在夏天总被茂密生长的植被遮蔽：啄木鸟的巢穴，鹿啃食过的树苗，狐穴，低处的棘刺挂住的一团獾毛。我的脚还踏在去年的叶子上，而我头顶和四周的枝梢，苞芽里下一个春天的新叶已经卷拢。

雪后，地上积了一层薄薄的雪，解读林地哺乳动物和鸟类的足迹就可以回溯时间。雄鸡的爪迹以翅膀的印痕结束，每一枚锯齿状的初级飞羽都攒冰霜为绒，记录了鸟儿前一天晚上从地上飞起归巢休息的那一刻。在威尔特郡的一片林子，乍看完全没有动物出没，而我曾经跟随一只草兔的脚印，径直穿过雪地，走到一个黑色的水塘，看到了它喝水的地方。

从一枚枚有肉垫的足印之间的距离，我还能看出它在路上跑得是快还是慢。

正念（mindfulness）这个词指的是纯粹地存在于当下的意识，我们常将其理解为一种灵性的追求。但是冬天的树林教给我另外一件事，即思考历史的重要性。在同一时间，树林可以为你展示过去五个小时，过去五天、过去五个世纪。它们是树木、土壤和腐烂的树叶，水晶般白霜的绒毛和一夜的融雪，也是不同时段交叉的地方。一片片树林里，潜在的可能性在冬天的空气里噼啪作响。

日　食

很久以前，我初次决定去看日全食，打算独自一人，那才浪漫。那时我二十出头，未免觉得自己才是宇宙的中心。在我的想象中，日食的发生意味着太阳和月亮再加上我将会连成一线，从而产生深刻持久的启示。我觉得其他人的在场将会抹杀所有的意义，确信体验自然界的最好方式就是一己与自然的私密交流。如今回忆起来，这真是个尴尬的信念，因为我刚开始目击第一场日食，就意识到自己绝对不想独自在场。

目睹一场日全食会严重破坏自我感觉和个体理性。十九世纪开展日食观测之旅的科学家们将这个过程视为自控力的考验。他们备感困扰，担心全食对情感的强烈冲击之下，个人将无法保持客观。在历史学家亚历克斯·索勇－金·庞的描述中，全食发生时他们的双手颤动得如此厉害，很多人几乎没法记录数据。1871年，印度的一个日食观测者因情绪过于激动，不得不退回房间，把头浸在水里。爱丁堡皇家天文学家查尔斯·皮亚齐·史密斯颇为惊奇地写道，在1851年的日食过程中，不仅仅是"反复无常的法国人""因为一时的情绪而无法自控"，"冷静沉着的英国人"和"面无表情的德国人"也失控了。抛开民族刻板印象，他关注的问题正是日食那种精密的矛盾性。虽然日食的轨迹和计时都可以用数学做出令人惊叹的精确预测，日食的效力却总是导向实证描述和客观科学的反面，它们激发的敬畏之情原始而强烈。

我第一回看日食之前，人群总是让我紧张，不仅是因为我天性内向。在上世纪七八十年代的英国看电视长大，这本身就是危险事件入门。政治游行，摇滚音乐节，骚乱，所有令人恐惧的因素都和十九世纪的科学家恐惧日食一样——它们都让你忘却自我。消解一切个人的理性和约束，跟随无法控制的本能和情感，人群是一个非理性的、暴力可能蔓延的实体，这一概念是古斯塔夫·勒庞等欧洲理论家的遗产，他自己的观点成形于十九世纪末法国的政治动荡，认为群体是野蛮的破坏因子。这些社会史的内容加剧了我对人群已然怀有的不安。从前我常常独自在树林和田野消磨很多时间，主要是因为想观察野生动物，如果成群结队去看，就很难偷偷接近。但是我对独处的向往还有更忧心的原因。独自观看世界令人安慰，你可以凝视一片风景，看风景中栖息的东西——树木、云彩、山丘和河谷，除了以想象力所赋予的声音，它们没有自己的声音，任何东西也无法挑战你的自我。太多时候，我们把孤独的沉思看作与自然建立深层联系的正确方式。但这从来都是一种政治行为，它将你从与之对抗的其他思想、其他诠释和其他意识中解放出来。

当然，逃避社会矛盾还有一种方式，那就是加入一个和你以同样眼光看待世界，珍惜同类事物的群体。我们都知道美国是由粗犷的个人主义者组成的国家，然而关系到宏大事物的追求时，这个国家自有一种喜好群聚的传统。历史学家戴维·奈伊的观点是，成群的游客去往大峡谷这类自然胜地，或者目睹航天发射这种令人敬畏的事件，他们所参与的都是一种独具美国特色的朝圣。这种宏大的体验支持了美国例外主义的理念，惊叹不已的人群以全新的眼光领略自己祖国的辉煌和意义。但是，2017 年结群观看日全食的上百万名游客，看到的并不是美国的岩石和土地为时间所塑造的样貌，也不是美国独创的产物，而是头顶上方的天体将一片流逝的阴影罩住整个国家。即使如此，这次日全食被冠以"伟大的美国日食"之名也不牵强，因为天象契合的正是这个国家当时在理性和非理性、个人主义和群体意识、归属和差异之间的挣扎。在所有群体中，最令人忧虑的就是那些由于对异己和差异的恐惧及愤怒而凝聚的群体，他们是这样一些组织，用以定义自身的德行恰恰是他们所反对的。然而，这种凝聚不可能发生在观看日食的人群，因为他们面对着绝对之物，所有个体的差异都失去了意义。当你站在那里目击太阳之死，又看到它重生，这世上就不可能再有"他们"，只有"我们"。

1999 年的康沃尔，我和父亲走在一片人群密集的海滩上，准备观看英国七十多年来的首次日全食。我们发现自己周围有来回打转的导游、追日食的人、学龄儿童、摄影团队、挥舞着荧光棒的青少年，服饰花哨的新世纪旅行者[1]。那是我第一次看日食，身边的人群让我紧张。我还坚持着那个浅薄的直觉，认为启示只在无旁人在场的时候降临。天空阴云沉沉，令人灰心。几小时过去了，看这样子，日食来临时除了黑暗我们什么也看不到。但光线黯淡下来的时候，气氛变得如此紧张，人群成了一个无比重大的存在，我真切地感受到它席卷一切的力量。世界转动，月亮移转，夜晚骤然袭来，有那么一瞬间，我为身边每一个人的安全深感担忧。但我几乎看不见在我面前伸出的手，大海另一边的遥远天空上，低悬的云层染上了一种诡异的落日色彩，就像上世纪五十年代核弹实验的褪色照片，云上的天空晴明湛蓝。

接着，启示降临了。和我预料的不同，它并非来自天空，

---

1 新世纪旅行者（New Age Travellers），英国的一类拥抱新世纪运动（兴起于二十世纪八十年代末兴起的一种生活和思维方式，倡导非西方主流文化的另类生活，对灵性、神秘主义、整体论和环境论有兴趣），组织车队旅行、野营，居无定所的人。

而是在地上，和我们这些人在一起。沿着大西洋海岸站成一线的人群全都举起相机，拍照留念，闪光灯连连闪耀，光点汇成一道光波，贯穿这片黑压压的海滩，一直蔓延到海湾的另一边，整片海岸仿佛星光闪烁的原野，每一个转瞬即逝的光点都是一个不同的人。我笑出声来。我本想要一个独自的启示，得到的却相反：压倒一切的集体感，以及组成集体的部分——个体之光短暂地映亮了降临的黑暗。

观看多云天的日食和晴天的感受截然不同。康沃尔日食七年后，我目睹了一次晴天的日食，那段经历仍在我心中某个地方鲜活地存在着，一切都是现在时态，就好像日食依然在发生，永远也不会停止。

我跟朋友一起去看日食，在土耳其海岸上一个残败的古城赛德。日食当天，我们在一片片积沙和开花的月桂丛之间找到一个立足之处。月桂枝上几十只胖乎乎的莺鸟轻盈地跳动，从叶子和有黏液的花朵里一口叼走有翅膀的长足昆虫，小褐鹀在鸣唱，到处都是活跃的生灵。月亮将在一个小时的过程中慢慢移动到太阳的前面，最终遮蔽它的面孔。

我们一行四人。穿运动鞋和 T 恤的三个男人是数学和编码专家，还有一个女人戴着草帽，拿着望远镜，她即便把一行简单的数字相加也会犯低级错误，那就是我。我们在这片残石和灌木丛生的小小荒野散步，在我的左边，沙丘已开始侵袭废墟，高高地堆在一半已被埋没的城墙上。残墙后面，沙地里到处都是光滑的蜥蜴和角百灵，苍白的沙子上划过无数锦龟的足痕。我们这个小队站在沙丘顶上等待，我闲着无事，看看野鸟。到处都是类似的群体，有些把望远镜对准平整的白纸，等待"第一次接触"的显示，就是一点最微小的勺形黑影侵蚀太阳的一边。第一次接触之后，要过很长时间再出现第二次接触，也就是太阳被月亮完全遮蔽的时刻。抵达世界的光亮一点点消减，过程悠长平稳。我的大脑将我捉弄了许久，因为得到安慰对它自有好处。**一切正常**，它说。它让我觉得自己一定戴着变色墨镜，所以是透过茶色玻璃看到世界在变化。但是为什么所有的东西，脚趾下沙丘草那行李箱捆扎带一样的叶子，残墙，海湾的树，面前的大海，身后的山峦，它们依然如常，只是黑乎乎的？我这才发觉自己并没有戴墨镜，一念及此，我仿佛被一条手臂重重砸在钢琴琴键上那种噩梦般的力量击中。和自己的大脑展开的小小的、紧张的斗争，导致的心理效应等同于那一声混乱的撞击。我开始发抖。这里一个小时之前不是热得要命吗？有一则老掉牙的故事，说的是用水煮死青蛙。把一只青蛙放进盛满冷水的锅中，然后把水烧开。表面上看，那只淡定的青蛙将不会注意到温度的递增，直至死去。那个故事的恐怖有几分诡异，我现在所经历的也是如此。我有一种强烈的欲望，想要警告人们，想办法跳出煮锅。一切都在改变，可是大脑的机制令我们无法注意到这种规模的事物。我的眼光在大地上跳跃，自觉而焦虑地搜寻熟悉的东西。很多东西都是熟悉的：一群群人，灌木丛，海洋，石墙。虽然它们的形状令人安慰，实则不然，因为所有事物都呈现出异常的颜色，异常的色调。

还记得拍摄老西部片时使用的那种将白天换作夜晚的滤光镜吗？我小时候看电视上播放的下午场电影，就猜想美国的夜间和英国的夜间并不一样。很久以后我才意识到，电影里一直是白天，只是降低了曝光，透过蓝色滤光镜来拍摄。那么，请想象你在观看一部彩色西部片的夜晚场景。比如说加里·库珀藏在峭岩之后，手里拿着步枪。那个夜晚是不是显得古怪？现在，请想象一个同样的场景，不过不是蓝色调，而是橘色调。我周遭的一切都被漂洗得沉重、潮湿、陌生。沙子是深橘色的，好像日落时分，但是太阳依然高悬空中。我们眼前的大海上，折射后的点光源熠熠生辉，仿佛催眠了所有人。我对物理一窍不通，但是白亮的光闪耀在暗黑的地中海上，感觉似乎过于强烈了。而大地之上，就在我们的脚边，更加奇异的事情正在发生。我预期看到太阳透过树枝在沙地上洒下斑驳的暗影，很有信心，就像我对世界上其他未受关注的恒定事物一样确信，然而我大大迷惑了，那些影子是一群完美的细小新月，成百上千，此时不知何处吹来一阵风，摇动枝丫，所有的影子都在沙地上晃动。

燕子沿着捕食的曲线飞行轨迹越过废墟，背部不再是阳光下闪着虹彩的青蓝色，而是深邃的靛蓝。它们惊慌地叫着。一只雀鹰飞过，它寻找上升气流的努力受挫，在空中下滑，不再居于高处。在迅速冷却的空气中，它们都在消失。那只雀鹰抖转身体向西北飞去，一直都在滑落。我再一次透过日食眼镜察看太阳，它仅剩下一丝窄窄的指甲弯弧状的光亮。周遭景致始终是异样的，色彩饱和的世界，正午时分短短的影子。橘色的土地，紫色的大海。金星在空中现身，右上方，位置相当高。然后是一阵欢呼、口哨和掌声合鸣，我注视天空，太阳偷偷溜走了，白昼亦然。如此不可思议，难以置信，在我们的头顶上是一片黑色的天空，柔和的黑色，当中有一个洞，一个圆形的洞，比你见过的任何东西还要黑，外缘是一圈极为柔和的白焰。掌声爆裂，在沙丘上回荡。我喉中一紧，眼里充满泪水。再见，知性的理解力；你好，完全不同的另一种东西。你的精神机制对此全然无法理解，由此导致的身体反应也极为明显。你的头脑无法把握任何东西，无论是黑暗、整片地平线上的晚霞，还是群星。只有上方那无与伦比的谬误，牵引着你的视线。兴高采烈其实是抑制不住的恐惧。一时间我既渺小又庞大，感到从未有过的孤独与格格不入，却又最大可能地融入人群，成为其中一分子。这是一种与人共享而又极为私密的体验，可惜没有哪个人类的词汇适合表达这一切。相互对立？是的，让我们建构重大的两级对立和宏伟的叙事，破坏一切也弥补一切。太阳和月亮，黑暗和光明，海洋和陆地，呼吸和没有呼吸，生命，死亡。一场日全食令历史变得滑稽，让你感觉既珍贵又无用，让世界的意向不可理解，就像一个人想在名流杂志定价的讨论中加入石头的话题。

我头晕眼花，起了鸡皮疙瘩。一切都消失了。天空中原本是太阳的位置成了一个洞。我跌坐在地，紧盯着空中的洞。我周围的寂灭世界，连同那些断壁残垣，十足呈现了我儿时想象的冥界，是罗杰·兰斯林·格林的希腊英雄神话成真。然而，接下来发生了另一件事，它让我即使在回想的时候，心也会提到嗓子眼，眼睛也会模糊。原来还有比注视太阳消失成为空洞还令人震动的事情，那就是注视它从洞中缓缓爬出。我在此地，坐在冥府的海滩上，偕同所有站立的死人。很冷，一阵散漫的风拂过黑暗。而就在那时，从死日空虚黑暗的圆盘下缘迸发出一点完美的光辉。这一点光辉跳跃着、燃烧着，强烈得难以想象，耀眼得无法忍受，我羞于出口，但我想说，它就像一个词语。世界就这样重新开启。刹那之间，欢乐、释然、感激，情感如雪山崩塌。此刻，一切都重归原样了吗？一切被重新打造了吗？在一棵片刻前赫然再现的月桂树上，一只小褐鸫向崭新的黎明鸣唱致意。

在她的轨道上

娜塔莉·卡布罗尔在电视上看到人类第一次登陆月球时，她五岁。转播信号和月球尘土汇成一片雪花点，她指着其中的尼尔·阿姆斯特朗对妈妈说，**这个**，就是她想做的事。尽管在此之前，她在巴黎郊区的家中仰望夜空繁星，已经知道高天上有问题等待着她。

卡布罗尔是探险家、天体生物学家，还是专门研究火星的行星地质学家。她是搜寻地外文明研究所（SETI）[1] 卡尔·萨根中心的主任。这个非营利研究机构在加州山景城，力图探索、了解和解释宇宙中生命的起源。在此工作似乎笼罩着科幻小说的光环，实际上却需要严谨的研究。卡布罗尔告诉我："还需要研究者有足够的激情，哪怕置身于凶险的海峡。"这正是她所从事的工作，去世界上最极端最危险的地方旅行，寻找类似火星环境条件下生活的有机体。卡布罗尔曾是 2002 年智利阿塔卡玛沙漠实验探测车测试团队的首席科学家。她在

---

1 为方便计，后文中提及时一律使用英文缩写 SETI（Search for Extra-terrestrial Intelligence）。

"勇气号"探测车火星登陆点的选址决策上起到了关键作用，自2004年到2010年，"勇气号"一直在火星上探索。她潜入高纬度的火山湖研究水中生物，还设计了一个自动漂浮的机器人，它被安置在安第斯山的一个湖泊，用以摹拟泰坦星的环境，泰坦星是土星的一个卫星。

十月的一个早晨，我和卡布罗尔在安托法加斯塔碰面。这是一个港口城市，城区布满氧化物颜色的高楼和铜铸雕塑，蔓延在干旱的山峦和太平洋深黑的海水之间。我到智利来是为了加入她的考察团队，到高纬度沙漠地区测试火星生命的探知技术。我从伦敦飞到马德里，再到圣保罗，然后是安托法加斯塔。我带着睡袋、高原反应药片，对即将面临的境况倍觉焦虑。

卡布罗尔身材娇小，一头剪得很短的银发，面孔轮廓分明，英气飒爽。她四十四岁，长得像伊莎贝拉·罗西里尼，外加一点大卫·鲍伊超凡脱俗的气质。她的眼睛闪亮，好像光滑的灰绿色大理石，即使深入沙漠也总是勾着浓重的眼线。她魅力十足，热情而极富幽默感，却又有种难以定义、无法预测的狂野气质。和她交谈时，我会不安地想起在森林中曾经遭遇的野生动物，无法确定是要逃离还是要保护它们。在安托法加斯塔的第一个明媚的早晨，我看着她在相机前举起一面SETI研究所的旗帜，爆发出一阵阵烟嗓音的笑声，意识到自己很喜欢她。

近几十年来，对地外生命的探索已经进入了一个新阶段。一些模型显示，银河系中或许有十亿个行星可能容纳复杂的多细胞生物。我们还了解到，行星不需要跟地球十分相像，也可能孕育潜在的生命，比如土卫二和泰坦星这两颗土星的遥远卫星，它们的环境可以维系微生物。卡布罗尔告诉我，宇宙中可能遍布这类简单生命，这次探索之旅的目的就是改进探测生物标志的方法。生物标志指生命的迹象，或是曾经存在过的生命迹象，比如有机体或它们形成的结构，甚至是它们产生的化合物。

接下来的几个星期，我们将要探访处于五个不同纬度的地点。攀登得越高，在时间上就回溯得更远，但不是地球时间，而是火星。这些高纬度地点水资源丰富，大气稀薄，紫外线强度高。它们像是35亿年前经历转折期开端时的火星，太阳风开始卷走它的大气层，宇宙射线得以抵达火星表面，那里从前流淌的水在空中蒸发消失，或是被封存在地下深处和火星的两极。在这个阶段，地表的一切生命或是已经死亡，或是在某些和安托法加斯塔一样的地方找到庇护，那不宜栖居的环境仍有生命存活。卡布罗尔告诉我，火星的表面暴露在有害的辐射中，现在的生物无法在此生存，但是它仍有可能藏身于地下。我们最先探访的几处含盐的干旱土地就是如今火星在地球的对等环境。

对卡布罗尔来说，探寻火星生命的意义远比回答那个"是否只有人类存在"的老问题更重大。数十亿年以前，彗星和小行星撞击地球时碎裂的石头落在火星上，或是反过来，它们撞击火星时的碎石陨落地球，其中有些陨石也许携带了早期生命。生命起源之前的化学进程转变为地球生命的证据已不可能找到，因为它们即使存在，也早已被地球快速的地质活动、风化和板块构造毁灭。但是火星地壳冷却时的古老岩石如今仍存在于这个行星的表面，如果我们和火星拥有共同的祖先，那么仍有可能在那里发现我们自己的生命痕迹。"火星也许承载了我们的秘密，"卡布罗尔说，"所以火星对我们来说意义非常特殊。"

这是 2016 年 10 月，卡布罗尔第二年担任 SETI 研究所的团队领导，去智利进行生物标志探测。太平洋的烈风把枯萎的金合欢花刮到人行道旁，我正钻进一辆小面包车和团队会合，抵达我们的第一个探测地点还要开很长的路。团队计划在那里停留三天，采集样本，研究如何才能更有效地发现生命迹象。透过发蓝的窗玻璃，久经风雨的岩石和沙地的浅黄色氧化物显出土灰红色。蜜蜂机器人航天机械公司的机械工程师弗雷德里克·伦马克欣喜地叫道："如果他们在火星上修一条路，肯定是这样的！"

我们驱车向北，路边山腰上有浅白色的石块排列成名字和首字母。这片沙漠里几乎没有任何移动的东西，有些地方五百万年间都没有多少变化。那些以石块写就的名字也是一种生物标志，在那里放置石块的人，连同我们所有人，我们所知的一切，都不会有它们存在得长久。

车子转向内陆，石盐已经蔓延到沙质道路的边缘。时间在流逝。车窗外的一切如此平淡无奇，就像舞台的背景幕布。到了探测地点，我们在大盐湖岸边支起帐篷，这片九英里长的盐滩在数百万年前曾是一个湖泊，火星上也有类似的盐滩。含有盐分的空气让我的面孔抽搐发烫，我不停地眨眼。阿塔卡玛沙漠超级干旱的核心地带在遥远的东部；而在这里，太平洋的海雾奔涌而来，塑造了我们周遭的风景。凑近细看，盐滩是由多边形的大盐板构成的，盐板的边缘堆积的东西像是半融化的柠檬刨冰，也像冬天路边重新冻结的脏积雪。另外一些石盐节理好像成堆污白干燥的骨头。我们帐篷后面的地上散落着一些垃圾，是废弃已久的盐矿开采留下来的：靴子、无盖的沙丁鱼罐头、报纸碎片、被腐蚀的金属块。

清晨的空气中回响着钻头的声音，那是蜜蜂机器人公司的工程师们在开凿盐芯，以检验可用于未来火星探测器的工具模型。来自田纳西大学的小组启动无人机绘制地形图，无人机像一颗黑色的小星，声音好像来自远处一窝黄蜂。SETI 研究所的研究科学家巴勃罗·梭布仑正用激光光谱仪来分析盐层样本，这种激光光谱仪将会成为未来探测器的一个特色。安托法加斯塔的北方天主教大学的学生在收集盐节理，供 SETI 研究所和 NASA 的科学家金姆·沃伦-罗兹和阿方索·达维拉做微生物实验室分析。

卡布罗尔捡起一块盐，对着阳光让我看。在节理中有两条鲜艳的色带：上方粉色，下方绿色。这是嗜盐细菌群落，它们只有在半透明的节理中生活才能熬过这种极端环境。阳光透过上方的粉色群落，绿色的细菌借此进行光合作用，合成营养物质。粉色"颜料"起到遮光剂的作用，保护两个群落均不受紫外线辐射的伤害，以免 DNA 受损。

我心生惭愧。一整天我走在这些节理上，根本没有看到脚下的生命。"宜居环境没有那么明显，"卡布罗尔对我说，"可能是隐藏着的。"我看着她瘦小的个头，她戴着手套的指尖沾上了盐。她的笑容有一丝狡黠。我又望向四周广袤的大地，想到卡布罗尔的工作范围尺度，为之心折，数百万英里的空间，数十亿年的行星演化，宇宙的浩渺无垠，火星的峡谷和河谷，此地盐滩的面积和我们置身其中的渺小身影，还有我们食指和拇指之间这些精细、顽强、微小到几乎看不见的生命迹象。

卡布罗尔是个独生女，父母都要工作，很多时候她独自待在家中小小的公寓房间。孤寂之中，她用词语、符号和数字填充时间，写故事，在地图上勾画路线，创造出一个自成一体的隐秘世界。她告诉我说，她小时候就有一种能力，在别人看不出的事物之间建立关联。她相信这依然是她身为科学家最强大的优势之一。当年她开始探求宇宙的浩渺，但是社交天地依然十分局限。"有很长一段时间，我觉得自己不跟别人交往也没问题。我根本没几个朋友，也不去找他们。我拥有的足够了。我自己的头脑已经够忙碌了"，她说。卡布罗尔的父母攒下钱给她买天文学的书籍杂志，母亲了解她这种激情，父亲却不大确定。"对他来说，这只是一个阶段，你明白吧？"她语带讽刺，"这个阶段可是持续了很久！"

卡布罗尔的少年时代困扰重重。家中情况艰难，父母总是争吵，她无法适应学校生活，还遭受霸凌。有些老师认为她活在幻想的世界里。她想学行星科学，却选了人文学科，因为数学并非她的强项，直到工作以后她才开始自学。

在巴黎第十大学的最后一年，卡布罗尔选修了地球科学，当时她的实验室主任建议她去巴黎南面古老的默东天文台拜访安德烈·卡耶，行星地质学科的先锋人物。卡耶给她看了火星的天体图，解释说他的同事们正在研究火星上水的历史。她愿意加入吗？"多少年来我以为自己和前进的方向南辕北辙，但是人生的路恰好把我引到了需要到达的地方"，她对我说。和卡耶的第一次会面结束后，她走出来，注视着天文台的穹顶，觉得它异常熟悉。"我还是小女孩的时候画了这么多圆顶，总是反复画同样的风景，行星的风景，一个完全是沙漠的行星。背景中有土星，总是一片漆黑的天空，还有穹顶。"在默东天文台，她终于找到了接近火星的路。

她的硕士论文研究火星上水流刻蚀的河谷演化史，白天写作，夜晚都在默东天文台度过，用著名的十九世纪的天文望远镜"大折射镜"来观星。她拖着睡袋过去，看上几小时以后休息。从目镜中看到火星，很小，开始看不出什么，但看得越久，在那黯淡而变幻的行星表面看到的就越多，那颗行星将成为她职业生涯的焦点，上面的冲沟和干涸的湖就像她的手背一样熟悉。也是在默东，她经历了一个永志难忘的时刻。发现了土卫十的杰出天文学家奥杜安·多尔菲斯教授问她是否想看月球尘埃。啊，这还用问吗？

他从一个保险箱里拿出一个小盒子，卡布罗尔看了看，心下失望。"我当时觉得：怎么，**就这个吗**？"她告诉我。她表现出礼貌的热情，其实不为所动，离开实验室回家了，但是当她抬头望见月亮明晃晃地悬在巴黎城的上空，心中顿生敬畏。"突然，这毫不起眼的月球尘埃成了世界上最宝贵的东西，"她说，"不是因为它本身，而是月球之旅。"那是一个启示。"我想我透过目镜看到的任何一样东西都有不同的意义：太空旅行，探险精神，探索的危险，还有你必须接受的一个事实——探险就会有牺牲，牺牲的可能是你自己的生命。"

探险点燃了她的想象力。"我在人生的每一个白天呼吸和想象着探险之旅，夜晚做着探险的梦。"她在私人手稿中这样写道。她跟我讲起一段童年记忆，父亲小心地掰开多刺的栗子壳，让她看里面光滑如大理石的果仁。她为之着迷。这些生命的早期时刻在她心中植入发现的梦想，让她怀抱愿望，期待再次发现隐于暗处的事物被光照亮时的惊奇。

卡罗尔在索邦大学攻读博士学位，论文研究流水如何造就火星上的湖泊。她在那里遇见了埃德蒙·格林，一位杰出的水文地质学家，退休后又回校攻读天体物理学博士。"他就是这么厉害，没事的时候会琢磨爱因斯坦的方程式"，卡罗尔对我说。她第一次在上课前看到他跟一位教授交谈，那时她二十三岁，他六十六岁。"不知什么原因，我没法移开目光。我愣在那里，盯着他，当时心里只有一个念头：**我认识这个人，我认识这个人。我是在哪里认识的呢?**"上课时他坐在她旁边，两人对视。"感觉像是——我们俩都被击中了，你明白吗?"卡罗尔说，"我没法解释，但那种感觉就像是我一直都在等待他出现。"

这之后几年中，格林帮助她找到研究工作和方法的重点，也给她的个人生活带来深刻的改变。卡罗尔跟我说："他好像在我身上施了魔法。我本来是一个内向的人，写着那些代码、符号、小说和论文，而他拿过一只手套，把里子翻出来，突然之间，藏在里面的所有东西都出来了。"

1994 年，卡布罗尔远赴硅谷，在 NASA 的艾姆斯研究中心为计划中的火星生命探索任务进行着陆点研究，格林与她同往。两人只带了一个行李箱，里面装着一幅火星上 100 英里宽的古谢夫陨石坑地图，是用"维京号"拍摄的照片的复印件拼贴在一起的，1970 年代，"维京号"无人航天器在火星着陆，进行探测。"那是我俩信心的一次飞跃"，她说。距离两人初次相遇已经过去了三十多年，他们结为夫妇，一直相伴左右，难以分离。2010 年，两人合编了《火星上的湖泊》一书，是该领域的第一本学术著作。卡布罗尔叫他梅林，魔法师的名字。他日渐衰弱，这是第一次卡布罗尔没有和他共赴阿塔卡玛。格林不得不留在后方，这让她非常难过，而我在考察之旅的后期才意识到这一点。在阿塔卡玛圣佩德罗的一个瞭望台，她离开队伍，走下一段斜坡，凝望着远处利坎卡武尔火山金字塔形的山坡，那是她和格林从前一起爬过的火山。她转过头去，很久都没有动，看上去如此瘦小，如此孤单。

我们往南边去，抵达地球上的第二大高原阿尔蒂普拉诺[1]，这里的风景有种令人惊艳的光辉，就像精致的骨瓷器具上的图

1　阿尔蒂普拉诺（Altiplano），又名玻利维亚高原，这里有世界最大的盐沼乌尤尼盐沼，还有海拔最高的湖泊的的喀喀湖。

案熠熠发光。这处高原气候也更湿润，山坡上长着金黄色的草。卡布罗尔初到此地时看见白雪覆顶的安第斯山脉，心里大为震动。她跟我说，感觉就像回到了她的归属之地。这种联结的感觉和她第一次在实验探测器的实时传输影像中看到阿塔卡玛沙漠一样。那次是在一个科学操作间里，屏幕上投影出干旱的不毛之地。即使隔了那么远，看到的是机器人的动作，她也觉得："爱情故事开始了……我知道有一种力量把我吸引到这个地方。"

她对古谢夫陨石坑也有一种相似的亲近感。流水可能曾经从马丁谷巨大的峡谷中涌入陨石坑，她和格林仔细研究陨石坑，将它选定为"勇气号"探测器的着陆点。"我第一次看到古谢夫陨石坑的地面图像时也是这种感觉，我是全世界第一个看到这片新土地的，这种体验永远无法忘怀。我死去之前脑海里也会是这些影像，它们永远都在。"

在我们漫长的考察途中，有一次卡布罗尔凝视着窗外，双肩绷紧，之后我们开到坡顶，眼前出现第一片火山的黑色山峰时，我才意识到她幸福的期待之情。她转过头看着我们，微笑着热烈宣布："我到家了。"

巴霍纳盐沼乍看是黑色火山坡峰之间的一片白色地带，但是当我们开到跟前，驶过开阔的石膏沙滩时，阳光照在成千上万个晶片上，强烈的白色光点明灭不定。这里的盐和大盐湖的盐化学成分不同。卡布罗尔五年前曾做短期考察，这次能故地重访她很激动，希望发现它所蕴藏的东西。我们脚下的土地吱嘎作响，就像踩在糖和碎玻璃的混合物上。四周散布着大块凸起的石膏，圆顶结构好像破碎的珊瑚，是牛奶巧克力的颜色。我深受吸引，用手掰下最贴近它们表面被太阳烤裂的尖刃，就像是在拔牙。

生命想要在此落脚可不那么容易。SETI 的首席执行官比尔·戴蒙德踢到一块石头，我们这才注意到一个碎块上布满那种眼熟的粉绿两色的微生物群落。卡布罗尔戴着反光镜，用围巾遮住半个脸，轻轻地挖出古代微生物群落沉积物（称为叠层石）的化石印记，它们像有麻点的易碎的杯子或白垩质的指纹印记。接下来是拍摄和记录样本，再装袋送到实验室。我们头顶上的无人机开始测绘这片土地的地图，它在风中奋力挣扎。

这个下午，我和北方天主教大学的一位生物学家及一位生物化学家一起跳上一辆卡车，他们想去附近一个湖收集细菌样品。蓝绿色的湖水四周是惨白的石膏尖片，好像一丛丛菜刀。一切太超现实，我回到车上，感觉眼睛已莫名其妙地瞎了，虽然我能够看见。我的眼底好像闪耀着一道白光。我流着鼻涕，鼻窦作痛。我写在笔记本上的字越发奇怪。我在一整页纸上写下"用玻璃问出的问题"，这条诡异的备忘所指何事，我完全不记得了。我们开车回到主考察点，我看到远处的卡布罗尔，一个细瘦的身影缓缓走过太阳炙烤下如微暗之火的白色石膏，仿佛蜃景中的人，十分奇异。

当夜我们睡在一个废弃的矿井营地。前半夜我躺在充当帐篷的撒满鼠粪的芯板和瓦楞铁搭成的简易房里，心中愈发烦闷抗拒，最终我钻出睡袋出去方便。外面是零下 0.4 度。头顶上，南半球的星群如尘如雾，令人生畏，遥不可及，是夜晚缓缓燃烧的火。我抬头凝望，惊叹不已，而身体已经冻僵。

后来我们往更高处去，目的地是和火星上发现的地质结构相似的火山点。因为海拔太高，面包车引擎需要的氧气不足，半路就熄火了。我们掉头回到安托法加斯塔，租了一辆新车，然而它也熄火了。我们最终抵达塔提奥间歇泉，那里一片荒凉。塔提奥海拔 1.4 万英尺，是全世界海拔最高的活跃地热田。游客在黎明时分蜂拥而至，冰冷的空气将它变成水雾喷涌如柱的所在。有些间歇泉离地很低，几乎看不见，只见上方些微热气蒸腾；有些像是高高的土堤上涌出一大团水汽。四十亿年前的火星原本就是这种火山熔岩环境，类似的古老热液环境最有可能容纳生命，或是行星上先前存在的生命的遗迹。

卡布罗尔背上她红黑相间的背包，戴上黑色的抓绒帽和反光太阳镜，拿起地质锤去勘察一处休眠的间歇泉。表面上似乎没有生命迹象，但很快她就开心地发现，翠绿色的石隙生微生物群落在硅华堆的底面大量繁殖，它是一种生活在裂隙中的微生物。这里的热泉充满藻席和有机体，它们经过演化，能在接近沸点的水中生存。它们在阳光下闪耀着紫色和深粉色光泽，这是抵御紫外线的保护色。

火山与湖、水与火，这两个完全的极端一直深深吸引着卡布罗尔，她说："如果二者协同作用，就会产生蒸汽，变成一种能源，然后产生动力，创造出新的事物。但是水遇到火就会产生破坏力。我这辈子都在尝试找到创造和毁灭之间的平衡，我所创造的东西，和吞噬我内心的东西。那是一种相当精微的平衡。"她说自己的人生有个规律，最高潮之后紧接着最低潮。她跟我说起她的导师、朋友和家人的离世，她自己濒临死亡的时刻，还有挣扎于内心的黑暗。"在人们眼里，我是个成功女性、领袖，但这一切都是用汗水、工作和坚韧换来的，你明白吗？是丧失、悲剧、死亡和泪水。我想，也许没有被伤害过、没有学会怎样从伤害中生还，就不会变得强大。"她对我说着这些，看起来疲惫入骨。这是考察的第三个星期，她说自己晚上睡得很差，一夜只睡两个多小时，服用的高原反应药也让她不适。

卡布罗尔对极端条件下生命的探索始于阿塔卡玛沙漠，但在 2000 年情况有所改变。她当时看了一个法国电视台的纪录片，拍的是玻利维亚高原利坎卡武尔火山口的湖。要探寻适应高纬度湖水严苛条件的嗜极微生物，那个地方堪称完美。她写了研究计划，三年之后就穿着防寒泳衣，系着一条加重带，在海拔接近 2 万英尺的湖里自由下潜，并发现了浮游动物的新物种。

"我最喜欢水，"卡布罗尔对我说，"让我觉得舒服，安宁。"她两岁时跟家人在意大利度假，戴着充气臂带漂在加尔达湖的水面上。她爬上岸去摘掉臂带，又回到水里。"我心里想着，只要到了水下，就不会沉底"，她笑着说。她浸在水里，在一个卵石闪亮、色彩鲜明的新世界里本能地游起来。十来岁时，她在法国南部的阿格德角学会了自由潜水。"总是那么美好、安宁，毫无压力。我有一种为自己做主、掌握全局的感觉。还有目睹美丽的事物，探险和发现。"我们在她的帐篷里交谈，话语间隙的静寂中，尼龙面料噼啪作响，荡起波纹，帐篷的四围在大风中吐纳呼吸，我们的脚稳稳踩在地上，脚边的帐篷底布翻涌起伏。

她接着说下去："我下到那个湖中，感觉好像进入了过去，实际上是进入了时间机器，让我知道火星在 40 亿年前是什么样子。那里真的是一个时空都被扭转的地方。"她在这些高纬度湖里潜水的情感体验极为美好，又深富灵性。2006 年那一次，她整个人悬浮在火山湖当中，正处于大地和天空的中间点，四周一片冰川蓝的湖水，每一缕阳光都在身边衍射，她觉得自己仿佛被钻石环绕。"除此之外，还有桡足动物，微小的浮游动物、小虾，它们的颜色真红。那是色彩的合奏。我就那样悬浮不动，时间停止了。有那么一个瞬间，万物完美无缺。我不必给出任何解释，因为就在那一刻，一切如此分明，却又没有什么需要了解。"然后她想起自己是在一个并未完全休眠的火山。**"我有一身泳衣，氧气能持续 45 分钟，"**她说着摇了摇头，"如果出什么事，我最终的念头一定无比宁静安详。"

我们的卡车车队向更高处的最终目的地开去，我转头回望阿塔卡玛沙漠，想到了阿波罗号的宇航员。在我们身后，下方，远望是一片白云横贯的蓝色湖水，雾霭中颜色更加柔和。在这个背景下，我们的爬升仿佛是一段离开地球的旅程。现在我们置身于火山群，这高原上巨大的水疱。卡布罗尔给我们指认辛巴火山[1]，团队计划登上山顶，去火山口湖采集细菌样品。卡布罗尔和辛巴火山颇有渊源。2007 年她和团队正在攀登火山的时候，托科皮亚地震[2]爆发了。她们躲开了雪崩，但是和辛巴火山共一道山坡的拉斯卡尔火山也开始喷发有毒气体，这

1　辛巴火山（Simba），又名阿瓜斯卡特连斯火山，位于智利北部，海拔高度 5 924 米。
2　托科皮亚（Tocopilla）地震，又名安托法斯加塔地震，强度达到里氏 7.7 级，之后发生了 8 次超过里氏 5.0 级的余震。

时卡布罗尔陷入一种她称之为"外科手术般冷静"的状态，考虑的只有逻辑性、现实性和求生。下降时一块滚落的大石差点砸到她。她说："这时我狂躁起来。"她站在隘谷中，冲着火山大叫："这就是一切吗?! 你还有什么本事?""我大喊大叫! 火冒三丈!"在她的领导下，最终每个人都安全下山，而她在坐卡车回到大本营的路上几乎昏厥，一是因为肾上腺素骤降，二是意识到原本每个人都会送命。

我们的扎营地是在一座死火山脚下的废弃军营，团队称此处为"智利福尼亚"。煤渣砖砌成的长方体建筑没有屋顶，但墙壁能给帐篷挡风。卡布罗尔召集众人，告诫大家不要四处游逛。二十世纪七十年代和邻国玻利维亚的领土争端就在这一地区，如今还有地雷。真让人忧心。而当我无意中听到卡布罗尔和负责后勤的克里斯蒂安·坦布利谈论在这个地区安装紫外线监测系统，心情更加焦虑。高强度的紫外线辐射会损伤DNA，世卫组织警告如果紫外线指数超过11，就不要去户外。2003年和2004年，卡布罗尔在这里监测到无法解释成因的紫外线风暴，强度极大，虽然只持续了几个小时。在利坎卡武尔火山上，她监测到紫外线辐射指数飙升，已超过43。那一夜我梦见自己穿了一身太空服。

次日早晨，我们驱车一个小时来到莱吉亚湖，铜红色的湖水在太阳的强光下瑟瑟颤栗。到了湖边，卡布罗尔显然大为震动。"和我上一次 2009 年来看的时候相比，面积大大缩减了"，她说。后来她跟我说："其实地球就在我们眼前改变，这个速度极其恐怖。"我们的车开在一条老路上，过去曾经沿路把牛群从阿根廷赶到智利。我的目光没法从四处散落的牛骨头移开，头骨留存了这么久，牛角的角质层已经片片剥落，看起来像干脆的松塔，或是阳光下晾晒的旧书脆薄的纸页。

卡布罗尔和机器人工程师已密切合作多年，在 2011 年的行星湖泊着陆器项目中，她在安第斯山脉的黑湖上放置了一个自动漂浮的机器人。从那以后，卡布罗尔就认定她的使命是同时推进这两项事业：火星和地球的气候变化。行星湖泊着陆器不只是为远征地外行星的湖海做准备，也不只是模拟火星气候变化，而是调查当下地球气候变化的一种方法。黑湖附近地区的冰川正在急速消退，我们也能看到这个变化。我们又去了另一个被小溪和冻草环绕的湖，风寒严酷，天空蓝得深邃。卡布罗尔蹲在一处在她七年前发现淡水泉流的地方，表情入迷而又绝望。她告诉我们这里像是三十亿年前的火星，地表水已经后退，但是地下还有一些。她对这里的气候变化之迅速极为吃惊。"七年前，这儿是一处美丽的泉水，一个充满浮游生物的池塘，可是现在，你看不出这儿和沙漠其他地方有多大区别。"她用地质锤的尖端轻轻地刮削冻住的泥土。后来她指明一点，无论如何地球本身都没有危险，"不管我们抛给它什么，它都能够存续。处于危险的是维系人类生命的环境。我们几乎是在砍掉自己安坐的树枝。所以，要么是我们能迅速理解这一点，要么就是生命继续下去——只不过是一类不同的生命。"她认为那并不会是一个缓慢消失的过程。"将会是突如其来的，恐怖的"，她说。

晚上，我躺在睡袋里，恍惚地思考着生死的意义，地球的命运，事物的终局。我问考察队的一个医生马里奥，记忆幻觉是不是高原反应的一种明确症状。"绝对是的"，他说。我放下心来。但是这种幻觉持续出现，我开始害怕了。前一天，有只羊驼在一块露出地表的岩石后面避风，它从容优雅地走过蒙着一层滑石粉的石板，我感觉以前见过这个情景，肯定不止两次，也许是五六次。可是我知道自己肯定没有见过。然而这些幻觉中的回忆被迅速压缩皱褶，就像拇指翻过一套同花色的扑克牌。我有一种感觉，此地的现实无法信赖，似乎一不留神，又或是太过专注，我伸入空中的一只手就会滑进另一个宇宙。就好像试图揭开一个难弄的塑料袋，我只要搓一搓一角的空气，就能释放另一种现实。我们开车时，狂风滚滚袭来，在远处卷起小尘暴，车窗外的一切似乎都对呼吸有害。

卡布罗尔说这些高山是印加人的圣地，他们爬上山顶举行祭拜神灵的仪式。她让我们蜷在一块山岩后面，避开强劲的山风，还告诉我们在这个地方，探寻地外生命的科学研究和对意义的精神追求并行不悖。"印加人会到山上来，提出神灵的问题，而我们在某种意义上也是如此，"她说，"问题是一样的。我们是谁，我们来自哪里，天上有什么？我们试图连接自身的起源。所以我们是以科学的方式来做这件事，而他们更多是出于直觉。"

卡布罗尔对她考察的这片土地的文化史怀有深深的敬意。她的团队和盖丘亚族向导马卡里奥攀登火山前，马卡里奥要向印加人的女神帕查玛玛献祭，卡布罗尔在山中也总是向她下潜的高海拔火山湖奉献祭品，通常是水晶球。这次考察收尾时，她本来计划登上辛巴火山的火山湖，但是她没有给那片血红色的湖水准备祭品。她试探地问我有没有东西可以充当祭品，我拿给她一块打磨成蛋形的天青石，是我在阿塔卡玛圣佩德罗镇买到的。这种交换似乎成了完全合乎理性的举动。在卡布罗尔的工作中，在她对"我们为何出现在地球上"这种终极问题的执着研究中，她对科学和灵性的探索完美地合二为一。

卡布罗尔停下手，她盯着附近地平线处的火山上冒出的缕缕蒸汽，它们底部白亮，旋即变成柔和的雾气，越升越高，最终消散，没入天空。即使大风如此猛烈，蒸汽也是垂直上升的，说明它们背后的力量极为强大。这里是和辛巴火山共一面山坡的拉斯卡尔火山。辛巴火山上已有我们的团队成员，当地向导正在为登山做准备。

卡布罗尔叫所有人集合，我们在她面前排成一队，等待指令。她把反光太阳镜推到帽子上，讲话简短有力。她说向导一从辛巴火山下来，我们就返回营地。她准备用卫星电话跟比尔·戴蒙德联络，他已经回到 SETI 研究所，还会致电美国地质勘探局和智利大学，了解此地的更多情况。之后我们既要决定是否该取消团队攀登辛巴火山的计划，也要决定是否该让某个队员留守营地。

电话没有带来紧急的坏消息，我们留在原地。卡布罗尔会密切观察拉斯卡尔火山的活动，一旦情况变糟就通知我们。她叮嘱我们和衣而卧，把护照放在手边，必要时半夜可随时出发。这一切都让我感到异样的恐惧，一种慵懒、缓慢、令人麻木的恐惧。时间无比漫长，因为我没有任何工具用以判断形势。我们得知仅在一个半小时以前，卡拉马刚刚发生了 5.5 级地震。这可不是好事，如果水流进火山之下的岩浆库，火山可能爆发。这消息让人无法心安。我退回自己橘色的小帐篷，坐在简易床上，手指滑过手机里一张张家里的照片。天光在古老的火山顶上消逝。我可以听到煤渣砖墙后人们打包行李和发电机嗡鸣的声音。坦布利正在安装一个气象站，他的笔记本电脑上放着平克·弗洛伊德的《闪耀吧，你这疯狂的钻石》，真是最悲伤的一首歌。拉拉链的声音、低语声、笑声、大型仪器安全箱拖过坑洼地面的声音。

我盯着自己的手，皮肤看起来像活了很久的蜥蜴，每道褶皱都嵌着白色的尘土。我全身衣裤也蒙上白尘，头发像油腻的皮草。帐篷里有一只飞蛾，但我过于麻木，没去动它。我呆呆地盯着这点小小的生命在橘色的墙上左冲右突。帐篷门襟敞开，它只要转身往相反方向飞就可以出去了。它没有。好几分钟过去，我失去了它的踪影，突然又感觉到它的碰撞，吓了一跳。它笨拙地飞到我的手上，停下休息，微微颤动。我便放它出去。

　　第二天我们就离开了。

野　兔

　　我把冰雪抛在身后，去加州出了一次公差，那里有晴暖的蓝天、棕榈树、叶子花，还有一只小嘲鸫，它在我无眠的第一天晚上唱着夜曲，曲目优美，都是偷来的乐句。家乡还是冷得让人发僵，圣巴巴拉却炙热无比，这种反差带来的混乱比时差还要麻烦，我完全丧失了季节感。一周之后，我从希思罗机场开车回家，冰雪已经消融，我对季节的迷惑却比任何时候都严重，心里有隐隐的不安。但是当我经过 A505 公路边一片冬麦田，大概是罗伊斯顿和纽马克特两地之间的某个地方，我瞥见了一样东西，它纠正了一切，把我扳回我所知晓的必定的春天。棕色的野兔，五只，绕圈、飞奔、跳跃、转身。它们用后腿站立，正在互相搏击，在辽阔湿润的银色天空下，把泥巴踢得到处都是。

　　我初次看到野兔搏击是在温彻斯特附近一片薄雾缭绕的田野，当时我十几岁，确信自己正在目睹几只雄兔为了雌兔互相竞争。对野兔行为的这种解读如此契合我们社会的习俗，几乎成了强势的绝对真理。我以为是雄兔的那几只野兔转着圈搏斗，小心地估量着其他拳击手的勇猛程度，我猜它们是赢家通吃。但我错了。大部分情况下是因为雌兔不愿跟那些前来挑逗的雄兔交配，它们奋起搏斗，击退雄兔。这种动物行为可类比为我们社会的某种暴力形式或特有现象，只是近些年来我们才开始公开讨论这些。

"魔力"这个词会在提及野兔时一再出现。野兔题材的作品中常有传说故事。布狄卡[1]在开战之前放出藏在斗篷里的那只野兔，它逃窜的方向预示着战争的结果。会变形的野兔。和月亮有特殊关联的野兔。标志着复活节、复活、万象更新和春天的野兔。人们总是将野兔视为神秘而有魔力的动物，因为传说故事就是如此。但是这些古老的故事有真正的野兔行为作为根据，也确实有些神秘。当然，它们不会像近代作家臆测的那样随意改变性别，但是雌兔在生下小兔之前还能再次怀孕，那些小野兔来到这个世界时全身被毛，睁着眼睛，很快就能独立行动。野兔会吃自己的粪便，一小时能跑四十英里，是英国速度最快的陆地动物。它们主要在晨昏进食，黯淡天光中影影绰绰。它们独来独往，在油水太足的地方才会结群进食。两年前的日落时分，我站在诺福克郡的一片甜菜地里，看到一群野兔沿着拖拉机犁过的线大步跑动，动作慢得出奇，在渐弱的光线

1　布狄卡（Boudicca），英国古代爱西尼部落国王普拉苏塔古的王后，国王去世后，部落土地被罗马人侵占。公元 60 或 61 年，她率领族人反抗罗马帝国的统治。

中耳朵闪着红光[1]，阴影下的兔毛颜色深黑。

在罗马统治时期或更早的时候，人们将野兔从欧陆引入这片土地，这些来自别处的动物有隐身的天赋，很快就成为本土居民。野兔并不打洞，它们生活在光天化日之下，会在自己的领地上刨出一些形状与身体相仿的小坑，英文是 form 这个词。野兔蜷缩在坑里，紧贴地面，成为一道棕褐色的平缓曲线，你还以为是冬麦田里石头压出的凹陷，结果发现两只尖端黑色的耳朵贴在上面。野兔在这样的窝里可以看到外面的一切，自己却不会被发现。如果走得太近，野兔会从你脚下一跃而起，后爪撕扯草木，白尾巴在你眼前闪过。它飞奔而去，消失在远处，你惊魂未定，心怦怦直跳。眼睛、速度和恐惧，这是野兔的三个关键词。它们极其擅长反超和跳跃，善于躲避狐狸、猎犬和鹰这些追捕者。

捕食者并非英国野兔种群衰落的原因，农业集约化才是最严重的打击。伏在青贮饲料田里的小野兔被联合收割机碾死，单一作物种植导致成年野兔食物短缺。近年来我看到野兔的机会很少，邂逅的场合往往是照片、绘画作品，或是商店橱窗里展示的那种搏击野兔的小雕像，非写实的长耳朵身形被塑

1　之所以闪着红光，是因为野兔的大耳朵布满丰富的血管，当太阳下山，气温低于它们的体温时，耳朵外侧的血管会扩大，这有助于散热，让它们体温下降。

造成一种优雅的对峙。即使你从未亲眼见过活生生的野兔，也会了解它意味着什么，它们是神奇的春天预言家。

近年来春天益发稀薄。在我眼里，它渐渐成了超市里的黄水仙和复活节商品促销，而不再是层次丰富的变化，新鲜草木的气味，橡树树干上泛出绿色的地衣，啄木鸟回响的鼓点声，太阳升起的高度，还有那种难以形容的抽空寒冬的光线的回归。这几年我在室内工作的时间太多，我想念这一切征兆。我们赋予野兔的意义，远不及这会呼吸的、活生生的动物本身那么丰富和复杂，同样，我们关于春天的固定看法也和实际的春天不符。气候变化已经让四季变得怪异，现在柔荑花序在冬天已经出现，布谷鸟的叫声再难听到，春天不再是一个缓缓的进程，更多是夏天之前一阵短暂的骤暖，几乎算不得一个季节。野兔搏击的景象如此精彩，但是它们互搏的身影背后有一抹不安的阴影，让我们隐约地意识到：野兔和季节被赋予的含义依然如此强大，一旦这些典型的模式消失，或许很难察觉那些一向被人视为永恒的事物正在急剧变化。

迷途的狗

　　命中注定，我对马、狗和狐狸过敏。我很早就发现自己对狗过敏，因为家里养过一条。上马术课的时候，我发现对马过敏。在给一只被车轧死的狐狸剥皮准备做地毯时，又发现自己对狐狸过敏，这才意识到不能在屋里铺这块地毯。

　　过敏症总是给生活增添新意。几天前，我发现自己对驯鹿过敏。真的，我活得越久，越是意识到大部分四足动物都让我不适。我能骑马，但是骑不了多久。在马背上二十分钟，我就得闭上眼睛，双手布满了荨麻疹的风团，我无法再专注于任何东西，只能拼命呼吸。

　　所以，我从来不曾接近猎犬也就不足为奇，此外还有道德疑虑。我也从来无法理解猎狐。我从来没有加入那个特别的乡间群体，虽然猎狐的人们常常聚集在我父母的房子外面，就在山顶的那个谷物干燥机旁边，随时一览方圆数英里的乡间美景，而我从来无法理解其中的意义。我看到的从来只有猩红的猎狐夹克、骏马、聚作一堆的猎犬、修补篱笆的人、警察和破坏分子。我没觉得这多有趣，也为狐狸深深难过。

　　那是一个星期六，我在我母亲家里。狂风骤雨的一天，我疲惫、悲伤、心神涣散，因为那个星期距我父亲过世已有一年了。很多时候，跟母亲或弟弟交谈能缓解痛苦的心情，但是有些时候我说不出话来，孤独像瓶塞一样卡住了我，让我完全无法开口。那天我心里郁结了太多压力，到了午后只想躲起来。我出了屋子，到门廊上抽根烟。光线阴晦，我站在车道边，听到猎犬齐鸣。

虽然我对这项运动所知甚少，此时也明白捕猎队伍正向火腿农场的矮树林行进，那是一片浓密的杂树林，长满矮林榛树、栗树和蓝铃花，位置远离公路。我竖起大衣领子，走到外面的冻雨中去。没错，一队沾满泥巴狼狈不堪的四驱车正经过我站在边缘的这条车道，车窗内侧蒙着雾气。他们都往左拐，沿着小路往维奇特矮林去了。

车队离开以后，是一段长长的寂静，只有远处的猎犬声。兴奋、湿乎乎的、雨中的吠叫声的回响。我的头发湿透了，香烟也被雨水浇灭。我脚趾边的沥青和雨水齐流，路另一边湿透的围场里蓄起浅浅的水洼。

我听到一阵轻快的踏步声越来越响，那是趾爪和肉垫蹚过水，踩上柏油碎石路的声音。沿着公路、朝着矮林的方向向我跑来，高高地仰着头，身体自胸部以下全是泥污，把下半截都染成铜赭色的，是一只猎狐犬。一只白色的猎狐犬。它孤零零的，这不对劲儿。但是独自行进的它仿佛集中了世间所有猎犬的力量。它奔跑着，看起来已经跑了一天。它奔跑着，好像永远不会停下，伸出舌头，眼睛紧盯前方。它奔跑着，要和其他猎犬会合，它们的叫声牵引它沿着雨中道路向前，仿佛身在水底，要游到有光的地方呼吸。我看得入了迷。我从来没有见过一只猎犬本来的面目。它正在做它该做的事，疲惫而又欢欣鼓舞。它落后了，但是正在途中。它迷路了，但是正在奋力追赶。

数天鹅

　　"脱欧"公投后有段时间，我痴迷于一幅名为《在库克姆数天鹅》的油画，它描绘的场景源于一个兴味盎然的古老英国传统——数天鹅。每年夏天，一列木船船队从泰晤士河畔的森伯里镇出发，在为期五天的旅途中捕捉泰晤士河上游的所有天鹅。船员要确定未成年天鹅的家系，然后给它们做上标记，以示归属，一些属于女王，另一些则属于英国名酒酒商公会和染匠公会，这是伦敦城里两个历史悠久的贸易行会。画中描绘了旅途中的一个传统站点，河流和渡口旅店，平底木船，翻滚的云朵，拿着垫子的女人，一座铁桥的栏杆有圆形回纹装饰；还有一只天鹅，它被一圈圈绳子和帆布捆着，高高在上，白色的长颈弯曲在一个男人的肩头。

　　《在库克姆数天鹅》出自英国画家斯坦利·斯宾塞之手，一个神秘的怪人。1915 年，斯宾塞离开家乡奔赴战场，把这幅只画了一半的作品留在库克姆家中的卧室。有一幅画在那儿，这个念头支撑他熬过后面的三年。他多想跟军事长官解释，自己不能作战是因为家里还有一幅画要完成。战后归来，他重新拿起画笔。"我和它相对而视，"他在日记里写道，"难以置信，然而是事实无疑。我还想知道自己所经历过的那些是不是事实，然后我看到了自己手指上和指甲缝里的黄色，立德炸药的，或是保加利亚人在炮弹里放的什么东西。"

他完成了这幅画，但是里面糅进了战争的阴影。几年前，他在桥底的河面上涂抹出笔触复杂的、阳光下闪亮的涟漪，可是战后所画的下半截了无生气，浑浊又黯淡。小船被涂上奇怪的颜色，形状也有问题，他熟悉的童年风景所对接的新东西陌生且不祥。在公投后的日子里，我家附近电线杆上贴的支持脱欧的深紫色海报，"拿回控制权"，在阳光下褪成浅紫色。当我读到公投结束以来，仇恨犯罪的比率上升了42%，就明白了两件事：一是斯宾塞的画在不经意间记录了国家历史的一道裂痕；二是这幅画在我心头挥之不去，原因是我感觉不再认识自己的国家了，周围的一切都变得不祥——浑浊又黯淡。

脱欧派在对未来的幻梦中总有往昔的幽魂，唐纳德·特朗普在大西洋两岸的政治演说也是如此。英国独立党领导人奈杰尔·法拉奇使用的脱欧运动标语"要回我们的国家"之所以奏效，不仅因为模棱两可的含义吸引了各种心怀不满的选民，也和它的双关意义有关。"要回"的一重含义是解除国家所面临的臆想中的威胁，脱欧派眼中的移民、无耻的欧盟官僚、全球化、英国政界的"威斯敏斯特精英"，另一重含义则是时间的回溯，回到某个不明确的黄金时代。保持一种连续不断的国家传统是脱欧运动直白的宣言。多年来我总在小报上读到那类欧盟正在破坏人们深爱的英国传统的文章，毫无根据地声称欧盟官僚将禁止一切，包括卡车司机的英式早餐，女王最爱的狗品种，甚至出庭律师的假发。这些无中生有的错误观点好像老调重弹，这并非偶然，脱欧派的辞令不外是战斗起来，挽救英国价值观、挽救被移民潮和欧洲干预重重围困的英式生活。历史和传统都成了攻击的工具。

古朴的风俗、盛大的场景、人们对英国悠久历史的缅怀，斯宾塞的油画恰恰体现了这些主题。不知亲眼见到数天鹅的场面是否能让我更明白自己的处境。再有几个星期，天鹅普查官就要开启旅程了，我决定跟他们同行一段路。我本可以选择观赏任何一种英国风俗，莫里斯舞、乡间板球比赛，可是数天鹅最吸引人，一则是那幅油画，二则我对自然历史和国家历史的关系也很着迷。作为一种象征，天鹅长久以来与我们国家的地位和身份相互交织。政治和它们难以分割。

泰晤士河上的天鹅是英国的本土物种疣鼻天鹅，拥有一段奇妙的历史。从前烤天鹅还是一道常见的宴席菜肴时，泰晤士河上自由飞翔的野生个体并不多。即使是今天，我眼中的疣鼻天鹅也更像是长羽毛的家畜，而不是鸟。它们个头巨大，是本地公园及河流中略具威胁的居民，介于野生和驯养之间。天鹅的王室所有权最早可以追溯到十二世纪，王室特许上百个权贵显要和机构拥有一些天鹅群，传统上称为"天鹅猎物群"。那时全国每年夏天会统计所有的未成年天鹅数目，截掉一只翅膀的最末一个关节，让它们无法飞行，在鸟喙或是蹼足上刻上图案来标志所有权。今天依然保存着精细的墨色手绘原稿，鸟喙上划着线条和十字。后来食用火鸡和鹅肉愈发普遍，火鸡和鹅没有天鹅那么强的领地意识，更容易饲养，于是除泰晤士河等少数地点外，天鹅群的所有权又回归王室。

在英国，杀死一只天鹅依然会引发不可遏制的愤怒，这是对全国人民的伤害，可与叛国罪相提并论。天鹅首先象征着君主制，继而延伸为整个国家，人们普遍了解这种象征意义，因此这些鸟很久以来都是界定我们身份的游戏筹码。天鹅面临的所谓威胁和英国社会的假想敌紧紧相扣。有个故事讲到泰晤士河上所有的天鹅都是内战中克伦威尔的士兵杀死的，直到君主制复辟，才重新补齐河上的天鹅。维多利亚时代有哀婉的讣告，写给"老杰克"这只在老白金汉宫皇家生活的天鹅，记述他在领地池塘长达数十年的统治，最终却被一群好战的波兰鹅过早地完结了生命。十九世纪的一篇杂志文章写到皇家公园里的天鹅被犹太羽毛商杀死剥皮。

这些关于国家身份的寓言很容易解读为另一个时代的老古董，实则不然。二十世纪初，通俗小报《太阳报》指责难民偷窃女王的鸟去烧烤，后来证实报道来源是打给天鹅救助站的一通电话，声称看到有人推着一辆载有一只天鹅的超市购物车。

"肯定还有人吃天鹅"，已退休的牛津大学鸟类学教授、天鹅专家克里斯·佩林斯告诉我。佩林斯身为女王的皇家天鹅守护长，每年都陪同普查员一起统计天鹅。他认为罪犯既可能是难民，也可能是英国人自己。很多天鹅是一些男青年用气枪、砖块和酒瓶打死的，但是这些罪行得到的媒体关注却少得多。

7月19日，脱欧公投结束快一个月了，我满心期待地站在斯宾塞曾经描绘的景致里。这是年中最热的一天，阳光明亮，空气闷热。在一棵桐叶槭的荫蔽下，平缓的碧水中泊着一队小船，旗帜飞扬，旗上绣着天鹅和皇冠。我等着普查员从渡口旅店出来，和一位独自坐在桌边的年长女士攀谈起来，她叫西昂·赖德。她戴一顶有雏菊装饰的草帽，身穿一件用欧盟旗帜改制的有金星图案的蓝色粗布外衣。她厌恶那些脱欧运动的策划者，公投以来有很多人暴露出种族主义者的面目，令她深为焦虑。这次她打算跟随天鹅普查队沿河而行，一来是很好的锻炼，二来是混乱的政治形势下，这项沿袭至今的传统让人心安。"失去我们的古老风俗太可惜了"，赖德说，"尤其是过去一年世界上发生的这些事，每个地方都在急剧败坏。这种传统实在美好……有个词是怎么说的？维系？"她摇着头说起近来的历史，主动递给我一片口香糖。

"这就是英格兰传统盛典的一个切面"，凯西·弗莱明对我说。弗莱明来自卡塔尔，他头发银白，精干活泼，是一名可持续发展经理。他有一位朋友是女王天鹅普查员，于是他和小儿子赖利一道前来，坐在媒体船里观看，而我也获准在这条船上就坐。弗莱明慎重地强调，数天鹅是一种典型的英格兰风俗，而非英国风俗。他若有所思道："我觉得英格兰人本质上是传统主义者、保守派。我们喜欢从过去找到支柱，就像这种事，它代表了文化和世系。如果没有这些，不庆祝历史活动，不保留传统，还有什么可以定义一个国家或一个民族呢？"他告诉我，英国人太容易对这些事情冷嘲热讽，但是他们已经意识到传统应当颂扬。"十年前，为自己是英格兰人而自豪，就会被视作狭隘的种族主义者，你明白吧，它有那些负面含义。但是我想现在情况不同了，我认为脱欧助长了现在的趋势。"传统的含义与时俱进，具有的社会功能也会改变。天鹅的统计数据现在可用于监控泰晤士河上天鹅的种群健康，普查员每天早上出发前还会跟本地儿童见面，教给他们天鹅和河流保护的知识。

戴维·巴伯是女王天鹅普查长，负责监督整个普查过程。他从渡口旅店现身，衣着华丽，大红色上衣饰有金穗图案，船长帽上插着一枚天鹅羽毛。他身后跟着佩林斯，还有女王船队、名酒酒商公会和染匠公会船队的船员。那些是来自泰晤士河下游的熟练船工，头戴白色棉布帽，身着彩色衬衣。天鹅救援组织的温迪·赫蒙也在这里，这个组织负责疗治伤病的野天鹅。我登上媒体船，领头木船优雅地离岸下水，于是我们出发，在上游寻找天鹅。

没多久，两座羽毛的白山和一只落单的小天鹅安详地漂过伯恩德的河畔宅邸。"全体起立！"船员们喊道，操纵小船把天鹅围在一片浅水区。场面一片混乱：举起的船桨、肩膀、喊叫声。雄天鹅像个传令官，防卫地展开双翅，它的脖子被抓住了。"搞定！"接着情况突变，雌天鹅和小天鹅躲到一块踏板下面，逃往下游。船队在它们身后追赶，拦截，再次企图抓捕。"干得好，"巴伯在河上喊道，"就这么干。"

很快，雌天鹅和小天鹅都在船板上了，普查员用自己白棉布裤的皮带上缠绕的柔软棉质编绳，把它们黑色的蹼足绑在尾部上方，成鸟的翅膀也被捆住。我在媒体船上看不清那几只天鹅，只能远远地看到弯曲的白色脖颈，像一个雅致的瓷咖啡壶壶嘴。靠近以后，我注意到天鹅上船后普查员出奇礼貌的举止，这和他们抓捕天鹅时的果断力量很不一致。"我的天鹅钩断了"，一个船员对我说，他难过地握着一根长长的杆子，像牧羊人的曲柄杖。在他眼里那根天鹅钩足有一百年，甚至一百五十年的历史。他做个鬼脸说道："如今你再也买不到好天鹅钩了。"

船员从小船上吊起天鹅，毕恭毕敬地把它们安放在一栋河畔房屋的草坪上。凑近细看，成年天鹅有蛇形的脖颈，闪光的黑眼睛，蜡一般光滑的橙色鸟喙张开，发出短促的带鼻音的咕噜声，好像没有上油的大门。这只鸟是固体和气体的一种奇异的并存。光滑的廓羽覆盖着浓密的绒羽，晶莹的水珠滑下浓密卷曲如纸雕一般的白羽。

十八周大的小天鹅像一个巨大而瘦削的毛绒玩具。赫蒙在它身边蹲下，打开她的环志箱。天鹅普查员已有好几十年不再截短天鹅的翅膀了，现在用来标志它们的不再是小刀，而是不锈钢的腿环。

普查员确定了小天鹅之母归女王所有，然后选择合适的腿环给小天鹅安上。巴伯向赖利解释他们在做什么，他的脸晒得黝黑，帽子上插的羽毛闪着钢寒的光。"你需要细细检查，确保毫无问题，"他说着轻轻抱起小天鹅，"来。"赖利深吸一口气，把双手往前伸，天鹅被放进他伸出的手掌，他的肩膀微倾，身体承起重量。后来我问他感觉如何。

"它好像包着一层丝绸"，他说，给我一个羞涩又惊诧的微笑。"你感觉怎么样？"我问。他告诉我这一生都会记得小天鹅。"希望它能回到我身边，鼓励我，"他说，"鼓励我有所成就。"

太阳西斜，我们再次向上游出发。在泰晤士河的这一河段，小船由机动拖船牵引，船员们就躺在船上看手机。我们经过的地方有英国最昂贵的不动产，仿都铎式的豪宅，有雉堞的混凝土城垛的假城堡，这种建筑风格的背后是对已逝黄金时代的狂热追怀。柳树、夏日别墅、洒满阳光毫无瑕疵的草坪，水草甸上的牛儿站在深及跗关节的河里，热得发昏。一群青少年在一次性烧烤炉旁抽着大麻。一个女人坐在停车场边上的木长椅上，身旁搁着购物袋，正给下方河里的鸭子扔超市三明治碎块。她跟我们挥手，少年们也挥手，大家动作都一样。他们挥手微笑，我也挥手报以微笑。

我本以为自己会冷眼看待这次旅行，但是随着我们沿河上行，我渐渐感受到一种丰厚而微醺的喜悦。在船下，极小的鱼苗游窜在阳光照亮的水草间，河面上满是跟随我们的船只，大型客船上的酒吧在供应啤酒，甲板上挤满观光客。一个近乎全裸的男人深深陷在一只小橡皮艇里，他在河中央划桨，咧嘴开笑，橡皮艇几乎堆到了他的肩膀。我们经过手划船、双体船，还有像上世纪二十年代的戴姆勒汽车的豪华游艇。一只燕鸥掠过头顶，在这条交通拥挤的河流上空拍打柔韧的半透明的翅膀，飞翔的身姿让我觉得它是在云层下飞行，但是并没有云，哪里都没有，一整天都没有。天空是一片完美铺开的亚麻油调过的颜料，闪着明亮的光。

我迷失在一片梦幻般的英格兰风景中。这不奇怪，小时候我读过好多描写这个地域的书，比如《柳林风声》和《三人同舟》。这是诺埃尔·科沃德笔下风俗喜剧的优雅场景，伊妮德·布莱顿和埃德加·华莱士就在这里生活。这些故事的背景教给我身为英格兰人意味着什么。所以，当和蔼可亲的新闻协调员保罗·威尔莫特指出一艘"小艇"时，我听得兴奋不已，那只小艇曾属于一支由七百多艘私人船只组成的船队，在"二战"期间从敦刻尔克救出英法盟军。他还说起喷火式战斗机飞行员的故事，我听得笑出了声。那个飞行员为了打动女朋友，特意从马洛的桥下飞过，却被目睹"壮举"的空军准将大加训斥。这些故事意在培植鼓舞人心的民族自豪感，其中的战争叙事剥除了恐惧和政治的复杂，成为宣扬英雄事迹的爱国故事。

　　数天鹅是一次旧时意义的巡游，一场逆流而上的旅行，它需要认定的不仅仅是天鹅的所有权，也是意义的所有权，关于河流的意义和英格兰的意义。你穿过这片已被别人赋予种种叙事的景观，你从河岸经过，对国家和身份获得的理解是你选择相信的部分。你可能只看到敦刻尔克的小船和幽灵般的喷火式战斗机在空中划出的线条，可能会在河边散养的牛群中看到闲适的十八世纪风景，但是你也可能在那里看到了被遗忘的农场工人的魂灵，或是和一个在长椅上吃袋装三明治的妇女、一伙在烧烤架旁抽大麻的青年心有戚戚。船只加速前进，去寻找另一群天鹅，而我躺在舱里，想到我们选择只看那些告诉我们世界应当如何的事物，心中不免生出微微的愧意，我的热梦破灭了。

一日将尽，我在马洛摇摇晃晃地走下船，想到赖利抱着天鹅时那张欢喜的脸，天鹅普查员们的和气快乐，还有库克姆洒满阳光的滑道。然后我又想到了斯坦利·斯宾塞，这次不是他的画，而是他1954年作为文化代表团的成员去北京旅行的故事。旅行接近尾声时，中国总理周恩来做了一个长篇演讲，表达中国人民对中国的热爱，接着要听他们的回应。那是一个有政治风险的时刻，没人知道该说什么。"当时一片寂静，"就此题材写过《北京护照》的文化历史学家帕特里克·赖特告诉我，"然后斯宾塞站起来，大家十分恐慌。他说：'中国人热爱自己的家园，嗯，英国人也是。你听说过，听说过库克姆吗？你去过库克姆吗？'"

这个开场白惊人地成功，激发了他和周恩来一番生动的对话。斯宾塞告诉他，库克姆的人和别处的人没什么两样，他们想继续自己的生活，与邻居和睦相处，就像赖特所说：不想被轰炸。"我在中国就像到了家一样，"斯宾塞说，"因为我觉得库克姆就在附近。"斯宾塞常常因为狭隘的地方主义和对小事的关注而被讥讽，但是正如赖特所说，他的憧憬是最终"借由小事，借由你所居住的地方，可以进入一个更普遍的人类经验的领域"。

数天鹅这类文化遗产对民族主义者来说具有明显的概念价值，他们宣扬一种无缝衔接的历史感，可消除过去和现在之间的差异，为人们打造一种英国传统；恒定不变的幻觉。但是，斯宾塞在中国的故事让我产生疑问，神圣英国的排外主义梦想深植于想象中的往昔，除此之外，数天鹅是否能为我们提供其他的东西。因为那天在传统盛况之外，我还看到了专业的动物处理和河流知识的完美体现。小艇上的船员深谙划船之道，知道如何在复杂的水域中航行，如何抓获天鹅，如何包抄，如何应对一只像狗一样大，脖颈灵活，翅膀能击断肋骨的鸟。

这些是学徒学到的手工技艺，并非书本知识，正因为它性质特殊才具有一种普适性。就像斯宾塞在中国说到的库克姆村民，他们归属于一个地方，因而无法被轻易纳入种族和国别、我们和他们的简单叙事。那个夜晚，我注视着一轮满月从椴树花香浓郁的空中升起，想到总会有反面的叙述，隐藏的声音，失去的生命，别样的存在方式，以及如何在最隐秘的传统中看到一个不同的、更具包容性的英格兰。这样的想法让我倍觉可贵——在与非我族类的东西熟练地打交道时，宏大的历史和政治叙事或许会有轻微的动摇。一些无关紧要的东西。天鹅，江河，船只，水流，编织棉绳打结的绳圈。

巢　箱

我从网上订购了巢箱，寄来时装在两个用棕色纸包装的纸箱里。四个粗糙的棕色碗，背面和顶端被截平，与成直角的胶合板紧紧贴合。所用材料是混凝土和木纤维的混合物，每个碗前端挖出一个勺形圆孔。我把巢箱安装在我新家的屋檐下，希望成对的白腹毛脚燕会从这些圆孔进去。这些灵秀的候鸟颜色像虎鲸，它们的到来是古北区春天的重要标志。当然它们可以自己筑巢，从本地的水坑和池塘边衔来一千多口泥巴，小心地把一块块泥巴按压成形，晾干。去年的干旱让筑巢变得艰难，燕子所食的昆虫数目也呈灾难性下降，导致它们的数量也逐年急剧减少。我买下这些巢箱，想要帮助陷入困境的鸟儿，但是作用恐怕有限。

几年前在印度，我下榻的旅馆房间里也有一对营巢的棕斑鸠。旅馆方面对此没有意见，清洁人员每天早晨把新报纸铺在地上，用来接污物。它们会钻进空调机上方的缝隙，啪嗒啪嗒扑打着翅膀飞入鸟巢。晚上，我看到它们快睡着时一眨一眨地闭上眼睛。要是我害怕鸟或对鸟过敏，事情就不太美妙了，而现在我能与它们平静地共享空间，这似乎是一份慷慨的恩典，我的心因此过度膨胀，大大超出了房间里鸟儿的存在。此时我才意识到，在英国，我们正大肆清除人类空间中一切非我族类的东西。没人想要老鼠和蟑螂，但是雨燕呢？它们需要屋檐和屋瓦下的洞来做窝，我们却把越来越多的洞堵死。麻雀喜欢爬满常春藤的墙和浓密的灌木丛，但是那样显得风景凌乱，不再是花园里流行的选择。破坏有鸟儿孵卵的巢穴是违法行为，可是开发商已经开始在树木和树篱上布网，彻底阻止它们筑巢。最近给树木罩网的做法引发公愤，证明至少现在，我们还不愿把控制范围扩大到花园以外那些显然不属于人类的地方。

网站上可以在"专业"类别中找到白腹毛脚燕的巢箱，此外还有旋木雀、猫头鹰、雨燕、河乌、灰鹡鸰和野鸭。在园艺中心或五金店买到的种类则简单得多：前面有圆孔的是给大山雀和蓝山雀准备的，前面有一半开口的是给欧亚鸲的。小时候我们放在花园里的就是这几种。让常见的小鸟在我们提供的房子里养育家庭，这是让人开心的事。我还记得看到一只前来打探的大山雀，它落入屋旁挂的巢箱的黑暗内部，那一刻我有种奇异的激动，一种危险的近乎占有的自豪之情。有年春天，我父亲制作了一个无背式巢箱，把它安装在我们花园棚屋的单层玻璃窗上。巢箱里面有一片遮光帘布，让巢穴保持黑暗。放学后，我和弟弟蹑手蹑脚地走进去，关上门，掀开窗帘，把鼻子贴到玻璃上。我们看到的都是秘密：三英寸厚的苔藓和羽毛，深陷其中的是一只正在孵卵的蓝山雀的后背。离得那么近，我们可以看到它呼吸时的起伏，鸟喙周围的细小羽毛被透过上方洞孔的光线照亮。那一巢雏鸟顺利长大了。晚春时候我们坐在草坪上，听到蓝山雀雏鸟乞食的叫声，心想：**这是属于我们的小鸟**。如今，花园里的巢箱则让我隐约想起地主庄园里给工人提供的小屋。其实安装人工巢箱的先行者是十九世纪一位性情古怪的博物学家查尔斯·沃特顿，他在沃尔顿庄园放置了崖沙燕的巢筒和其他鸟类的巢屋。这座位于约克郡的庄园可能是英国的第一处自然保护区，如今因此而闻名。

在英国，阶级制度表现在各个方面，也包括不同巢箱的选择。你可以买到仿照酒馆或教堂成比例缩微模型的巢箱，也可以买到前面印着诗句或花朵图案，或是粘着小门和尖桩篱笆的。然而英国自然鉴赏界的守门人不大认可这一类巢箱，他们推荐普通的木制品。英国皇家鸟类保护协会明确警告不要使用装饰性巢箱，因为鲜艳的色彩会吸引捕食者，但又承认这一结论尚无真实证据。金属箱确实是个坏点子，因为会让雏鸟体温过热，不过假如欧亚鸲能且乐意在废弃茶壶里筑巢，那手写的"甜蜜的家"就不是问题了。

和花园里的地精玩偶一样，装饰性巢箱不符合中产阶级的花园设计美学。可爱的家常款巢箱会让拟人论的幽魂重现，这种论调依然为鸟类保护组织所排斥，因为他们早期争取文化资本的手段就是否认对其感情用事的指责，转而坚持硬核的鸟类学科学。从科学角度来看，巢箱本来就是为鸟类准备的，不是我们。可惜花园里朴素的巢箱透着实用主义的丑陋，似乎有种表演性质的施舍，装饰性的巢箱却让人们同怀喜悦之情。鸟儿当然不会在意，它们真的不在乎。我没有给白腹毛脚燕准备彩色巢箱，但我满心希望它们带给我愉悦的个人体验。我买来巢箱，是因为我想让鸟儿留下。当暮春的夜晚渐长，我想听到雏鸟的唧唧叫声从箱子深处传入敞开的窗户，我想看到它们觅食飞行，在明亮的空中抓获苍蝇。走到自家房子前门的时候，我期待看到一地脏乱、四处飘落的羽毛，期待见到那些正从上方紧盯着我的、雏鸟的小小脸孔。

车灯下的鹿

    仿佛一呼一吸，鹿自林中进进出出。我没料到的是，它们看起来如此柔弱、冰冷，仿佛寒冷的空气从身上涌向地面，汇入茫茫白雾，雾气半掩双腿和转过的侧身。这些鹿并未被驯服，我至多走到一百码开外，它们就会溜进幽暗的树林。听人说这是一种特别的浅黄色型[1]黇鹿，通常它们毛色较深，而这种在基因的作用下发生变化，接近较浅的乌贼体色和象牙黄。这些黇鹿的祖先是十六世纪作为猎物引入此地的野生鹿群，供人追踪、猎捕和烹饪。庄园至今变化不大，依然是一片牧场间杂林地的广阔之地，只多了一条穿行其中的M25高速公路。在小树杂生的铁丝网围栏后面，车辆在六条车道上疾驰。此时雾气渐浓，光线变暗，鹿的身影时隐时现，我走到横跨高速公路的桥上，车流深沉的轰鸣声仿佛在我胸中奔涌。这座桥沿路长满了草，我听说在黎明和黄昏时分，鹿群会把这里当作通道，从庄园的一边去往另一边。我知道自己在场会阻碍它们过

---

1 黇鹿体色变化很多，常见的有四种色型，普通型、浅黄型、白色型和黑色型。普通型的颜色是铁锈色，身上的斑点在冬天变得不明显，而浅黄型黇鹿身上的白色斑点在冬天依然明显。

路，不想在此久留，但还是停留了片刻，看脚下车灯汇成流光。有那么一刻，公路显得不真实，过后却又真实得令人震撼，桥和我身后的树林又变得迷离。我无法同时把握同一个世界的两面：鹿和森林、迷雾、速度、湿树叶、白噪声、废金属卡车、十八轮大货车车队、我靴子尖上的水珠，我抓住冰冷的金属栏杆，双手似被烫到。

在我私人的动物万神殿中，鹿的地位最为特殊。我对很多生物所知甚少，但是鹿不一样，因为我对它从未有过了解的欲望。它们就像一个我从来无意探访的遥远国度。我知道不同种类鹿的名称，能辨别最常见的鹿种，但我总是拒绝付出几乎微不足道的努力，不去查阅它们何时生育，鹿角如何长大、脱落，它们吃什么，在哪里生活，怎样生活。站在桥上，我不禁问自己这是为什么。

鹿给我这种感觉或许跟它们在英国文化中的地位有关。大约五年前，布艺和家居用品上开始出现鹿的形象。鹿形烛台，鹿图案的水杯，雄鹿头图案的墙纸，窗帘和靠垫上的鹿角印花，用拼接格子呢缝制的假战利品鹿头。我习惯了圣诞节无处不在的驯鹿主题，但是这种鹿的形象泛滥是个新现象。当时有一位设计代言人将其归结为英国民众对冬日温馨的乡村旅馆和木柴炉火的钟情，不过我怀疑除了对旅馆的应季氛围的憧憬，还有其他因素。2008年金融风暴之后的几年间，"英国风格"的神话被一再美化,无论是乡间和农村生活题材作品的风靡,还是"保持冷静,继续前进"的"二战"宣传海报和印花棉布围裙,后来就是向政治民粹主义的急转。国家处于困境时,总想从曾经荣耀的往昔提取身份的意义。雄鹿头这种简单的主题就像椅座座套上的扣子,连缀起一长串可资利用的意义。

鹿往往意味着一种保守的世界观,这是我二十多岁时了解到的。当时我有大把时间跟打猎的人在一起,大多是男人,他们不少人暗地里表示,强壮的雄鹿为了占有整群温顺的雌鹿而对决,这种彪悍的行为值得赞美。也是在那段时间,一个雨天下午,我在伦敦一家画廊闲逛,看埃德温·兰瑟的画展。墙上挂着悲哀的狗、闪亮的马、各种被撕成碎片的英国人的猎物,还有很多雄赤鹿的画像,那似乎正是维多利亚时代男性精英的化身。高大威武的雄鹿骚动不安,擅长摆出姿势。它们是山谷的君王,其脆弱的统治永远受到后起之秀的威胁。它们头顶的冠冕总被山间的阳光完美地照亮。它们是力量的典范,与不可撼动的行为方式完全绑定。

我从桥上离开,走回小路,车流的噪声也渐渐减弱。现在光线太暗,看不到鹿,但我还能听到鹿蹄踏在草皮上那种空洞的撞击声。回头看一眼,高速公路在树丛后投下苍白的微光。这个地方有几分特别，或许能解开我对鹿的态度之谜，我也开始意识到，这个谜不只涉及一种哺乳动物，它针对的是普遍意义上的动物。对动物没有了解的愿望，这本身意味着什么，也许是一个更大的谜题。

我疲惫地走回停车处，一路上想着那些驾车路过此地的人是否偶尔抬头，看到一列鹿角映在天空，看到一队古老的野兽缓缓走过现代的建筑设施。由此我想到了和鹿相关的更久远的观念，白色雄鹿是凯尔特神话中来自阴间的信使，而在中世纪传奇文学中，它们的出现预示着探寻之旅或伟大冒险的开端。在这个传统中，鹿是一种深具灵性的生物，难以捉摸，易受惊扰，它们总是意想不到地现身。我想起近二十年前一个寒冷安静的午后，我在父母家附近的小树林里游荡，郁郁寡欢，思虑着我的人生面貌，发现它乏善可陈。我走近一棵荆棘蔓生的倒木，看到一缕缓缓的轻烟从灌丛后升起，在冬日的阳光下闪着微弱的光芒。我心里十分不安，再凑近一点，结果发现更费解的东西：枝叶间有一道弯弧状的东西，好像隆起的骨头，似乎是一具骸骨，紧接着一只正在休憩的黇鹿一跃而起，冲进林中，我刚才看到的就是它呼出的雾气。我的心狂跳不已，之后很长一段时间，这片树林似乎焕然一新，充满无限的可能。而我的人生在此后很长一段时间也是如此。

因为了解不多，我和鹿的相遇与其说是遇见真正的动物，不如说是富于偶然性、象征意义和情感色彩的舞台场景。我想我的无知带有某种目的，那其实是心底的期许，**但愿这世上有更多的神奇**。而鹿的出现就像是神奇登场。所以这就是鹿在我心中的意义，它代表自然界打破预期、给人惊奇的力量。我希望它们一直具有这种魔力，不要成为别的东西。

暗夜中我开车回家，心想我之所以认识到这一点，是因为刚刚去过的这个地方的地理位置，是这种结合了柏油路、卡车和鹿的环境。因为鹿具备的这种劫持日常生活的魔力，不仅仅是传说或遥远虚无的猜测，它还是一个直截了当的事实，血淋淋的，常常致命。这种事发生得如此频繁，以致出现了缩略词：DVC，即 deer-vehicle collision，鹿车相撞。所幸在我身上，这一直只是个"差点"发生的事件。

几年前的一个夜晚，我正开车驶过一段下坡的弯道，看到前方路面有一只鹿。它受到惊吓，呆滞又紧张，接着它腾空跃起，活力勃发，却又似乎是静止的，好像十八世纪狩猎题材的版画上那些伸出双腿的虚弱的马。一阵灼热就在我的皮肤下蔓延开来，我还没有停车，就感觉到车子像在水面上滑行一样轻盈。这漫长的一瞬间令人震动，此外我最记得鹿的后臀和脚踝的棱角分明，还有它在树篱丛的"硬着陆"，它在消失以前如何艰难地挤进那片紧紧纠结的荆棘。在接下来的旅途中，我眼前全都是穿越公路的鹿，但是一只也没有。

鹿是危险的动物。美国每年约有两百人因车辆与鹿相撞而死亡，虽然官方数据是约150万起DVC事故，但实际数量可能多得多，因为很多事故没有记录。司机在路上如果看到鹿，正确的做法是永远不要转弯，因为大多数死亡就发生在人们扭转方向盘，撞上树木、岩石、栅栏和其他车辆的时候。但是怎么可能不转弯？它就在那里，就在你正前方，从黑暗中凸现，浑身笼罩着一片弥漫的光晕。一颗狂跳的拳头大小的心脏，一百磅、一百五十磅的珍宝和恐惧之躯。它正以一小时五十英里、六十英里的速度向你靠近，除了转弯你还能做什么？

如果你住的地方常有DVC事故，可以买防鹿警报器，是一个安在车身外的小哨子，据说可以给鹿预警即将驶来的车辆。有些司机说它们极为有效，但也可能是因为安装警报器后，驾车方式有所改变，也许开得更慢一点，更谨慎一点，对在公路上现身的鹿更有准备。就我所读到的资料而言，并没有统计数据能证明警报器有效，鹿也许根本听不到哨声。这类技术手段就像是辟邪珠[1]，那种蓝白相间的玻璃挂饰可以破除邪恶之眼的诅咒。

我的朋友伊莎贝拉遭遇了一场事故。她是一位真正出色

---

[1] 辟邪珠（nazar），此处指土耳其民间使用的一种护身符，因为人们相信由嫉妒而生的邪恶之眼会产生诅咒，导致厄运、疾病和死亡，就挂上邪恶之眼图案的珠子以毒攻毒，通常为蓝白相间的玻璃珠子，上有四个同心圆组成的邪恶之眼。

的艺术家。我第一次见到她的时候，她正在给新鲜的水果片镀金，接下来的几个月，它们将缓慢地溃烂，变成闪耀的瓦楞状金疙瘩。我问她："你撞到了鹿，感觉怎样？"她微微蹙眉。"就像撞击神灵，"她说，"你读过欧得庇里斯吧？"我说："读过。"她又说："嗯，确实就是和神灵相撞。"夜晚她并到快车道，一辆车的位置不对，车灯光射进她眼中。她没能看到那辆车撞了一头赤鹿，鹿就横卧在车道上。"我从它身上轧了过去"，她说。她回忆起汽车轧过时的颠簸起伏，感觉到皮肉的开裂和肋骨骨架的断裂，浑身发抖。那头鹿可能已经死了，也可能只是吓呆了，但是在汽车的重压下，它被开了膛，鲜血喷溅到湿漉漉的地面。汽车的前灯光打在上面。"那么多血"，她说。她告诉我这些事时身体前倾，眼睛盯着我。"那么，多，血。"她告诉我她简直能闻到邻座女儿的恐惧。那夜，汽车四周弥漫着被高钠路灯的光染黄的雾气，就在那里，车前方那一大摊鲜血好像要没完没了地流淌下去。

"像《闪灵》那样吧？"我问。

她静静地看着我，好像她讲的我一个字也没听进。

"恐怖多了。"

公路归我们所有。我们没想到人类以外的生物跟公路也有交集，从它们的领地穿越到我们的领地，实打实的躯体，躲避不及。就算你在DVC事故中毫发未伤，发生一次就足以改变人生。从电影中对鹿的处理方式可以看出一点眉目，在剧本中，它们是叙事的冲击，恐怖片的惊吓，出人意料的转折点，当它们让汽车报废的时候，叙事也随之脱轨。有时鹿撞穿了挡风玻璃，血淋淋的枝形大烛台般的鹿角填满了车里的空间，奄奄一息的雄鹿死死盯着片中的人物，此人将会受到这场事故最重大的冲击。有时电影里发生DVC事故后，鹿躺在公路上，它还没有死——在好莱坞电影中死的情况不多——那么如何处理就成了问题。很多时候它发出现实中将死的鹿没有的声音，因为它是一只仿真电动鹿，好莱坞公司给一头死鹿剥皮、脱脂、鞣皮，然后把鹿皮贴在一个内嵌机械的装置上，这个机械装置一旦被毛皮覆盖，就会模拟缓慢的一呼一吸的样子。荧屏上这些角色遭遇了如此噩运，DVC事故在他们的内心世界投下一道强光，他们深受创伤。而现实世界的DVC事故也往往如此处理。

　　大家心里都明白，开车总是在挑战命运。我们只是擅长假装情况并非如此。公路上的鹿是我们每个人下的赌注的一部分，开车时我们尽力忘却这回事，就这样摸索前行，度过一生。DVC的幸存者常说事故发生后一切都改变了，他们的人生被重新塑造，比起以往变得更珍贵，也更加岌岌可危。DVC衍生的最深远的后果和他们的自我认知紧紧相扣，他们说起撞车，就像是说起一个不承认世俗、偶然和理性的事件。很多人绝口不提。"汽车撞毁了"，他们会说。或是，"挡风玻璃撞碎了"，就好像提及车祸的另一方当事者是种禁忌。有一句话被反复提起："它不知从哪儿出来的。"宿命不知从何处而来，在车前灯投射的光亮中闪耀着，就像一头遭天谴的独角兽，无论驾车者在这场撞击之中提取什么意义，那些意义都像中世纪的寓言一般无法逃避。"看看你自己"，DVC说，它割穿所有的庸常日子，将其全部割下。"看看你自己。这才是真正的你。"古代的戏剧家将这个认知自我的时刻称为anagnorisis，即希腊悲剧中的"发现"。

DVC大多发生在黄昏到午夜之间，还有黎明到来前的凌晨时分。那是鹿活动的时候，我们也最容易陷入迷梦般的状态。在黄昏和夜晚开车是一种唯我论的完美梦境。前灯光散落在上坡、弯道、大片的篱笆和掠过的房舍，你让这些事物短暂地现形，用光涂抹，赋予其分量，它们又随即消失。很容易产生一种幻觉，觉得你恒定不动，世界正向你奔涌而来，因为眼前的一切事物都在无休无止地靠近你，进入你的下方。地形施加的微不足道的力量，公路表面幽灵般的呼呼声，拐角和山斤些微的张力，这些是你在躯体和耳内的液体中感受到的。这一切都意味着如果有一只鹿出现在你前方，那感觉远远不止吃惊，它似乎应你心中某些东西的召唤而现身，仿佛就是潜意识的产物。

从有鹿出没的森林回来以后，DVC 完全占据了我的潜意识。当我开车穿过乡间林区的时候，双手将方向盘握得更紧，焦虑地等待灾难来临。夜里我梦见公路，迷雾，汽油光滑的表面印着鹿蹄痕迹，挡风玻璃布满撞击后的裂纹，一群群鹿在奔跑。我在给朋友的邮件里提到这种奇怪的新执念。"你还好吗？"她们问，"是碰到什么坏事了吗？"我回复说："我很好。我只是想写一写汽车撞到鹿。"她们提议："你去 YouTube 上找过吗？其实有那种撞鹿的混剪视频。"当然有。可我不想看，就像我不想去看其他悲剧，那些是互联网上可点击的通货，比一只鹿和越位的汽车偶然相撞还要悲惨得多。然而我还是坐下来了，搜到一个视频，点击播放。

　　这个视频把很多台行车记录仪拍下的场景剪辑成一个 DVC 事故的长片。它一下子就让我想到第一人称射击游戏，鹿如此突兀地闯入视野，简直像是屏幕上幽灵般的人造物，直到它们撞到金属车身。然后再次发生，又一次碰撞，又一个剪辑。这一个现在是黄昏时分，有加油站的灯光，热线广播的低语声。一头狍子和车相撞，在空中翻了好几个身，最后重重地摔在长草的路缘。汽车减速急停，一个女人下了车。她穿一件有流苏边的蓝色上衣，一条羊毛披肩裹住双肩。她走到狍子躺倒的地方，低头看看，又回头看着驾驶者，摊开双手，手心向上，一种无助的手势。驾车人出来，双肩紧收，无视狍子的存在，弯腰检查车的前部。又一辆汽车，又一段偶然听到的对话，又一次相撞，又一个行车记录仪从仪表板上脱落，对准上方惊慌失措的脸。我按下暂停，起身在厨房里走了两圈。我坐回去继续往下看，再次暂停。继续观看真是太艰难了。有时候鹿高高跃过车前盖，安然脱险，更多时候它做不到，它纵向落在引擎盖上，滑落下去，或是撞到挡风玻璃，或是以芭蕾舞般的动作翻到一侧，划出鹿角、血肉和骨头的抛物线。我看到鹿碰到挡泥板时蓬起的毛，听到鹿蹄踏在钢铁上的咔嗒声。我看着这些反复发生的恐怖杀戮，最震惊的是鹿被撞到空中后竟然飞得那么高。十、十二、二十英尺，不停翻滚，软弱又可怜。视频快结束时，我开始读下面的评论。我以为会读到满腹担忧的评论，然而没有。"好酷的布娃娃物理系统"，一个人写道。另一个人指出鹿的智商很低。还有一个认为鹿有自杀倾向。"我是唯一一个看着它们被车撞飞却觉得好笑的人吗？"答案是否定的。"天哪，"又一个人说，"我好久没看一个混剪笑得这么大声了，做得太好了。"

我没笑。我一动不动地坐着。过了很长时间，我才意识到自己有多难过。我的宠物鹦鹉比我更迅速地觉察到我的感受，他跳下椅背，沿着桌面跑过来，依偎在我的前臂，他伸长柔软羽毛的脖颈，轻啄我的手背。

我目睹了一系列极端惨烈的死亡，鹿的身体相当庞大，足以让我们联想到自己的身体。但这不是让我难过的原因，不完全是。那些评论的语气令人窝火，但在互联网上是常有之事。此外，不合时宜的发笑是情感表达困难时较为常见的反应。不，我的沮丧更多来自那些评论者的看法，他们将鹿视作前进道路上的障碍，就像电子游戏中随机出现的敌人，它们的存在会引发后果，但存在本身没有意义。这时我才意识到，我的沮丧情绪多半是冲着自己来的。

我一直很珍惜鹿给我惊奇和愉悦的这种特质，所以才抗拒深入了解，因为对某个事物知道得越多，惊奇感就越少。但是，假如选择忽略这个事物的现实存在，就很难对它生发同情，如此看来，我对鹿的态度和那些评论者差不了多少，他们会满意地写下关于濒死之鹿的物理现象，还说鹿车相撞最妙的一点就是滑稽可笑的情景。我为这些事故揪心不已，因为那覆满鲜血、破损的毛皮和碎玻璃的场面，表明的正是我对鹿的态度。鹿引发的惊奇，它打乱我们对世界的预期，这事故的每一个元素都与此有关。我坐在桌边，想着那些死去的鹿，它们的死是因为对公路的本质没有任何概念。鹿死在公路上，是因为它们本来拥有自己的生活，自己常常停留的地方、行走的小径，自己的想法和需求。看到一头鹿被车撞死，我无论如何笑不出来，但是我也没有那么无辜。我关掉 Youtube 的窗口，登上一个卖二手博物图书的网站，买下一本书——《了解鹿》。

游隼与高塔

爱尔兰东部海滨，我站在一处开裂的沥青路上，身旁是高度警戒的围栏。天空是冰冷的铅灰色，海风刺骨。虽然我大老远来这里是为了观察野生动物，我却转身背对着唯一可见的鸟儿。在我身后，爱尔兰海将几英里长的沙滩冲刷得清净空旷，海鸥和成群的过境涉禽如珠玉点缀其间。很美的景致。可是我的朋友希拉里和埃蒙告诉我，不妨看看都柏林的普尔贝格发电站。涡轮大厅像一个巨人的玩具组合，野蛮地直面着闪亮的沙滩。这里，位于污水处理厂、废弃的红砖建筑、码头、起重机和海运集装箱之间的这个地方，竟是一处野生动物圣地。我们头顶上是两座已经停用的冷却塔，塔身上布满垂直的锈迹和水平的红白条纹。它们从地平线上高高崛起，自东边海路而来，这将是你看到的第一眼爱尔兰，也是离去时看到的最后一眼。从城市的任何地方都能看到双塔，它们在整整一代都柏林人心中渐渐具有了家园的意味，对于多年来一直营巢其上的游隼来说也是如此。

有那么一会儿，并无大事发生。我们看着成群的鸽子在没有阴影的冬日光线中噗噗地飞向屋脊。我的脸被冻得麻木。

156

然后，在烟囱下面，一只鸽子像投掷的烟花一样侧翻而下，穿过一扇破窗，飞入另一侧的黑暗。它降落的姿态有点恐怖。是被击中了吗？犯了什么病吗？我花了一点时间才搞明白，那只鸽子想要尽快飞进室内，此时我才意识到是游隼来了。

一弯狭长的黑色锚头出现了，好像乘着无形的高空滑索，向西边的烟囱疾速下落。看到一个活物以如此的速度坠向大地，我的喉头一紧。一阵微弱而有回响的鸣声飘入我们耳中，不像是它发出的吱咿声，似乎是在摇晃一扇未上油的门。一只雄隼。他陡然转身，平展双翅急停，飞落在巢箱旁边的栏杆，巢箱固定在栏杆上方三十米高的金属通道上。他抖擞身体，规整羽毛，坐在那里注视着河口，平齐的头顶像一颗倒置的子弹，黑色轮廓映衬着天空。

"你要看吗？"埃蒙说，指着他的望远镜。很奇怪，镜头中的这只游隼好像是二维的，他在明亮的圆形视域中荡漾，就像透过水面看到的。我试图聚焦于清晰的细部，看得眼睛酸痛。胸部布满斑点的羽毛，黑色的头部，全身似有一道淡淡的彩色镶边，点燃着灰尘和虹彩。如此精致，烟雾、白纸和湿灰组合的颜色。他开始梳理羽毛，挺起腹部，眼睛半闭，扭过头去用灵巧而弯曲的喙划开一枚枚肩羽。沿着烟囱塔身腾起的阵风吹乱了他的羽毛，他的爪子抓握住生锈的铁栏杆。大风如寒冰，而他安之若素。

这个据点占尽优势，让他看到数英里的捕猎领地：河口、码头、城市街道、公园和高尔夫球场。这些东西之间的分别对他来说意义不大，但对我们意义重大。眼前这个小小的长满羽毛的个体，是对我们关于自然的普遍理解的一个反驳，我们一向以为自然仅仅存在于不属于我们的地方，这种臆断再往前一步就是对自然界置之不理，把它当成正在消失或者已经消失的东西抛弃。

大半个二十世纪，游隼一直被誉为受威胁的荒野的浪漫象征。它们选择营巢的山峰和瀑布高峡是气势恢宏的所在，游客在那种地方怀想自然，凝思人类短暂的存在。但是工业废墟也有其浪漫之处，普尔贝格电厂旧址这些生锈的烟囱和破碎的窗户自有一种扰动人心的美，来自超越了使用期限的东西。游隼出没于这片向我们昭示死亡的景观，山川亘古不变，工业废墟则提醒我们眼前事物也终将消逝，而我们应当保护此时此地存在的东西。

也许游隼正在成为人们构想的此类景观的本质。埃蒙小时候曾和他父亲一起去威克洛山脉寻找游隼，因为书上说它们在悬崖峭壁上筑巢，但他一只也没见到。他看到的第一只野生游隼高高地停在都柏林城中的一个大型煤气鼓[1]上。游隼在高楼上筑巢的行为已持续几个世纪，但是城市游隼数量增多还是

---

1 煤气鼓（gasometer），指在常温和标准大气压环境下贮存煤气的一种大型密封容器，在英国和欧洲的城市都能见到。

较新的现象。在二十世纪五六十年代，杀虫剂DDT的滥用导致欧洲和北美的游隼数量都直线下降，后来才逐渐禁用。游隼数量回升后，它们为成群的野化家鸽吸引，迁入城市。美国东部已经没有野生游隼了，所以康奈尔大学的游隼基金会将圈养繁育的游隼从高塔和大楼上的人工巢箱放出，让它们重新占据从前的领地范围。野保人员发现悬崖上的传统营巢地点过于危险，没有父母的保护，缺乏经验的雏鸟不幸沦为大角鸮的猎物。这些游隼成年后寻找和自己原本的生境相似的营巢地点，看中了高楼和大桥。此后又有更多游隼被放归。

今天，游隼已经成为一些城市中的常见景象。纽约有大约二十个繁殖对，伦敦有二十五对。它们在摩天大楼上营巢，在城市街道之间追捕鸽子，在适应城市环境的过程中出现了新行为。有些学会了在夜间捕猎，它们飞升至黑暗处，一把攫住被下方的街灯照亮的鸟。城市环境也不是没有风险，幼鸟初次试飞时，陡峭的楼体，反光玻璃和高楼周围突如其来的阵风可能导致它们坠地，一些热心的当地人通过双筒望远镜、望远镜或网络摄像头来追踪特定几对游隼的生活，有时会出手干预，从马路上救回坠地的幼隼。虽有如此风险，城市中的游隼数量一直在增长。游隼高踞于公司总部楼顶，扫视着天空和下面的街道，我们很容易在它们身上寄托自己对视野、监控和权力的迷恋。但游隼不单是人类焦虑的现成象征，它们最神奇的部分恰恰在于它们不是人类。

　　埃蒙几乎每天都会来都柏林的这个地方，多年来一直如此。他告诉我，有一年失去亲人后，他开始观察普尔贝格的游隼，因为它"属于……**别处**"。我明白他的意思。当人生遭遇困境，观看飞鸟会把你带入一个不同的世界，在那里无需开口说话。假如观察的是城市中的游隼，那便不是一个遥远的世界，而是一个你身边的世界，一个短暂而从容的避难处。如今埃蒙在都柏林工作，他的眼睛总是盯着天空，扫视着教堂和城中的塔楼。他看到高处的游隼俯视身下的街道，称之为"一小片永恒"。有时他看到一只疾飞过头顶、圣殿酒吧或是奥林匹亚剧院上空的一个黑色剪影，城市瞬间改换了模样，建筑变作悬崖，街道成了峡谷。

　　过了些时候，雄隼已消失不见。这时出现在巢箱边缘的是雌隼，体型比配偶更大，羽色更浅。有一两分钟，她停在那里犹豫不决，随后展开双翅，转身滑落，向另一个烟囱飞去。我举起双筒望远镜，双手僵硬，想要瞄准太难了，脸上的肌肉也在抽紧。我看到她双翅屈伸，飞羽张开。她在空中缓缓转向，飞行的性质有一种变化，但我不确定是怎么回事。紧接着，我的心猛跳起来，我看到一只不够谨慎的鸽子从低处朝它飞来，悠闲地拍打着翅膀。她不可能看见这只鸽子，但她确实看见了。整个世界骤然收缩，只剩下两只鸟之间的空间。雌隼侧身下落，向鸽子俯冲，像一块石头从桥上坠落那么决绝，在这一刻我听到我的同伴倒吸一口气。被击中的鸽子迅速闪开，合拢翅膀，在最后一分钟落入下方建筑的安全地带。游隼盘旋而上，消失在内陆。

我们把双筒望远镜从眼前放下，看了对方一眼。我们都意识到这一天会被游隼捕猎的两三秒钟分割成两半，目睹此景让人震动得无语缄默，脑海里回放的全是它飞行的每一道弧线。如果我对神秘主义有几分信仰的话，我敢发誓，一只正在捕猎的游隼改变了它飞越的空气的质量，让空气更有分量。像雷霆，像慢放的电影胶片，颗粒凸显。普尔贝格，这个地方大概和繁荣的自然生态系统相去甚远，但是观看一只游隼在布满伤痕的破碎大地之上追捕猎物，感觉就像在平静地抵抗绝望。生死之事，以及我们在世间的位置，这两种体会在颤抖的鸟翼划过冬日天空的这一瞬紧紧相系。

黄昏飞行

有一次，我发现了一只死去的雨燕，一具鸟儿的躯壳，就在泰晤士河上的一座桥下。水面波光粼粼，在桥拱上映出明亮的涂鸦。我把它捡起来，托在掌心，看到它羽毛上有灰尘，翅膀像交叉的钝刀片，眼睛紧闭。我发现自己手足无措，倍感意外。我向来从书中得到启发，是那种哥特式业余博物学家，喜欢保存死物身上有趣的部分。我曾把狐狸的头骨洗净抛光，将汽车撞死的鸟的翅膀分解、干燥，保存起来。但是，看着这只燕子，我明白自己无法对它做出类似的事情。这只鸟身上有一种近乎神圣的庄重感，我不愿意把它扔在那里，于是带回家，用毛巾裹紧后塞在冰柜里。来年的五月初，我刚看到自云端冲下的第一批回归的雨燕，就知道自己该怎么做了。我走到冰柜旁，取出那只雨燕，把它埋进花园里刚被阳光晒暖的泥土，深约一掌之宽的地下。

就像其他神奇的事物，雨燕的存在也略微超出了人们的理解范围。它们曾经被称为"魔鬼鸟"，也许是因为这些尖叫的黑色鸟群在教堂四周翻飞，仿佛来自黑暗而非光明。但在我看来，它们是属于高空的生物，本性难以捉摸，与天使更为接近。和其他鸟不同，它们从不落地。我曾是一个痴迷鸟类的孩子，为此十分懊恼，因为我无法更好地了解它们。雨燕如此迅捷，不可能用望远镜聚焦它们的面部表情，或是观察它们梳理羽毛。它们分明只是以20、30或40英里的时速闪动的剪影，密集如鱼的群鸟，明亮的云朵下倾泻的一捧毫无二致的黑色谷粒。没有办法可区分两只鸟，也观察不到其他行为，只能看它们从一处地方飞到另一处。不过有时雨燕在屋顶上低飞，我会看到一只燕子张开嘴，实在不可思议，因为嘴裂很大，它似乎变成了一种令人不适的东西，比如微型姥鲨。虽然如此，用肉眼观察还是很满足，因为之前一片空白的地方显露出动态的变化。雨燕重约40克，它们顶着迎面而来的气压冲浪饿风，让气流的运动也变得清晰可见。

雨燕在我眼里依然是地球上最接近外星生物的东西。如今我已经近距离看过它们，我也曾经手握一只活的、落地的雨燕，又让它回落天空。你也许知道那些被渔网从黑暗深渊拖出的深海鱼，显然它们不该出现在我们所在的地方。雨燕的成鸟也是如此，只不过来自相反的方向。它的骨架坚实紧凑，羽毛被太阳晒得发白。它的眼睛似乎无法与我对视，像来自另一个宇宙的实体，它的感觉无法投射在我们的物质世界，时间对这种生物具有不同的维度。如果你把雨燕那尖厉不休的声音录下来，再把它放慢到人类的速度，听到的声音就像彼此在交谈：

一阵野性的、滔滔不绝的、起伏的鸣叫，好像潜鸟的歌唱。

　　小时候有心理压力，比如转学，在学校被人欺负，或是父母吵架以后，入睡前我躺在床上，就会在心里计数自己和地球中心之间所有的层次：地壳、上地幔、下地幔、外核、内核。然后我又想到空中，一圈圈扩展的逐渐稀薄的空气层：对流层、平流层、中间层、热层、外大气层。脚下几英里处是熔岩，头顶几英里处是无边无际的尘埃和虚空，我就躺在那里，身上盖着对流层的温暖毛毯，还罩着红色的棉被套，楼上飘着今天晚餐的香味，楼下是我母亲在打字机前忙碌的声音。
　　这个夜间仪式不是拿来测试我能同时记住多少东西，也不是测试我的想象力能飞到多远。它多少有点咒语的力量，却又不是强迫症，也不是一种祈祷。不管这一天的糟心事对我影响有多大，在我头上、脚下，总有那么多东西，有那么多的地方和状态是无法改变、无法企及的，对人类事务也完全没有兴趣。将它们一一列出，就是在未知的明确高墙之间搭建虚构的避难所。此外，这个仪式还有一种效力。睡眠对我来说就像是时间的丧失，某种程度上生命的丧失，有时夜里沉入梦乡会有一丝恐慌，我不知去了什么地方，担心找不到归路。而这是我自己的私人晚祷，有点像登上一段陡峭的楼梯时数着台阶。我需要知道自己身处何地，这是把我带回家的一个办法。

雨燕把巢搭在无人知晓、黑暗狭窄的地方：房瓦之下的空隙，通风井的进气口后面，还有教堂塔楼。要抵达这些位置，它们会径直飞向洞口，然后全速飞入。鸟巢的材料全部从空中抓取，随热气流飘在空中的几缕干草、鸽子换下的胸羽、花瓣、叶片、碎纸，甚至是蝴蝶。战争期间，丹麦和意大利的雨燕抓住飞机上飘落以迷惑敌方雷达的谷糠和反光锡纸碎片，它们随着落下的碎片轻掠回旋。雨燕的交配也在空中完成。年幼的毛脚燕和家燕第一次飞行后会回到自己的巢里，年幼的雨燕却不会如此，它们只要离开巢洞就开始飞翔，接下来的两三年都不会停止。在雨中沐浴，捕食空中的飞虫，低飞轻掠水面，用喙从河湖之中抄起一大口水。普通雨燕只在繁殖地停留几个月，还有几个月在刚果的森林和田野上空越冬，其余时间全都在移动，国界线对它们来说是个玩笑。下大雨时它们无法在空中觅食，为了躲雨，在英国房顶营巢的雨燕会绕着低压系统顺时针飞行，穿越欧洲然后再回来。它们喜欢在低压背后复杂而不稳定的空气中聚集，那儿有大量昆虫可享用。它们悄悄地离去，在八月的第二周，我的房子四面的天空突然变得空荡荡，之后我会偶尔见到一只掉队的雨燕，心想，**这就是了，这是最后一只**。我贪婪地看它升空，滑行在夏日湍急的气流中。

在温暖的夏夜，没有孵卵或哺育雏鸟的雨燕飞得又低又快，燕群绕着屋顶和教堂尖顶疾飞，鸣声尖厉。后来，它们在更高的空中聚集，叫声被空气和距离削弱了很多，听起来已经损蚀得像一种比声音更小的东西，有如尘埃和玻璃碎屑。然后，忽地一下，好像被一声呼喊或钟声所召唤，它们越升越高，直到从视野中消失。这种飞升被称为晚祷飞行，或黄昏飞行，源自拉丁语的黄昏一词 vesper。晚祷是晚间的虔诚祷告，是一天中最后也是最庄严的祈祷。我一直觉得"晚祷飞行"是最优美的短语，一片不断沉落的蓝色。多年来，我一直想看到这种飞行，可惜暮色总是太深重，或者鸟儿在天空中滑行得太宽太远，我的目光无法追随。

很多年来，我们都认为晚祷飞行不过是雨燕飞到更高空的位置，在风中入眠。和其他鸟一样，它们可以闭上一只眼睛，让一半大脑进入睡眠状态，另一半保持清醒，睁着另一只眼睛以便飞行。但是也有一种可能，雨燕在空中能够高枕安眠，渐渐进入快速眼动睡眠状态，双眼合拢，自动飞行，至少短时间内如此。"一战"期间曾有一名法国飞行员执行夜间特别行动，在一万英尺的高空关掉发动机，划着小圈无声无息地滑翔，越过敌人的防线。轻风扑面，一轮满月当头。他这样写道："我们突然发现自己在一群奇怪的鸟当中，它们似乎一动不动，或者说至少没有明显的反应。它们分散得很开，只在飞机下方几码的位置，衬着下面一片洁白的云海。"

他飞进了一小群深度睡眠的雨燕，小小的黑色星辰，被月亮的反射光照亮了。他成功地抓到了两只——我知道这是不可能的，但我愿意想象他或者他的领航员只需伸出一只手，就能在空中轻轻地摘下它。在飞机降落地面后，从发动机上直接拿下一只雨燕。渺茫空气，寒冷，寂静，白云之上悬浮在高空安眠的鸟儿。这幅景象总是飘进我的梦中。

现在我入睡时不再想象地球和天空的分层了，我会用手机放一部有声书，把它放在床头柜上，让讲述者的低语和哽咽变成我渐入梦乡时的白噪声。父亲去世后，我养成了这个习惯，听同一个声音一遍又一遍地讲述同样的话。我打瞌睡的时候，注意力四处游移，总是把我带到不愿去的地方，叫我考虑一连串为什么、哪里、怎样和如果的问题。对于这种情况，听悬疑小说可谓完美的消遣。开始我总是被情节所吸引，但是重复了几周以后，我发现自己最喜欢的是能够略微预测的每一句下文，因知道即将说出的话而安心。这个夜间仪式是十多年前开始的，现在，我发现这个习惯很难摆脱。

1979 年的夏天，一位名叫洛伊特·布尔马的飞行员、生态学家和飞机鸟击科学研究者开始在荷兰进行雷达观测，以保证飞行安全。他的图表显示，在艾瑟尔湖宽广的水域上方有大量鸟群，其实是来自阿姆斯特丹和周边地区的雨燕。六月和七月的每一晚，它们都会飞向艾瑟尔湖，九点和十点之间，它们在水面上低飞，捕食成群的淡水蠓。一过十点，雨燕就开始升空，十五分钟过后，所有的鸟儿都飞到了六百多英尺高的空中，它们结群飞旋，密密匝匝，然后继续上升，五分钟后就消失不见了。晚祷飞行将它们带到了八千英尺的高空。布尔马使用的特殊的数据处理器和弗里斯兰北部的一个大型军用防空雷达相连，可以更细致地研究雨燕的动向。他发现雨燕并不是停在高空睡觉，在午夜过后的几个小时里，它们再次下落到湖面上方觅食。原来这明亮的夏日街巷的守护精灵，同样也是浓重黑暗中的夜行动物。

不过他还有一个发现，雨燕的晚祷飞行并不只是在傍晚，在黎明将近时会再次发生。一天两次，当光线的强度完全一致时，雨燕起飞，在航海曙暮光[1]的时刻抵达飞行的最高点。

布尔马做出这种观测以后，其他科学家也开始研究雨燕的飞升，试图推测其目的。阿德里安·多科特是一位有物理学背景的生态学家，他使用多普勒天气雷达来了解这种现象。他和同事们写道，雨燕在上升过程中可能会对空气进行分析，收

1　在日出前和日落后的一段时间内，虽然太阳在地平线下，但天空没有全黑，这段时间在气象学上称为曙暮光。航海曙暮光（nautical twilight）指太阳在地平线以下 6 至 12 度的时间，这时已看不到地平线，但可以看到天上较亮的星星，这段时间长约 26 至 30 分钟。

集有关空气温度、风速及风向的信息。黄昏飞行将它们带到所谓的对流边界层的顶部。对流边界层是大气层中潮湿有雾的部分，在这里，地面被太阳加热产生了上升和下降的对流，然后形成热气流。这里是淡积云的区域，也是雨燕日常生活的所在。一旦雨燕飞抵这一层的顶部，它们就暴露在不受大地影响，而由大规模天气系统的运动决定的气流中。雨燕飞到这个高度，不仅能看到地平线上即将来临的锋面系统的遥远云层，还能利用风本身来估测这些系统可能的未来走向。它们所做的正是预测天气。

而雨燕所做的还不止如此。正如多科特所写：迁徙的鸟通过一套复杂的相互作用的罗盘机制为自己导航。雨燕的黄昏飞行可用到所有这些机制。它们在这个一览无余的高度可以看到头顶上群星散布的图案，同时还可以校准它们的磁罗盘，根据在光线微弱的空中最强且最清楚的偏振光模式来确定方位。星辰、风、偏振光、磁场信号、一百英里以外的遥远的云朵、清透的冷空气，还有它们下方的世界沉入睡眠或被黎明唤醒之前的一片寂静。它们在做的事就是飞到如此高的天上，以便准确地把握自己所在的位置，知道下一步该如何行动。它们在做的事就是悄然地、出色地确定方向。

康奈尔大学鸟类学实验室的塞西莉亚·尼尔森和团队成员发现，雨燕在这种飞行中不会单独行事。它们每天傍晚都结群飞升高空，然后一只只落下来，到了早上则是单独升空，再成群降落地面。为了准确定位，做出正确的决定，它们不仅需要留心周围世界的提示，也需要留心彼此。尼尔森写道，雨燕的黄昏飞行可能是按照所谓的"多错原理"来实现的。也就是说，为了获得最佳导航决策，它们会将所有个体的估测平均化。如果你身处一个群体，那么和身边的人交换信息会更有利于决策。我们可以互相交谈，但是雨燕无法交谈，它们能做的就是留心其他雨燕的动作。最终，它们彼此跟随——可能就这么简单。

我自己生活的领域日常琐碎，是睡觉、吃饭、工作和思考的地方。这是一个希望和忧虑、成本和收益、计划和干扰此消彼长的地方，它可以打击和转移我的注意力，就像狂风和大雨使雨燕偏离航线一样。有时这是个艰难的地方，但这是家的所在。

对雨燕的思考让我更为仔细地思虑自身如何应对困难。小的时候，我以上升的一层层空气的念头来安慰自己，后来我躲藏在有声书的低语里。我们都有自己的防御之道，有些可能适得其反，有些却是快乐之源，比如培养一个爱好，写一首诗，在哈雷摩托上飞驰，慢慢积累唱片或海贝的收藏。T.H. 怀特笔下的魔法师梅林说："最能治愈悲伤的事，就是学习知识。"每个人一辈子大部分时间都不得不在自己建筑的防御工事里度过，谁也无法承受太多的现实。我们需要我们的书籍、手工艺制作、狗和针织品、电影、花园和演出，这些定义了我们。我们被自己的生活、兴趣和挑选的所有安慰品维系着，但是我们不能**只**拥有这些东西，因为那样就无法确定自己该去往何处。

　　雨燕并不总是在飞越令人目眩的大气边界层的高度，大部分时候它们生活在边界层以下的浓重而复杂的空气中，那是它们进食、交配、洗澡、饮水和存在的地方。但是如果它们想要知道那些会影响生活的大事，了解会对生活造成更大冲击的力量，必须到更高处去勘察更广阔的场景，在那里与同伴交换这方面的信息。我开始对雨燕有了不同的想法，它们既非天使也非外星生物，而是给人无穷启发的生灵。并非所有人都需要雨燕那种攀升，正如有很多雨燕因忙于孵卵和育雏而放弃了黄昏飞行；然而作为一个群体，为了繁荣的生活和大家的福祉，我们当中必须有些人需要看清那些容易被日常生活遮蔽的东西。看清那些东西，我们才能确定追随或反对的路线，才能思考下一步该如何行动。在我心中，雨燕是群体的寓言，教我们在恶劣天气迫近时，在深黑砾石般的浓云布满我们自己的地平线时，如何做出正确的决定。

黄昏飞行

尽管身陷囹圄

　　每年，我都会追逐一种夏天的神奇生物，它的美微小、强烈而又执着，我能看到它们的最好时机是在六月和七月的炎热夜晚。这个晚上，我去大学城[1]郊区一个废弃的白垩采石场里寻找它的踪影，采石场风景奇特，好像月球表面，成片光秃秃的土地，高高屹立的白色悬崖，像是雪原上散落着的骨头。采石场是一个自然保护区，英国仅有的三个生长着"月亮胡萝卜"[2]的地方之一，物种十分繁盛。长角蛾的颜色像染了污渍的金丝绒，点缀在浅色的蓝盆花上，兔子在一丛丛百脉根、岩豆和百里香中吃草。傍晚的空中满是大个的原木色甲虫，长着车把似的触角，带钩的足，飞得横冲直撞，是一种鳃金龟。它们缠在我的头发上，我能感觉到微小而持续的拉扯，很不耐烦地用手指梳过头发，把虫子搞掉。我不是为它们而来的，我在等别的东西，而时间就快到了。看着光线正迅速消逝，我有一丝期待的兴奋之情。到了十点钟，最后一缕霞光已从白崖上消

1　即作者之前所在的剑桥大学。
2　月亮胡萝卜（moon carrot），学名 *Sesli Gummiferum*，是伞形科西风芹属的一种植物，原产于克里米亚和南爱琴大区，尚无通用中文名。

失，取而代之的是稀薄的星光和一片柔和斑驳的黑暗。然后，魔术开始了。

二十英尺以外，突然闪烁出一点明亮的光芒。再往那边，又一点。接着又一点，细小的冷火微粒在大地上点画出一片稀疏的星野。我凑到跟前，跪下来仔细注视那不似凡间的一星辉光。光从一只身体细长、无翅的小昆虫尾部发出，它正抓着一枚草茎，在空中摇摆腹部。这只虫，连同我周围的点点光亮，都是欧洲栉角萤，*Lampyris noctiluca*[1]，集非凡和滑稽于一身的东西，一半暗示着遥远的星际距离，一半晃动着甲虫的屁股。

只有雌性的欧洲栉角萤会发出这样的光芒。它们不能吃、不能喝、不能飞行，只是整日钻在草茎深处和枯叶下面。黄昏来临，光线强度降到大约 0.1 勒克斯的时候，它现身了，爬上植物的茎秆，闪烁光芒以吸引个头较小的、有翅膀的雄虫。交配一结束，雌虫便熄灭光芒，产下 50 到 150 个细小的、微微发光的球形卵，然后死去。它们短暂的成年生活是由光亮汇成的，但在幼虫阶段的两年里，它们是种恐怖暗黑的生物，会用管状的吮吸口器在蜗牛体内注入神经毒素，令其瘫痪、溶解，

1　这是英国最常见的一种萤火虫，萤科栉角萤属，在欧洲、非洲和亚洲（除南亚）都有分布，法国著名昆虫学家让-亨利·法布尔的著作《昆虫记》中写到的就是这种萤火虫。

然后像喝汤一样吸食。

我跪在这只萤火虫旁，被它的光芒深深吸引，夏夜里的这种邂逅更像是魔法而非化学的作用，尽管我知道，这光芒是在氧气、三磷酸腺苷和镁存在的条件下，荧光素酶和一种叫作荧光素的化合物反应后产生的。长久以来自然哲学家都不清楚这种激发冷光的精确机制。在十七世纪，罗伯特·波义耳发现，如果把萤火虫放在真空中，光芒就会熄灭。他继而思之，这些用来做实验的萤火虫被困在玻璃瓶里，它们的光芒类似于"某些真理"，虽然"身陷囹圄"，依然自由地闪耀。十九世纪初，约翰·默里在什罗普郡对萤火虫进行耗时费力的实验，他把它们发光的部位放在水中，加热到不同温度，或是放在酸、石脑油、油或烈酒中。关于这些略显阴森的实验，他的记录几乎和他的实验对象一样神奇。有一个浮在橄榄油中的标本连续几晚都在发光。"从约10英尺的距离看去，它就像一颗恒星闪闪发光"，他叙述道，"而我的眼睛平稳地观察着这美丽的现象。"如果不使用星星和明灯的隐喻，就很难书写萤火虫，它们的奇异光芒映现在无数文学作品中。这是《哈姆雷特》中"无效之火"的生物，也是安德鲁·马维尔《割草人致萤火虫》一诗中指引流浪者安全回家的文雅有礼的生灵。

萤火虫偏爱白垩质土地和石灰岩生境，在旧铁路沿线、路堤、墓地、树篱和花园里都可以找到。但是没有人知道英国有多少萤火虫，它们常常为人忽视，因为车灯和手电筒很容易盖过它们的光芒。当然，它们也受到栖息地退化和城市发展的威胁，雄虫会被路灯和灯火明亮的窗户吸引。此地这个特殊的群落之所以能存活，部分原因是采石场的墙遮住了周边城镇的钠灯灯光。雌虫不会飞行，所以种群的年龄往往较大，容易灭绝，毕竟它们无法迁往别处。但是在已经确知的地方，人们总是热忱地守护着萤火虫的群落。在全国很多地方，萤火虫主题旅行和散步已经成为广受喜爱的夏夜传统活动。当地的专家带领游客观看自然灯光秀，还提供饮料和零食。

我们所在的世界充斥着令人分心、不停闪烁的发光屏幕，不过即使如此，这些闪亮微小的灯塔依然保持着它们的魅力，吸引人们成群结队前来，惊奇地驻足观看。在这个生态环境遭到破坏的时代，很难找到多少办法让人们和自然界重新建立联系，自然总在电视和视频中出现，却不是活生生的现实。这些闪亮的灯塔吸引人们成群出动、驻足惊叹，其中最神奇的一点就是影像无法捕捉它们的宝贵意义。萤火虫是我们乡村隐秘的部分，就像马维尔笔下的活灯，它们依然能够指引心神涣散的流浪者。

太阳鸟和开司米球

我只见过一次，我那时不知往后再也看不到了。我以为它们会永远存在，就像泛美航空，就像苏联，还有我出生时世界上存在的很多东西。那天清晨我早早出门，太阳透过层云发出微弱的光。我开车驶向西北，遥远的地平线上，一些形体缓缓地升起来，慢得像糖浆在流动。这些东西乍看像建筑物，又像是飞机棚或仓库，其实是"布莱恩特和梅"安全火柴制造商在二十世纪五十年代种植的杨树，成排连片。一次性塑料打火机和廉价的进口木材让种植园成为经济遗迹，但是这里却为观鸟人钟爱，因为这是全英国唯一一处能看到金黄鹂的地方。金黄鹂是传说中的鸟，多少年来我只在文字中读到。它们美得令人目眩：雄鸟的颜色是毛茛花的金黄，有闪亮的黑翅膀和草莓红的喙，雌鸟的颜色是浅橄榄绿的。但是它们的魅力主要在于罕见。如果你不在英国，没准天天都能看见金黄鹂。美洲就有很多，它在古北区各国也是常见鸟类。但是在英国，我们只有这个小小的前哨。

我跟向导约好在大门入口见面，我以前从未见过他，不过毫无疑问，就是那个戴着毛线帽向我招手的男人，他带着一副双筒望远镜。彼得，我一个朋友的朋友，金黄鹂专家。原来他一整晚都睡在车里，在野外现场等待天明。他告诉我，我已经错过了黎明时分在苇塘低鸣的大麻鳽，它的叫声最为奇特，好像一个人对着一个很深的广口瓶顶吹出的声音。但是，他接着说，金黄鹂仍在鸣唱。我们沿着露水打湿的小径走向林中，这时我听到了，音色丰富、旋律美妙、笛声一般的乐句穿透距离、叶子的沙沙声和芦苇莺聒噪的鸣叫，好像从不可思议的远方飘来。我知道那个地方也许就是往昔，金黄鹂诉说着历史。乔叟写过一种叫作 Wodewale 的鸟，专家学者意见不一，认定为啄木鸟、林百灵或是黄鹂。我确信是后者，因为这个词的发音完美地模拟了一只黄鹂的鸣唱：Wo-de-wal-e，wo-de-wal-e，这个乐句就像是一幅末端弯翘的镶金旗帜，卷曲在泥金装饰手抄本的书页上。

听到金黄鹂很容易，亲眼看见却是另一回事。杨树种植园颇有点像一个按比例放大的桌上纸板剧场模型，我窥探其中，被吸入各种透视角度的花样和陷阱。一排排同样大小的灰色圆柱状树干向后行进，直至消失在昏暗的远处。因为杨树从高处开始分枝，成排树木枝叶相交而成的拱形似乎一半是镜框式舞台，一半是教堂扶壁。树林的声音也很大，噼啪声几乎没有间断。杨树那一簇簇的心形叶片有长而柔韧的叶柄，哪怕只有一丝微风，也能像旗帜一样翻卷摇摆。整个林子好像是撕碎的纸做成的，金黄鹂就在枝叶间的某个地方。鸣叫、移动。歌唱，鸣叫，飞到远处的一棵树上，仍不见踪影，然后又开始鸣叫，发出一种不同的叫声，一种像猫叫的尖利嘶鸣。再次移动、鸣叫、歌唱，之后又飞走了。它们待在树冠最高处，过了一会儿，我开始好奇它们的叫声是否来自别处。我们在树下伫立许久，举着望远镜，脖子都快扭痛了，可是金黄鹂踪影全无。开车回家的路上，它们的歌声一直存在我脑海中，就像一小块卵石被握在手心。这个杨树林的早晨并未让我失望。不过即使如此，我知道自己还会回来，再试一次运气。

那已经是十三年前的事了，是 2006 年，这里的小小种群即将荡然无存。当时金黄鹂这处前哨仅有四十年的历史，最早来此定居的成员是二十世纪六十年代从荷兰飞来的，它们就在类似此地的区域开辟家园，在树上营巢。它们一定飞越了北海，后来发现某处感觉很像家乡的地方。它们默默地繁衍壮大，到八十年代已有三十对左右，但那时已是未来堪忧，因为按计划这个地区最广阔的几片杨树林将被砍伐。人们聚在一起，专门成立了一个组织来研究、调查和保护金黄鹂，也重新栽种了几片杨树林带，希望未来会有鸟儿在此安家。然而面积最大的一整片杨树林还是被砍掉了，金黄鹂数量骤减，而在它们分布的荷兰、丹麦和芬兰等北方区域，更大范围内的种群衰落也在同步发生。也可能和金黄鹂的越冬地刚果的环境变化有关，或是因为欧洲的春天开始得越来越早，这样一来，金黄鹂食用的昆虫的出现时间和它们最需要捕食这些昆虫来喂养幼鸟的时间不再重合。在英国，这最终的结局来得很快。我那次去看金黄鹂后才过了三年，就只剩下一个鸟巢，再往后就没有在英国繁育的金黄鹂了。它们的存在仅是一次短暂的来访，活在经济史的一个小片断里，在纸片般的枝叶上洒落金色，用歌声为东部的沼泽地增添隐约的荣耀。我们从未将这些鸟视作移居者，这和"失落的殖民地"[1]不一样。我们将它们看作归来的本乡居民，珍惜它们曾立足于我们的时代。

　　一周后我又回去了，在日出之前炎热而雷声隆隆的黑暗时分。那里在几年前已被划为鸟类保护区，杨树种植园四周的胡萝卜地被水淹没，然后种上了芦苇。走到和彼得约见的地方需要穿越这片芦苇地。我经过小片小片不反射光的水体，平坦的池塘表面蒙上了混浊的花粉粉尘，个头极小的幼蛙从我脚边费力地爬开，草丛里活跃着很多小小的两栖动物。芦苇地风景优美，却让人感到不安。与沙漠和开阔水域不同，芦苇地的环

1　"失落的殖民地"（Lost Colony），指英国1587年在北美的第一个定居点，位于现北卡罗来纳州海岸外的罗阿诺克岛（Roanoke Island）。安顿后不久，殖民地领导人约翰·怀特返回英国寻求补给，归程却因西班牙无敌舰队之战而延迟，但是当他在1590年8月回到岛上时，所有的定居者都消失了。失落的殖民地就这样成为美国历史上最古老的谜团之一。

境并非不利于人类生存，只是情况复杂。你可以一步一步走过沙漠，但无法在水面上行走。而芦苇地呢？谁也摸不透。芦苇秆尖而挺直，也很柔韧，有些苇床变成了多瑙河三角洲那样的草岛，它们是苇草缠结的方舟，承载着腐物和生命随水远航。它们是脆弱的、特别的、带有一丝危险意味的地方。脚下的土地到底是不是土地，这一点无从知晓，谁也不要低估这种情况对人类心理的影响。如果不具备特殊的本土知识，芦苇地可能像高山一样令人生畏，甚至致命。

　　我正仔细察看苇丛，就听到嗵的一声，四五只长尾小鸟像一串连音符飞过水面，在苇丛中着陆，恰好落在我面前。这些小鸟是文须雀，它们的生存完全要靠这些芦苇。成鸟每年繁育两三窝，我见到的这几只是一窝在外嬉闹的亚成鸟。雄性的文须雀成鸟相貌出名的迷人，头顶蒙着灰色的斗篷，脸上有两撇黑色的长胡须。不过这些亚成鸟还没有换上成人装，颜色是光洁的浅棕黄，好像用极为昂贵的开司米织就，又莫名其妙地戴着长长的黑丝绒晚装手套。那小小的蜡质鸟喙就像防水火柴头，奇特的白色眼睛镶着一抹漆黑的眼影，在苇丛攀爬的时候会产生奇异的反光。文须雀的动作令人着迷，这是一种为垂直世界造就的鸟，长而黑的腿像闪光的黑曜石，趾爪大得像卡通片里的。我忘了金黄鹂，停下脚步观察这些在苇丛中弹来弹去的小开司米球，常常有一只从一根苇秆上蹦到另外两根上，双脚各抓一根苇秆，快乐地做着劈叉动作，从距离最近的芦苇上啄食种子。

这一回彼得带来了高科技装备，他在河岸上支起单筒望远镜，镜头已调好角度，瞄准金黄鹂的鸟巢。鸟巢紧贴着树枝，就像斑蛾纸质的茧附着在草茎上。巢的形状像用一吊床的细草织成的半个椰壳，挂在两根柔韧的树枝间，离地六十英尺高。这样的巢我以前从未见过，不过起先有很长一段时间我什么也看不到。用望远镜观看，环境光几乎不足以呈现深度和形状，但是随着太阳越升越高，我所看到的就像是从三维立体画上显现的东西。那儿有一个圆圈，圈中是无数角度的叶柄和树叶，以及不同距离的阴影碎片，风吹风止，每一根挺直的叶柄和树枝忽而隐蔽，忽而出现，我注视着这混乱的景象，有点晕船的感觉，可是突然间，就像魔术画上骤现一只不够准确的三维恐龙那么奇妙，那片偏离中心的模糊区域显形为鸟巢。

目标一出现，我立刻紧张起来，努力不让它再消失。望远镜的焦点稍微有点偏离我的近视眼，所以需要刻意保持稳定，好让我看到的东西不会化为乌有。我太想看到一只金黄鹂的成鸟跳到巢边，让一切成真，还有乞食的雏鸟从巢中露出头，张开嘴巴，扑腾着新长出的羽毛。可是什么也没有发生。

我想，假如那个巢里有鸟，每年此时它们应该快要羽翼丰满，可以离巢了，可是我为何看不到里面有半点动静？这个时候它们本应无比好动。我把望远镜和我的担忧一同交给彼得，把外衣铺在草地上，坐了下来。我们开始怀疑这个鸟巢里什么也没有，随后确信如此，心情越发沉重。前一天的风特别大，我们猜测幼鸟有可能坠巢。想到这里，我们不再有疑问，必须走到林中寻找可能坠落树下的幼鸟。

我又把外衣穿上了。林中的荨麻少说也有五英尺深，很多时候我在荨麻丛中观鸟、散步、放鹰，遇到成排的高株荨麻，我知道正确的应对方式是穿足够厚的衣服，然后不要在乎它们，费力跋涉过去就好。那就像是红海的奇迹，如果心存信仰，它们就会在你面前分开，没有任何伤害。可是我不习惯应付沼泽地上出现的荨麻。我们踏过在湿黑的泥地里生长而黄化的灯芯草丛，穿过浸得透湿因而寸草不生的地方，脚下像是流动的泥炭。大部分时间我们走在荨麻丛中，草茎密布，我俩挣扎前行的时候根本不知道草下面是什么。这里的杨树枝条生得低，在扎人的荨麻丛顶部和浓密的枝叶间仅有一条小小的隧道容我们通行。这感觉就像河畔的洞穴探险，我们下巴斜倾，对着水和岩石之间那一英尺半的空间。幽闭恐惧的气氛，紧张的感觉，浓稠深密的绿，这里似乎离英国已经很遥远了，也许更像路易斯安那州。成群蚊子纷纷下落，是一种大个的按蚊，它们带有精致条纹的身体和细长的蚊喙刻意地飘向我们的脸。我们在巢树下停步，小心地四处踢了踢。树下除了荨麻什么也没有。我拍打着一只又一只蚊子，留意到手上都是血迹。

　　然后，我们听到了一只金黄鹂。不是那种超凡脱俗的鸣唱，而是一连串短促刺耳的叫声。接着，从绿意朦胧、脆薄如纸的杨树叶间，传出一声声轻柔的鸣叫与之回应，那是幼鸟的呼叫声。之后传来了一只亲鸟婉转如笛声的美妙鸣唱，他不知自何处疾飞而来，给幼鸟喂食。我就是在这一刻看到他的，我终于看到了我的金黄鹂，一只明艳的、金黄色的雄鸟。我满心欢喜，百感交集，因为此前只在现已绝迹的地区瞥见拼图碎片似的零散影踪，好像早期手摇动画机播放的移动景象，翅膀的扑棱、一截鸟尾、然后又只是一瞥。这一次，透过树叶的帘幕，是他独此一只的头部。我痴痴地注视，金黄鹂喂食完毕后跃入空中，姿态欢快而恣意，动作总是无比果断，那些星星般的小点在他平展的尾羽边缘闪烁。真是难以理解：透过双筒望远镜看到的所有这些场景中，他从来都是指甲盖大小，距我一臂之遥。但是，我猜想，一臂之遥的指甲盖大小，正好和目之所及的太阳相当。

观测站

　　我对天鹅从来没什么兴趣，直到有一回一只天鹅告诉我，我的看法不对。那是一个多云的冬日早晨，我刚失恋不久，心里十分痛苦。我坐在耶稣水闸旁的一级水泥台阶上，呆呆地看着河水，感觉世界也是如此寒冷灰暗。这时候，一只雌性疣鼻天鹅从水中起身，踩着革质的、内翻的脚蹼和结实的黑色双腿，沉重地向我走来。我猜它是想要食物。我记得**天鹅用翅膀一击就能折断一条手臂**，那是童年时期诸多警告之一，渐渐固化为成年人"打还是逃"的反应。一部分的我想站起来走远，但是我太疲惫了。

　　我端详着她，弯曲的脖颈，黑色的眼睛，一派傲慢。我以为她会停下，但她没有。她径直走到我坐的台阶，头部高耸。然后她转过身面朝河水，向左边移了移，扑通一声坐下。她的身体和我的平行，我们距离如此之近，她翅膀的羽毛都贴在我的大腿上了。再也不要说天鹅轻盈如无一物，我现在是和一只个头可比大型犬的东西同坐。此时我惊诧得忘记了紧张，我不知道该怎么办，满心迷惑，试图找到正确的跨物种社交礼仪。它漠然地看看我，然后把头伸向侧后方，喙插入扬起的覆羽，蜷缩脖颈，很快就睡着了。

我们一起在那里坐了十分钟，直到有一家人经过，一个学步的孩子径直走向她。她溜回河里，划着水往上游去了。就在我注视她离开的时候，心里突然有什么被牵动了，我开始哭泣，意识到可能是出于感激之情。那一天，天鹅对我来说变成了真正的生灵，我受此激发，于是去寻找更多的天鹅。

冬季看天鹅，我最心仪的地点是韦尔尼水禽湿地信托保护区，它位于乌斯河河漫滩，是东英吉利亚低地这片精心打理的湿地景观的一部分。这个观察站和通常那些破旧的木头小屋大不一样，有暖气，铺着地毯，甚至还有一个玻璃柜，里面陈列着天鹅标本，岁月为它染上烟碱黄，和外面的活鸟相比，类似于烟熏鲱鱼与活鲱鱼的关系。

和我共用这个观察站的人群也不大寻常。几个有狼相的男人带着巨大的望远镜，他们算是自然保护区常见的种类。但也有上了年纪的女士，梳着高耸蓬松的复古发式，她们用的小双筒望远镜如此古老，像是观剧望远镜。有一个坐轮椅的女人从颠簸的斜坡到门口，一路唱着欢快的歌。还有哥特式装扮的青少年，跌跌撞撞的学步儿童，二十多、六十多和八十多的夫妇，一个穿着粉色紧身衣和闪亮上衣的婴儿。除了那个被哥特少年迷住的婴儿，我们所有人都向全景式平板玻璃窗外望去，一英里的茫茫水面点缀着几个小岛，几条虚线，是被淹没的草茎和成群休息的黑尾塍鹬构成的。水上没有一丝阴影，只有涟漪波动的线条，在数英里的浅水上互相追逐。天光渐渐黯淡，远处的物体也变得不稳定，树木、铁塔、风力涡轮机，都仿佛飘浮在地平线。近处的柳树纹丝不动，就像玻璃上冻住的冰。湖面像水银一般闪亮，目之所及的地方足有上千只鸟，水上移动的小点是绿头鸭、赤颈鸭和红头潜鸭，微型冰山是天鹅。

每年冬天，这里会出现一个和罗蒙湖[1]大小相当的湖，春天排水后形成湿草滩。这里以野禽狩猎[2]和冬季滑冰闻名，已经成为数千只天鹅的传统越冬地，它们享用着田野收割后残留的土豆，还有种植的甜菜和冬小麦。这些天鹅不是城市公园和湖泊常见的疣鼻天鹅，那天向我走来显示存在感的才是。这些是大天鹅和小天鹅[3]，它们在冰岛和西伯利亚的极地繁殖，是两种颇为不同的野鸟。

大天鹅一站飞越北大西洋来到此地，穿过冰冷而氧气稀薄的空气，在约两万英尺的高空连飞 12 个小时。它们形体巨大，令人震撼。而这里的个头小的种类是小天鹅，它是野禽和湿地信托保护区的守林员肖恩的最爱。他到观察站来准备晚上

1　罗蒙湖（Loch Lomond），苏格兰南部的大湖，面积约 63.7 平方公里。

2　野禽狩猎（wildfowling），指英国狩猎野生雁鸭的传统运动，由英国狩猎保护协会管理。

3　本文中的大天鹅（Whooper Swan, *Cygnus cygnus*）与小天鹅（Bewick's Swan/Tundra Swan, *Cygnus columbianus*）是两种不同的天鹅。

的喂食，跟我们聊起来。肖恩算是一个牧民，夏天照料河漫滩上吃草的牛，洪水泛滥时，他就照顾天鹅。"它们喙上的黄色向上延伸，环绕眼周，"他虔诚地说起他的小天鹅，"就像黄色的眼线。它们真是美丽的鸟。"

在观察站的天鹅标本柜旁边，有一尊彼得·斯科特爵士的半身铜像，他是湿地信托基金会的创始人。爵士也深爱这些天鹅。五十年前，他注意到每只天鹅喙上的黄色和黑色图案都不一样。为之着迷的他开始给每一只起名字，还为每一只小天鹅绘制了小小的头部肖像，这些绘图渐渐积累成一部"脸书"，相当于小天鹅个体的可视目录，直到今天仍在继续绘制。即使是现在，野禽和湿地信托保护区的研究人员仍在凭视觉记忆鸟类，而斯科特最初对于天鹅及其族谱的追踪已经成为全世界历时最久的野生动物研究。这项调查结合无线电遥测和环志研究，获得的数据对保护工作至关重要。大天鹅的种群依然健康，然而小天鹅出现了问题，气候和栖息地的变化可能是导致它们数量骤减的因素。

我小时候觉得小天鹅奇特又迷人，因为它们是从苏联迁徙到这里的，全然无视地跨越了铁幕。我常常猜想彼得·斯科特的迷恋又是出于何故。他的父亲是一名前海军军官和探险家，他自己是冠军滑翔机飞行员，在北海上英勇飞翔的大天鹅理应更吸引他。但是不妨这么设想，英国保守主义的一个特殊分支影响了他想要进行的小天鹅个体研究，他想把它们变成家庭而不是群体，追踪家族谱系，并在每年春天它们返回苏联以前为其取名："卡西诺"（意为赌场）、"克鲁皮耶"（意为赌台管理员）、"兰斯洛特"、"简·爱"和"维多利亚"。政治是如此轻易地渗入科学，不知不觉中，冷战也在天鹅急促拍打的翅膀上留下了印痕。

此刻，泛光灯已打开，水面轻轻颤动。肖恩走出观察站，然后推着一辆独轮车出现在湖边，他边走边在水中撒下一大勺一大勺玉米。我们涌向窗户。窗下，大批冬天的水禽正忙碌地觅食，栗红色头的潜鸭、绿头鸭、几十只大天鹅和羽翼灰白、颈项雪白的小天鹅。这些是不折不扣的野鸟，然而它们在这里就像农场的鸭子一样驯顺，在一个湿漉漉的舞台上进食，舞台被灯光打亮，好像西区剧院。这是一种令人喜悦的体验，却又干扰了我们对野生动物和野性定义的常规理解。

但还是缺了些什么。我在追寻类似剑桥那只天鹅给我的感觉，这里却没有，虽然我隐约感觉到可以在哪里找到。我离开观察站，走到隔壁那间老木屋，提起一扇狭窄的窗户，让外面的声音传来。数以千计来自北极的天鹅听起来像什么呢？一个庞大的业余铜管乐队在飞机库里调音。我的心也在飞扬。每隔几秒钟，又一阵钟琴般的声音响起来。天鹅回到这里的家，以小家庭的集体结伴休息。它们的身影从观察站上空升起，掠过湖面，停在黑色的湖水上。它们在夜晚呼唤彼此。这些美丽的候鸟，有些面部染上一点黄色，有些沾着土豆田的黑泥，它们降落时展开宽大的脚蹼，起到刹车的作用。天鹅落下来，鸣叫着、扑打翅膀、大声争吵，又把头伸进水下，用嘴整理羽毛，饥渴地喝水。我正是为此而来。观看自然世界不可能不掺入我们自身的一些东西。回想那个冬日的河畔，一只天鹅向我游来，在一个我以为只有孤独的时刻，给予我一份奇妙的陪伴。而此时看着这些来自北极的天鹅，我感到一丝欣慰，在我们这个政治本土主义抬头的时代，显然它们却把这里视作家园。

威肯沼泽

好些年前一个多雾的早晨，我带我的弟弟和小侄女去英国最古老的一个自然保护区徒步。威肯是一个早已消失的沼泽生态系统的微型残片，英格兰东部曾经有过面积约2 500平方英里的沼泽。我们在这片牧草地和莎草地相间的地方度过几个小时，漫步在被矮树倒影和水面分割的湿田。正值春天，四处生机勃发。夜莺欢歌，沙锥在空中振翅哀鸣。大杜鹃斜倚在柳树枝头，一只只西方秧鸡在苇丛中长声尖叫，低声咕哝。就在我们穿过沼泽最古老的一条水道时，一只仓鸮掠过我们的头顶，斑驳的翅膀在细小的水汽中闪光。脚下有一条草纹枯叶蛾毛虫，带着满身毛缓缓爬过小路，就像一撮谨慎移动的小胡子，我们蹲下去观察它的行动。这时我的侄女转身面对我，好奇地问道："海伦姑姑，他们什么时候造了这个地方？他们是从哪里找来这些动物的？"

我开始没有听懂。

"你是什么意思呢？"

"这儿有这么多动物。它们是从一个动物园来的吗？"

此时我意识到她的直觉完全符合理性，因为我侄女所了解的乡间大多是绿色荒漠。

"它们一直住在这里，"我和缓地说道，"过去所有的乡村都是这样的。现在只剩下很小片的地方了，就像这里。"我看她皱起眉头，心里很难过。

很多年来我常常踏访威肯沼泽，这个奇异而美丽的地方让我深深着迷。今天我又回来了。苍白的云朵之下，我走在步道上，心里仍在思忖小侄女的问题，她无法理解这里的生命曾经遍布各地，这种疑惑合乎情理，然而这也正是我们来到此地的原因。在自然保护区这种地方，我们可以体验过去，英国环保主义者马克斯·尼科尔森曾将其描述为户外的活体博物馆。沼泽地的存在并不稳定，水和陆地的习惯分类被打乱。时间线也让人觉得不稳定，多少个世纪的层叠让它们具有极为丰富的特质，穿行其中就是一种虚拟的时间旅行。

我想到了十一世纪这片沼地的自然财富，鱼类和野禽数量大得惊人，当地人甚至用鳗鱼偿还债务，它们被称为鱼银。萨克森的军阀藏在沼泽地里，躲避入侵的诺曼人。十七世纪的村民将此地视作家园，他们割下莎草和芦苇覆盖屋顶，挖泥炭作家用燃料。到了十九世纪，博物学家蜂拥而至，来威肯寻找昆虫。太多人带着灯在夜晚灯诱蛾类，招致本地居民的怨言，说沼泽好像被路灯照得通明。从威肯割下的芦苇被船运到剑桥供大学烧火用，查尔斯·达尔文在芦苇中采集到稀有的昆虫。

业余昆虫学家在地里插上涂过糖水的柳枝，专门吸引循甜味而来的蛾子，后来这些柳枝生根发芽，长成今天的大柳树。我经过小路拐角处一棵这样的柳树，刚倒下不久，树干裂成两半，上面散布着老蜂巢。这棵树是沼泽地的一个访客栽种的，他与自然的关系和我侄女的颇为不同。对他来说，自然是用来收集、整理和编纂目录的对象，而对我侄女来说，自然和我们互不关联，是一种我们隔着距离敬畏和观看的东西。

想象你能够在这样一个地方神游往昔，这无疑令人愉悦，但是这种愉悦感会导致某种后果。如果在你眼中，物种丰富的生境是与我们时空相隔的所在，那么现代的土地上缺少野生动物也就不足为奇。想想看，要是几英里之外就有一个保护区，何必大费周章减少农田杀虫剂的用量，或是阻止城市边缘的地产开发呢？参观活体博物馆或许令人安慰，但问题是它们不可能和当下现实真正隔离。比如在加利福尼亚州的麦克劳德河流保护区之外修建水坝，后来导致了这条河原产的强壮红点鲑灭绝。而在澳大利亚新南威尔士州的查科尔坦克自然保护区，由于栖息地恶化，外加狐狸和猫的捕猎，很多物种都已灭绝。这些物种一旦消失，再无可能开拓新的领地，因为这片小保护区现在只是一片贫瘠生境的汪洋中孤立的岛屿。

但是在威肯沼泽，我四周的野生动物和植被并非冻结在另一段时间中的残遗，它们拥有自己的历史，随着本土条件不停地变动。它们能够回归我们以为这些物种已经消失的地方。几个世纪以来，人类塑造了这片沼泽地，中断了它生态演替的自然进程，也维持了其中精妙而复杂的生命。这二十年来，威肯沼泽保护区管理方已经启动了一个雄心勃勃的百年野化项目，计划将大约 1.3 万英亩土地慢慢恢复到从前的湿地状态，从而扩大保护区的面积。这个项目已经在让时间倒流，在我踏访沼泽的这些年里，我看到农田重新变回湿地和草甸。而它也在将时间向前推移。成群的高地牛和波兰科尼卡野马现在生活在沼泽地上，牛马吃草，同时塑造着此地的植被，这种安排也属于让土地随时间发展的管理方案。我们不可能预测这种野化项目的进展细节，然而其规划的本质依然是我们与这片土地的隔离。本土人口的密切干预曾经塑造了沼泽地的面貌，而这一切不会重来了，这片野化的景观将是一个供人类参观的地方，他们再也不会在此生活和劳作。

在"莎草沼地"，高墙般的苇丛之间的步道变窄了，路面浸在茶色的水中，在我脚下映出破碎的天空。每走一步，大地都在震颤。我一只靴子陷进了齐腿肚深的黑泥，只好往回走。现代人以为一切都可见可及，而这类地方是个挑战。多年前我第一次来威肯沼泽，觉得满心沮丧，有时甚至无聊。芦苇地是一大片平展的、无法穿越的植被，好像海水在微风中起伏。像海水一样，我无法看穿，无法行走其中。也像海水一样，芦苇地充满了看不见的生命：苇莺、麻鸦、斑胸田鸡、水獭、水鼩，还有排点木蠹蛾这类湿地昆虫。

开始我总是盯着穿过芦苇地的沟渠和畜道，等待动物出现，那些渠道就像摩天大楼之间的街道。后来我意识到这样观察不对。我学会了不刻意观看，学会了聆听，让自己察觉各种声音，让声音引导我的目光。我会听到最微弱的一丝咔嚓声，或是泼溅的水声、叫声，然后盯着那里。我可能会在那里坐好几分钟，什么也没看到，但有时动物就现身了。常常只是惊鸿一瞥。苇秆间一闪而过的棕褐色也许是一只芦苇莺、水蒲苇莺，或宽尾树莺。那细小的嘎吱声可能是一只绿翅鸭在芦苇掩映的小池塘觅食。芦苇地里缓缓掠过几乎难以察觉的一丝扰动，那也许是一只水獭，或是一只大麻鸦，或一条蛇。

威肯沼泽教会我一些事，即使我明知某处有动物生活，也不一定总能看到。此外，知道某处有一只动物，却不清楚它是**什么**，有时候这比亲眼看见还有意思。我已经学会了根据局部鉴别鸟种，是林下灌丛中一瞥而过的小块颜色和形状，一线眉纹、一道翅斑，或是一枚上翘的尾羽。和这些动物短暂而片面的邂逅反复发生，我就是这样渐渐认识了此地的居民，一段时间过后，它们的特点变得越来越鲜明，完全不像野外指南书中那些扁平的图画。

在威肯，我确实走访了往昔，但这种往昔不属于一个萨克森军阀、一个维多利亚时代的博物学家，或是一片想象之中的纯粹荒野。这是一种较为古老的动物观察之道，它不同于今天常用的手段——透过双筒望远镜，躲在隐蔽屋和百叶窗后，或是通过电视屏幕上的特写镜头。也完全不同于参观活体博物馆或动物园，这种观看野生动物的方法困难重重，充满神秘，让人感觉到自然景观和其间存在的生物融为一体，它们属于当下的时刻——迷人，复杂，常新。

暴　雨

一个夏天的夜晚，我在 M25 公路上开车，发现自己正朝着希思罗机场上空一道宽大的雨后彩虹开去。天上乌云纠结，阴郁如青瘀。我已经开到了时速七十英里，狂风依然用力拉扯汽车，横扫过高架公路路段，去填补气流被拉升到数千英尺高、雷雨云奔涌的顶部后留下的空虚。我看不到雨云迎风面的白色顶端，但能看到那些小小的十字，跨越大西洋的喷气式飞机，正绕开暴雨的周边驾驭航线。我替它们感到些许恐惧。闪电如钩，划穿这狂暴的大气层，但也有小片小片松石蓝的晴空。我看见一群虎皮鹦鹉飞过一小洼蓝天，又快又直，翅膀拍得啪啪响，流线形的鸟尾在身后笔直伸展。这个从移动的几秒历史中截取的片段将会是我脑海中永远鲜明的一幕。

大多数时候，夏日的天气对我来说只是一个背景，衬托着那些记忆依稀的画面：一片太阳炙烤的草坪，海边雾蒙蒙的早晨，雨中的城市街道。我最清晰的夏日记忆都和暴雨有关。上世纪八十年代初，在肯尼特和埃文运河上，我第一次听到夜莺的歌唱，鸣声穿透带电的灰色空气，伴随着远处的雷声，雷声迫近，就像一个声音在回应鸟鸣。又或是九十年代在格洛斯特郡那个炎热的星期，每晚都有雷雨，于是六点钟空气开始泛黄。在暴雨的第一阵雨点打在天窗上，溅起成团的粉尘时，我会打开窗户，等待雷鸣，此时小猫头鹰的叫声划破浓重的空气。次日清晨，暴雨打落的白色小花瓣覆满屋顶，像是浸湿的法国蕾丝花边。我以暴雨来衡量生命中所有的夏日。

在美国有一些人会钻进汽车，驾车横跨大平原追逐雷暴云，而在英国，夏季雷雨的刺激之处在于：它不是让你去追逐的，恰恰相反，条件合适时它自会来临。当你听到闪电噼啪作响的静电划穿收音机里的声音，或是闻到起风后地面被打湿泛出的尘土味，尽管心中焦虑蔓延，但一场暴雨可预测的生命周期也让人有种奇异的心安。假如站得够远，你可以看到夏天的积云，它诞生于被太阳加热的水和空气，长成一座山一样庞大的实体，释放出冰雹和辉煌的黑暗势力，然后消失。一片雷雨云大概需要一个小时左右来完成它的生命周期，先是向上伸展推压，直到云顶抵达对流层顶部，然后向两侧发展，表面凝结成冰，云中水滴在升高的过程中逐渐冷却冻结，最终变得太重，无法继续上升，冰晶坠落时撞到那些上升中的更小的颗粒。每一次碰撞都会转移电子，于是云层下方积聚了负电荷，云层上方则积聚了正电荷。最终，闪电跃过云顶、云底和地面之间这些不同的区域，射穿过热空气的冲击波，雷声轰然迸响。暴雨的破坏力让你不得不想到人类躯体的弱点，以及日常世界的所有限制、安全和确定性。**拔掉电视和电话插头。离开浴室。不要洗澡。远离窗户。**

然而暴雨不仅仅是物质构成的，它也是一种暗喻，一段记忆。暴雨总让我的祖母忧心，因为对她来说，打雷会勾起对闪电战的恐惧。而对我来说，打雷依然能唤起那个闪光的时刻，父亲给幼小的我解释雷雨如何从阳光和晒热的土地、移动的空气和水中诞生，告诉我在闪电和打雷的间隔可以用"一个密西西比，两个密西西比"来读秒，以此推算暴雨有多远。五秒就是一英里，这样可以估算暴雨向你推进了多少。即使是现在，我读秒的时候还能感受到一种缓缓的惊奇，这惊奇联结的是岁月的流逝，也是雨水浸湿的土地上空的一片云。

夏天的暴雨变幻了距离和时间，却也变幻出所有那些向我们袭来，令我们无法控制的东西。这样的暴雨在文学中占据一席之地：暴雨酝酿之时，沉重的空气和压抑的情感常常预示着一场无法避免的灾难。比如阿加莎·克里斯蒂的小说《斯泰尔斯的神秘事件》中的一桩谋杀案，或是哈特利《幽情密使》中利奥的惊人发现。在第一阵硕大的雨点落下之前，常常有种诡异的寂静，闪电把所有屋顶和田野打亮，截开地平线上树木的黑色剪影，没有哪种天气像雷雨天这样如此完美地蕴含不祥的预感，以及期待和等候。

这是期待中的暴雨，就像一个即将提出的解决方案，又像是天塌地陷的灾难将至。这个夏天一周周过去，我不禁觉得我们所有人的当下状态都像这种天气。所有人都在等待，等待新闻，等待英国脱欧对我们的冲击，等待特朗普政府下一个被揭露的惊天秘密，等待希望——它困在那道令我们心跳静止的奇异的闪电光里，在历史的风暴来袭之前。

椋鸟群飞

——萨拉·伍德 2015 年的电影短片《椋鸟群飞 ×10》所附文字

我把护照弄丢了，方寸大乱。必须赶紧补办。一天早晨，我便开车沿 A14 公路北上，一路经过雾气半掩的性用品店、服务站，还有马士基航运有限公司的集装箱卡车车队。我带着一个信封，内有两张个人照片，其中一张有一个会计的签名，还有用黑色圆珠笔写在三页橘色纸上的个人信息。上午九点十五分，威斯比齐附近某地，一群鸼鸟在挡风玻璃前方低飞，停留片刻，然后消失得无影无踪。白雾无边，天地都不见。我想到上世纪三十年代出售的一种航空时代的空白地球仪，表面没有任何地图，一片雪白，只印有机场名称，因为那个年代我们都会仰望天空，历史已经为我们带来了翅膀，而边界将会湮灭消亡。希望是一样长有羽翼的东西。

在护照事务办公处，三十个紧抿嘴唇的人一字排开，接受 X 光检查。我们关掉手机和手提电脑，带去的包被仔细翻检，看是否携带利器和压缩气体罐。我们坐在那里等待审核，脚下是灰色的地毯。有人轻声细语。平板电视。我们看着有滚动字幕的 BBC 新闻剪辑，动乱、远方的战火、海边的一场政党大会。

政党大会是在布莱顿开的。我曾在一个冬天到过那里，傍晚站在码头上看紫翅椋鸟集群[1]，它们像海面上一团团难以名状的流动的油液，飞回木板栈道下的铁梁架。它们在拱廊灯光下方的黑暗处安顿下来，随即开始鸣唱，歌声模仿着上面游乐场里的音乐，同样的音符，却是鸟类的新排序，录音被拼接重叠，哨声，一千个短波电台在东部的环形车站之间调频，直抵它们的来处——波罗的海。我站在那里，聆听木栈道下鸟儿模仿的人类音乐，我们身下的海面光滑如丝，微小的光点闪烁。

　　不，
　　我要是养一只椋鸟，只会教它说
　　"莫蒂默"三个字，然后把鸟儿送给他，
　　时时扰动他的怒气。[2]

我看着护照办公处的保安人员，他们也看着我。我记起

1　英国布莱顿码头上欧洲椋鸟集群的景象十分壮观，2012 年曾名列 CNN 评选的此生必看的 27 处美景。
2　引文出自莎士比亚戏剧《亨利四世》第一幕第三场。

一位名叫彼得·康德尔的英国军官，"二战"中他被关押在德国的战俘集中营，靠观鸟活了下来。[1] 红额金翅雀。蚁䴕。迁徙的乌鸦在冻结的田野上啄食铺洒的垃圾。连续数小时、数日、数年的观看。他回到家后不和人交谈。他住在妹妹家，整日凝望窗外，看伦敦的椋鸟排成长长的队，在波特兰石灰石的壁架上栖息。他那饱经战乱的双眼观察到鸟儿们以同等的间隔拉开距离，却又近到足以啄到旁边的鸟，以便发起一击，或是互相指责。铺位和营地这样的用语又出现在战后的鸟类学研究中。彼得将其正式命名为"啄序原则"。

而更早些时候，是在第一次世界大战中绘制了佛兰德斯田野和林地的焦散效果图，打造了无人区，布下雷区，竖起铁丝网，深挖的战壕里容纳着士兵和污水，此后，一个名叫亨利·艾略特·霍华德的男人认为鸟儿也有自己的领地范围。他告诉我们，鸟儿鸣唱不是为了爱情，告诉我们雄鸟对着其他雄鸟鸣唱，每一个音符都是警告的意味，每一段旋律都是一只鸟儿对于一块英国土地所有权的小小声明。而鸟儿的鲜艳羽色不是为了吸引配偶，它们身披羽毛相当于佩戴威胁的徽章，是小小的战服。

1　彼得·康德尔（Peter Conder, 1919—1993）在德国战俘营被关押长达五年，1963 年到 1976 年担任英国皇家鸟类保护协会（RSPB）的主任，对协会的发展贡献突出，在他任职其间，协会成员从 2 万增加到 20 万人。

我想到 1942 年的朱利安·赫胥黎在收音机里解释，如果不了解身边的鸟类，你就无法彻底了解你的国家。他说，黄鹂的歌声是七月里炎热的乡间小路的精华，斑鸠的咕咕声定义了英国的仲夏午后。鸟儿是"我们为之战斗的遗产"。战争爆发后，海军军官彼得·斯科特受命出海迎战，他站在驱逐舰甲板上回望，心中明白他的战斗是为了保护在斯拉普顿·莱湖的苇丛中育雏的绿头鸭和绿翅鸭。就某种意义而言，它们就是英国。

我抓紧手中的号签，等待审核。我想到了新自然写作。BBC 的《春日观察》，候鸟观察，塞进我们门缝的传单。以前也发生过这种情况，当事物崩坏，想法失败，经济滑坡，当新闻报道中对入侵和失去身份的恐惧昭然若揭，我们便在地图上标记自己，紧盯我们的领土。我们监察管制。我们转向内心。在乡间的镜像中寻找自身，将自然视为避难所，视其为我们所有，视其为我们自身。1934 年冬天，诺福克郡的农民得知他们田里的云雀是来自欧陆的移民，因它们劫掠春小麦而将其射杀。"云雀不受保护"是当地报纸的新闻标题，还有："对纳粹歌唱的云雀，此地将无人怜惜。"

一个身穿蓝色大衣的女人坐在三把椅子开外，闭着眼睛，她的指关节发白，捏着申请表的信封。她睡着了吗？你睡着的时候能够紧紧地握住东西吗？我也合上了双眼。完美的表格，稳稳拿住。同情心的表格。

我小时候有一本书是《庭院鸟类研究》，书中教读者画一幅住家周围土地的地图，再在上面标注出留鸟鸣唱的位置。如果观察足够仔细，就能看出一片领地在哪里终结，另一片领地在哪里开始。我按书中的指示做了，在地图上画线，标记了鸟巢的位置。我记下鸟儿的名单，包括留鸟、夏候鸟、冬候鸟和过境鸟。每一点铅笔笔迹都把我跟鸟儿和花园联结得更密切，但同时也松开了这种捆绑，因为它展现出不同的层次，关于别样的眼睛、别样的生命，还有世界可能面貌的不同构想。多年后，我们搬离了那所房子，我痛惜所有属于童年房间的记忆，却也痛惜那些线条、名单，标志鸽巢、乌鸫巢，以及门外欧亚鸲位置的小小十字，它们共同构成了家的本质。

1933 年，英国鸟类学基金会成立了，这个新组织意在研究而非保护鸟类，它招募英国公众参与大规模调查。鸟类不再是被注视的对象，它们将被一群目光锐利的公民科学家组成的志愿者团队密切观察。这些训练有素的观察员骑着自行车追踪雨燕的行动。他们填写卡片、报告和调查问卷。组织给他们下达命令：买一幅整个地区的 1 英寸[1]地形测量图，一幅当地环境的 6 英寸地图，还有一幅 25 英寸的邻近街区地图，他们可在地图上标志鸟类的分布。组织告知："使用这些地图，不必害怕做标记。"成千上万的新观察员通过观看、行走、计数、统计和记录的手段与国家的理念联结在一起，他们从事的是战地工作。

也许是种预兆。没人知道。在人们恐惧外族入侵的时期发生的奇怪现象。鸟儿进入房间。麻雀啄裂墙纸。蓝山雀从纸盖封口的牛奶瓶中偷取奶油。你读过达芙妮·杜穆里埃的《群鸟》吗？不是电影，是那本小说。一本英国小说，一个关于某种巨大变故的寓言，鸟儿化为宿敌，在田野和海上群集，随后飞往内陆，向人类发起攻击。他起先以为是海浪的白色峰顶，其实那是海鸥。上百、上千、上万只……它们在海浪的沟壑中起起落落，迎风飞旋，就像停泊在港湾里的巨大舰队，等待潮水涨起。应该有人知晓此事，应该有人被告知此事。[2]

然而，对英国上世纪中叶的观鸟者来说，预兆和奇迹不可能出现。非理性和迷信都是过去的事了，感性将被科学取代，

1　1 英寸地形图指英国采用的 1：63 360 比例的地图，即图上一英寸代表实地一英里。后文中的 6 英寸和 25 英寸地图也是指不同的比例尺。
2　引自《群鸟》。

诗意的含糊将被刻意的控制和建设性的批判思维取代。即使如此，除了科学，还是有些东西从小小的英格兰及其美丽的海崖上产生了。白垩岩。被称为"链雷达网"的海岸预警雷达站。每个人都在观察，每个东西都被观察着。皇家防空侦察队发送飞机移动的报告，其他观察员则发送鸟情报告。詹姆斯·费舍尔对暴风鹱愈发着迷，那种缟玛瑙色眼睛的海鸟神出鬼没，沿着英国海岸线扩展它们的范围。从兰迪岛到地之角到廷塔基尔，从地之角到锡利群岛到利札尔德，从利札尔德到斯塔特角到斯沃尼奇，从斯沃尼奇到七姐妹海崖，从七姐妹海崖到黑斯廷斯……最近，人们看到暴风鹱在布罗德斯泰斯和马盖特的海崖飞行，他写道，我不知道它会停在哪里。[1]他聘用皇家海岸指挥站的人员来监视暴风鹱以及敌机。他安排皇家空军的侦察飞行队拍摄暴风鹱的繁殖地点，一片翅膀和眼睛的乱象，整个世界如临战事。

位于英国海岸各地的主要迁徙点都有鸟类观测站。巴德西。小马恩岛。克莱尔角。邓杰斯。弗兰博尔。直布罗陀角。波特兰比尔。五月岛。战后纷纷兴建。想象一下：你在德国做了战俘，有一个军队编号，还有一个战俘编号。被释放后

1　引自《暴风鹱》。

回到家乡，却没有重获全部的自由，因为旧事纷至沓来，一部分自我被牢牢锁定在过去的路线上，部队的行进、地图、边界、逃亡、希望和家园。如果你是乔治·沃特斯顿，你会建立一个鸟类观测站，把它建在遥远的英国海角，与世隔绝的费尔岛，观测站是之前的军事建筑改造的。在那里，你跟同事用网和笼子诱捕迷路和迁徙的鸟，给它们带上标有数字的环志，然后放归。你希望有人能找到它们，这样就能绘制地图，标明鸟类飞越地球的无形路线。你将鸟儿放归天空，但你有一部分也随它们而去。你的鸟是超越人类边界的羽翼化身，令你深羡。

在工作隔间，护照签发官员把我的照片举到屏幕上，眯起眼睛细看。隔间里一处阴影也没有，光线极为均匀。**没错，就是你**，他说。我松了一口气。他转头查看桌上我的表格，在上面潦草地写下一串数字。在这个光亮透明安静的地方，我心想，**那是什么意思**？我疑虑丛生，事实令人觉得虚幻。

有一个叫大卫·拉克的人，战争期间他负责海岸监视雷达站的预警环节。当他们发射的雷达波波长缩短到十厘米时，操作员开始报告海上的回声。不是舰船或飞机，而是无形的幽灵，以三十节的航速移动。空袭警报拉响了，战机仓促集结。

可是什么也没有出现，拉克和同事们确定它们是海鸟的雷达反射。然而事情还没有完结。功率更高的雷达发明以后，更多的幽灵出现了，被操作员称为天使。它们春秋两季最为常见，并不随风飘移。看到它们的人心里十分不安。在马可尼的研究实验室，科学家们写到一列列天使沿着海岸线飞行。他们提到，**在队列最强大的时候，一些闪烁的、离散的天使会脱离队列。还能看到目标明显的持续的雷达回声流沿泰晤士河口上移**。这些天使是紫翅椋鸟从群栖之处跃动飞旋升空，是麦鸡迫于大风雪，沿着天气锋线向北飞行。整片天空被飞机和扇动的翅膀的反射蚀刻成青灰色。这是新鲜的事物，科学变成了浪漫主义。未曾想象过的成群结队的生命的独特之美不属于我们，在跨越天空时被一分钟一分钟地追踪，它们的来处是未知的神秘。这是一种因为战争才被理解的音乐，然而鸟儿鸣唱的歌曲是缓缓移动的光之圣歌。

我带着一个有护照的承诺离开大楼，那个穿蓝色大衣的女人也是，还有带着购物袋的那个男人，第一次去澳大利亚看望孙子的那对老夫妇，以及那个和伙伴们一起去伊比萨岛的青少年。我向车子走去，想起一个野鸟环志人员曾告诉我，如果用雾网捉长尾山雀会发生什么。它们通常举家出动觅食，这些和老鼠差不多大的鸟结果一下子都卡在雾网上。从网眼里把它们逐一解下，每只放进一个布袋，再把袋子挂在环志小屋的钩子上，预备称重、测量、做环志。在那种可怖的孤独之中，它们不停地、急切地相互叫唤，安慰彼此，它们仍在一起，仍是一体。待腿上的环志扣好，它们就会被一同放归野外，继续生活，戴着小小的数字环志飞翔。

房子里的大杜鹃

它是一种奇怪的、翅膀尖削的灰鸟，有纽扣般的黄色眼睛，下弯的鸟喙，一脸永远惊奇的表情。它的歌声在英国最为人熟知和喜爱，但大多数人从未见过，想要亲眼见到一只大杜鹃也越来越难了。在过去的四分之一个世纪里，英国已经失去了 60% 以上的大杜鹃，确切原因仍无从知晓。栖息地的丧失，气候变化的影响，或是大杜鹃迁徙途中遭遇的无数危险，这些是最有可能的罪魁祸首，而所有这些因素中，最后一项的研究难度最大。

英国的大杜鹃在何处越冬，我们对此仅有最模糊的概念，并不知道它们往返的路线。不过研究者正在加深了解。2011年以来，英国鸟类学基金会（BTO）给在英国捕获的大杜鹃安上了卫星标签，追踪它们往返非洲的迁徙路线。被英国媒体称为"羽毛兄弟连"的这个项目引起了大量关注，研究者们正在揭开各式各样的鸟类学秘密。

BTO 这个项目固然重要，但不只事关科学。我读到 BTO 项目中大杜鹃"在行动中失踪"，不禁想到了海外战争。我看到大杜鹃的迁徙路线图时颇为好奇，大杜鹃这样有卫星标记的

"哨兵动物"将如何被纳入我们这个渴求监控的世界，被纳入网络中心战争的数字化梦想。我还记得过去两三年里发生的几起国际事件，其中有标签和环志的鸟类被当作间谍，被当作有羽毛的活体无人机。我开始思考一个问题，对大杜鹃的研究中如何掺进了民族性、国防、保密和监视的概念。

我小时候读过一本书，作者是麦克斯韦·奈特，写他抚养一只杜鹃雏鸟的故事。当时我以为《房子里的大杜鹃》不过是另一本二十世纪五十年代的动物书籍，奈特只是个普通人。但是 BTO 项目促使我重读此书，对奈特有了更多了解。结果我发现这本书相当特别，是一个令人不安的寓言，关系到我们赋予动物的意义。无意间，书里揭示了"二战"后英国自然历史和国家历史之间种种奇特的碰撞勾连。

这个故事发生在麦克斯韦·奈特这个人称 M 的男子和一只名叫"咕咕"的大杜鹃身上。奈特是一位有贵族气质的高个子英国情报官员，在军情五处本土反颠覆部门担任主管。没错。"M"，他就是詹姆斯·邦德的上司的灵感来源。从二十世纪三十年代到"二战"结束，奈特在英国法西斯联盟和英国共产党这样的组织中都安插了特工。他是个非同寻常的人物：秘密的同性恋者，惊悚小说作家，痴迷的爵士小号手，阿莱斯特·克劳利黑魔法的门徒，还是一个根深蒂固的动物饲养者——他在伦敦周围各郡的藏身之处，都有乌鸦、鹦鹉、狐狸和雀鸟与特工们共享空间。

战争结束后，奈特作为BBC电台博物学家的第二个职业生涯开始了。奈特备受喜爱的新形象是一个穿粗花呢外套、和蔼可亲的专家，他是"乡村问题""博物学家"和"自然议会"等节目的常客。在电台节目里，他描述英国野生动物的习性，告诉年轻的博物学家怎样养蝌蚪，如何用"金姆的游戏"来磨炼观察技能，那个游戏名恰好来自鲁德亚德·吉卜林的一个小说，讲一个男孩接受训练成为间谍的故事。从一个暗中操作的职业到拥有数以百万计的观众，从情报官员到家庭博物学者，奈特的身份似乎经历了一个惊人的转变。但提及"金姆的游戏"泄露了真相——博物学家和间谍的世界比人们想象的更为接近。

田野博物学家和间谍的观察实践有很多相似之处。"观鸟人"在英国情报系统的老式暗语中就代表间谍，如果你读过罗伯特·巴登·鲍威尔的《童军警探》，就会发现博物学田野技能训练有很长一段时间被视作战争的准备游戏。奈特在他的军情五处通讯中曾经建议特工应被教授"何时何地及如何做笔记，记忆训练和准确描述"的技能，他在电台中则对年轻的博物学家提出完全一样的建议。

但是跟这个故事最相关的还是奈特的动物，以及它们与其秘密生活的联系。他的伦敦公寓与一头小熊、一只狒狒、毒蛇、蜥蜴、猴子、异域鸟类和老鼠共享，而且它们并未被关在家里。"他口袋里总是有什么活物"，约翰·宾汉姆回忆道，他是奈特在军情五处的同僚，因激发约翰·勒卡雷创作乔治·史迈利这一角色而著名。作家们总为奈特饲养动物的趣味着迷，但是动物本身一直被当作密码，除了把动物当成一种伪装或是误导，我们从来没有得到一丝他饲养动物的动机的线索。用文学评论家帕特丽夏·克雷格的话说，动物们"帮助他获得了古怪的名声，这在军情五处那种阴险的地方当然是一种财富，那里很多事情都取决于你保守秘密的能力，还有如何给同事留下深刻印象，并令人称奇"。不过，奈特的动物并不仅仅是简单的伪装。

虽然奈特自己也有异国宠物，但他倡导饲养英国本土的野生动物。在 1959 年出版的《如何驯服和照料动物》一书中，他将本土动物描述为"比来自遥远地域的动物更能予人教益"。这种观点和当时的民族情绪相当契合，因为在战争期间，英国的野生动物已经被牢牢嵌入国家认同的神话。随着对入侵的焦虑和间谍热席卷全国，对效忠和爱国身份的关注迅速占据了大众和科学对野生动物的理解。国家历史和自然历史的界线变得模糊。在一系列的战时广播讲话中，作家奥尔德斯·赫胥黎的弟弟，进化生物学家朱利安·赫胥黎解释说，鸟类具有特殊的重要性，因为它们是你确定自己国族身份的手段。

奈特的广播形象建立在这样一种爱国主义理念之上：他的《给一个青年博物学家的信》出版于 1955 年，是一个热爱自然的男孩和他的博物学家叔叔的虚构通信集，开头这样写道："我亲爱的彼得：这么说你是想成为一个博物学家！没有比这更棒的爱好了，这也是能让我帮到你的最好方式。除非你将来成为一个英格兰板球运动员，此外我想不出我更希望你从事何种职业。"

奈特对普通的宠物兴趣寥寥，他热衷于喂养野生动物，即那些必须驯服的种类。他在书中谨慎地定义了"驯服"这一术语。他解释说，首先，你也许会以为动物已被驯服，但事实并非如此，它们还会有变化。被驯化的动物也许看似顺服，但它们又会变得咄咄逼人，难以对付。同样，饥饿的动物可能貌似驯顺，实则不然，只是饥饿让它们的恐惧麻木。这些动物是无法信任的。他在《如何驯服和照料动物》一书中写道，要信任一只动物，你必须亲自驯服，使其"温顺驯良"：

　　重点在"使"这个字，因为驯服一种野生动物意味着我们必须获得它的信任，消除它本能的恐惧，在许多情况下甚至需要激发它的情感，这样被驯服的动物才会愿意进食、规律进食、气色良好、不咬人或发起其他形式的攻击，并接受我们对它的好感——或是有可能把我们当作一名同类。

一名同类。这正是一个反颠覆的世界，奈特自己秘密人生的拓扑学的重影。在书中，奈特写到动物和训练者恰当的关系，措辞和他描述情报官员和特工之间的恰当关系几乎一模一样——在这种关系中，官员必须"不惜一切代价成为他手下特工的朋友"，而"特工必须信任官员"。最重要的一点是，无论驯服动物还是招募特工，"必须奠定稳固的信任"。

如今，动物饲养模式常建立在饲养员和野生动物之间移情理解的基础上，但奈特不是这样。在他看来，动物和人之间界线分明。动物的状况只是反映了饲养者的专业技能，而它们的驯顺和信任被看作其主人性格及能力的依据。他说："一个愚蠢的人永远不会拥有一只聪明的宠物，而一个神经紧张的人永远无法成功地赢得任何野生动物的信任。"除了证明你如何擅长获取信任，动物还有其他用处：它们是有待解决的认识论难题，可以让你"观察到不同物种的智力差别"，或是看"它们是否乐于适应被囚禁的境地"。

奈特和他的动物之间保持着严格的界线，他和自己的特工也是如此。两种情形的目标都是为了获取更通晓的、专业性的、然而是有距离感的知识。琼·米勒是奈特手下的一名特工，也是他的长期伴侣，她尖刻地指出："M 对动物始终好奇，但不是喜爱；而我对我们养的动物一直都抱有真正的爱。"

当奈特决定养大杜鹃时，他这种保持距离的动物饲养模式遇到了麻烦。大杜鹃是让奈特另眼相看的物种，原因并不难猜。它不仅象征着深刻而持久的英国精神（《泰晤士报》每年在来信版面都会提及它们在春季的到来），也象征着怀疑、神秘和欺骗。它们把蛋下在其他鸟的巢中，新孵化的杜鹃雏鸟把寄主的鸟蛋和雏鸟推挤出巢，由养父母抚养长大。后者对它们的欺骗行为似乎毫无察觉。

大杜鹃的寄生行为令研究者困惑，而它暧昧的道德地位也围绕着通奸、两面性、性混乱，甚至物种界限本身的概念。"神创论者科学运动"[1]的元老伯纳德·阿克沃斯在书中及与《旁观者》报刊的激烈通信中一再声称，大杜鹃其实是雄鸟和寄主物种的雌鸟杂交而生的。

大杜鹃也在同时期一部壮观的科普作品中亮相。埃里克·霍斯金和斯图尔特·史密斯的《鸟类的争斗》确立了大杜鹃在民族主义、进攻与防御的寓言中的地位，书中照片运用了闪光摄影的新技术。史密斯在开头引用了普林尼对大杜

1　神创论者科学运动（the Creationist Science Movement）最初名为进化抗议运动（Evolution Protest Movement），1932 年由伯纳德·阿克沃斯等五位保守派福音人士发起，旨在反对把进化论作为科学事实教授。

鹃的描述："所有鸟类的公敌"，因为"它设下骗局"。在逐一拍摄的细节照片中，一些深受喜爱的常见英国鸣禽发起狂热的防御攻击，"极度愤怒"地撕碎大杜鹃模型，相当于一种死亡竞技，一系列分阶段的战斗。这是生态王国的全面战争：鸟儿为了保卫家庭，抗击一个潜伏的敌人。大杜鹃成了国家入侵者的替身，在象征英国田园的鸟儿当中引发了极端暴力。

霍斯金和史密斯想要探究触发这种激烈反应的原因。一只鸟如何辨识敌人？对一只愤怒的夜莺而言，什么意味着"大杜鹃"？他们制作了可拆卸的大杜鹃模型，用纸板剪出形状，涂上颜色，再把大杜鹃标本的头部粘在棍子上，然后进行了一系列实验，这些实验的背后是战后被"民族主义化"的本土鸟类所折射的文化焦虑。他们发现，英国的鸟类善于识破伪装，即使大杜鹃的标本裹着一块斑点图案的手绢，一只夜莺仍能分辨并攻击它。

这就是战后对大杜鹃的定位：一种鬼鬼祟祟的鸟，行使骗术和无声的谋杀，打入内部的敌人。作为博物学家和反颠覆专家，奈特当然渴望拥有一只大杜鹃。

在《房子里的大杜鹃》一书中，奈特讲述了这个故事的根由。通过电台招募的一支博物学情报员的庞大队伍如今取代了他的秘密监视者及特工网络。一个人写信给他，说后院有一只大杜鹃雏鸟，奈特立刻出手，将它从猫爪下"挽救"。他多年来一直想亲自喂养一只大杜鹃。原因何在？他解释道：因为它们有意思，因为它们常见，却无人了解。虽然每个人都能听出大杜鹃的叫声，但对这种鸟本身却"没有充分的了解"。它"很神秘"，奈特对此玩味不已。

确实如此，大杜鹃的生活是奈特个人生涯的完美镜像。第一，它的性生活神秘而又隐蔽。奈特自己的也是。据琼·米勒所说，多年来，他维持着一个精神抖擞的异性恋者的形象，却会在当地的电影院里勾搭男妓，并以修理摩托车以外的理由雇用摩托车技师。第二，大杜鹃是卧底特工的指挥官在鸟类中的对应角色，它们把自己"经过伪装的蛋""安插"在"受骗者"的巢中。奈特在书中写道：单只大杜鹃可在多达十二个鸟巢中产卵，它"栖停在一处位置方便的瞭望台上，以锐利精细的目光监视大地"，以便找到这些鸟巢。此外，大杜鹃"能力了得、性情残忍"，它们从不公开自己的秘密身份。史密斯和霍斯金认为鸟类对于"大杜鹃"有一种"天生的概念"，但奈特不同意。完全不是，他认为鸟类根本认不出大杜鹃，它们带着假面。在奈特看来，其他鸟类攻击大杜鹃，是因为后者长得像鹰，或是在"冒充"鹰。

在奈特喂养他的大杜鹃"咕咕"的过程中，他在动物和人类世界、特工和长官之间仔细划出的界线开始动摇。他观察到雏鸟最初的攻击性转变为完全的驯顺和信任，不禁欢欣鼓舞。

咕咕还有一种"非凡"的分辨能力，轻易就能区分"常来的朋友和新访客"。奈特描述咕咕行为的用词颇具意味：朋友，新人，驯兽员，都是他秘密人生的标签。不仅仅是情报部门的职业生涯，还有情感生活。奈特向大杜鹃的"善意示好"得到了"充分的回报"。"翅膀、声音和轻轻的啄弄分明表现了他的开心和满足，抚摸和喃喃的低语也有感激的回应。"读奈特这本书，能体会到他时而为这只神秘大杜鹃的转变而喜悦，时而因一知半解而不安，这只鸟似乎变成了奈特自己一个长羽毛的奇怪化身。生平第一次，奈特承认了他的困惑，他不确定"人类和其他动物之间存在的鸿沟……是否真如有些人所想的如此巨大。"

当然，《房子里的大杜鹃》以奈特这只间谍鸟的背叛结，年轻的大杜鹃迁徙去了非洲。咕咕在奈特的花园里自由飞翔，回到驯养师身边的次数越来越少。奈特在咕咕的腿上系了一个标着数字的环志，假如来年春天它飞回来了，就能凭此识别。当咕咕离开奈特，飞往南方的时候，他为失去它而伤心。他说，这只大杜鹃是他养过的"最迷人的宠物鸟"。当然如此，他对咕咕非常认同，几乎将它看成自己。

大杜鹃和间谍长官的故事告诉我们，我们对动物的理解被我们所属的文化深刻地影响着。但是这个故事也说明一点，即我们可以，也确实是在拿动物作为我们的替身，用它们代言，道出一些原本无法启齿的东西。它还反映了我们赋予动物的意义。正如奈特的大杜鹃从来都不仅仅是一只鸟，BTO 时下的项目捕捉和放置环志的大杜鹃也不只是地图上的信息点。无论在漫长的迁徙途中如何精准地追踪，它们仍然是神秘的鸟，比一小束骨骼、肌肉和灰色羽毛组成的小小身体要伟大得多。它们告诉我们的事和我们自身有关，也和我们看待世界的方式有关，它们一路承载着奇妙的人类历史。

箭矢鹳

德国城市罗斯托克的一所大学博物馆里，一个小底座上陈列着一件因可怕而闻名的展品，是一只白鹳的标本，它弯曲的脖颈被一根来自中非的铁头木矛刺穿。这只不幸的鸟被击中后仍然活着，终于飞回德国，却在 1822 年春被一个猎人射杀。根据新闻报道，长矛来自遥远的非洲，德国的鹳鸟在何处越冬有了答案，这只被冠以新名 pfeilstorch（意为箭矢鹳）的白鹳因此成为家喻户晓的角色。

在十八世纪，许多专家仍然秉持亚里士多德的观点，认为鸟类在寒冷的月份里冬眠；他们还相信渔夫的说法——从冬天池塘的冰层下面可以拽出成堆活着的燕子。直到十九世纪晚期，欧洲的博物学家才开始鸟类迁徙的持续性研究，给鸟腿套上编号的金属圆环，仔细标出它们后来被发现的地点。罗斯托克的箭矢鹳是野生动物迁徙科学早期研究的一个悚然的例子。从无意中携带的矛头到 GPS 和卫星定位环志，追踪动物的运动需用人类科技加持。

如今，成千上万的动物和鸟类携带着环志，或用船用环氧树脂胶粘在海龟壳上，或从船上射入游过的鲸鱼的脂肪。天鹅和熊的环志套在项上，较小的鸟类系着吊带，把太阳能的无线电发射器绑在背上。每个环志都与一个卫星网络建立通讯，从而确定动物的位置。

科学家发现了动物迁徙的路线，就可以评估它们所面临的威胁，比如栖息地的丧失或猎人的活动影响的地区。但是，跟踪被标记的生物的活动不再仅限于专家的眼睛。现在我们这些普通人也能看到越来越多动物迁徙的影像记录，整个世界因此变得更加复杂奇妙。我可以坐在电脑前，观看在加利福尼亚沿海水域被标记的大白鲨如何迁徙一千多英里，在太平洋一个现被称为"白鲨咖啡馆"的偏远地区越冬，了解阿穆尔隼如何横跨印度和非洲之间的大洋，在飞行中尾随并捕食与它们迁徙路线一致的蜻蜓群。

在很多网站上，公众可以命名、资助和追踪被标记的动物。我经常访问英国鸟类学基金会运营的一个网站，该项目属于一个大型调查计划，追踪大杜鹃个体在英国和非洲之间一年一度的旅程，意在研究英国大杜鹃种群急速衰落的原因。上世纪八十年代以来，大杜鹃的数量已经消失了一半多，但依然原因不明。这一天网站上有条消息，一只名叫戴维的大杜鹃已经飞抵他在威尔士的家园，然而很难了解家园对大杜鹃的意义，因为这个项目的研究表明，一些大杜鹃一生中只有15%

的时间在它们原生地的国家度过。我点开戴维的照片，又看到另外十六只戴有环志的大杜鹃，科学家手中握住的这些紧张的鸟儿，金黄色眼睛，灰色羽毛，和春天在我家附近的树间飞掠而过、翅膀锐利的黑影如此不同。每一只大杜鹃的即时位置都标注在谷歌地图上，显示为一个可点击的图标。它们从英国到欧洲和北非，越过撒哈拉沙漠，飞入潮湿的森林地带，在那里越冬，这条路线以彩色线条标出。网站上默认的卫星视图没有叠加国家或城市地图，这促使我以动物的眼光来看待这世界：一个没有政治或边境的地方，完全没有人类在场，只有一连串的栖息地按照不同的气候排列开来，从凉爽的北方山区一直到安哥拉和刚果的浓密雨林。

　　这类项目开启了我们对野生动物生活的想象，但它们无法呈现真实情境中动物复杂而踌躇不决的迁移路线。我们所能获得的机会是观看虚拟的动物活动，它们在以一块块叠加的卫星和高空图像拼合而成的永恒的白昼世界移动，一片扁平静止的大地，没有任何偶发事件。这里没有刮过高山峰顶的冰冷大风、没有暴雨、翱翔的鹰隼、成熟中的庄稼或近日的干旱。虽然做了简化处理，但在地图上追踪一只佩戴环志的动物仍会令人上瘾。很难不去牵挂鸟儿的命运。鸟儿也许会死，环志也许会脱落。没人知道它下一步去往何方。鸟儿无法察觉有一双眼睛注视着它的飞行进程，你这一刻还在感慨自己的强大，能从远方监控它们，下一刻就觉得无力，因为无法改变随后发生的事情。

看的越多，就越发觉得在某种程度上，我们也在随大杜鹃一同旅行，参与了一场虚拟的全球航行。对一个无边境世界的幻想很快被英雄式的探险图景取代。我们开始代入孤身行者的角色，踏上艰险的探索之旅，在地图上穿过各个国家，占领未知的空间。因为卫星追踪耗资不菲，我们只能追踪少数被命名的动物，随着令人惊奇的旅程一一展开，渐渐对它们产生了感情。我们看到大杜鹃幼鸟没有父母的指导，独自寻找飞往非洲的路线；看到大西洋蠵龟从墨西哥的觅食地游过 7.5 万英里，抵达日本海岸；发现斑头雁在迁徙途中飞越喜马拉雅山脉，必须忍受极端而突然的海拔变化，那足以令人致残或死亡。我们惊叹于斑尾塍鹬从阿拉斯加出发，越过整个太平洋抵达新西兰，一路不停，九天中飞越 1.1 万公里的长途。在我们眼中，这是体能和耐力的卓越成就，我们不禁要拿动物的能力与自身比较。

我们不自觉地用动物的生命来衡量自身，从事这些研究的科学家也有这种愿望，他们常常把佩戴标志的动物视为同事和合作者。汤姆·梅希特尔是一位生物学家及环境咨询师，在马里兰大学研究猛禽的迁徙，他提到卫星追踪"将动物转变为研究人员的合作伙伴"，并建议大家把戴有环志的鹰隼看作

"被派遣寻找和抽取其他鸟类样本"的生物学家。

类似情况越来越多，动物不仅被看作科学研究者委托的对象，也被当作如传感器或探测器一样的科学研究装置。在一个研究南极洲西部气候变化的项目中，粘在象海豹额头的标志能够收集和传送关于海水导热率、温度和深度的信息，供天气预报和气候研究使用。这种生物取样自动装置的概念混淆了技术和生物体的界线，无声地抹除了动物的作用。

佩戴标志的动物携带的不仅仅是人类的技术，还有人类将世界可视化的手段。它们是一种混合型野兽，完全符合我们有关地球的现代观念——一个被持续观察的环境，眼睛在天空中追踪从一国迁移至另一国的动物，将其标志在地图上，正如他们追踪移动中的舰船飞机。美国国防部的研究员正在研发能够模仿鹰隼和昆虫飞行的自动飞行机器人，他们将"电子背包"安在大花金龟身上，便可以遥控它们的飞行。

早期的远程追踪动物先驱者为自己的努力寻求军事资助，他们提出鸟类迁徙的研究能够用于改善导航和导弹制导系统，而适用于动物监测的技术开发来自早期与军事有密切联系的微电子行业。在这个无人机战争的时代，每一只能在地图上被追踪的动物都可以看作一种象征，扩展了技术统治和全球监控的优势。

假如德国博物馆里的箭矢鹳标本可以看作早期动物迁徙

科学研究的标志性鸟类，我觉得今日的对等物是另一只鹳，它是一只白鹳幼鸟，名叫美尼斯[1]。2013年，它在匈牙利被放置了卫星追踪器，这是欧洲跨境合作计划资助的鸟类迁徙追踪项目的一个环节。美尼斯离巢之后，向南飞过罗马尼亚、保加利亚、希腊、土耳其、叙利亚、约旦和以色列，在埃及的尼罗河河谷落地，它在那里被一个渔夫捕获，然后被警方扣押。这只白鹳携带着"可疑的电子装置"，被怀疑为间谍。

我久久地盯着铁窗后美尼斯的照片，它一半在阴影中，鸟喙低垂，脚趾分开踩着水泥地面，在一个政治形势最紧张的国家沦为悲哀的牺牲品。安全专家排除了白鹳的间谍嫌疑，它获释出狱，最终却被发现死在阿斯旺附近一个岛上，这具被拖拽的鹳鸟尸体成为人类恐惧和冲突的惨痛化身。媒体报道将它的困境叙述成一个偏执到几乎滑稽的故事。这只白鹳固然无辜，只是监视和情报的地缘政治游戏中的一个不知情的玩家，但由鹳鸟身体和电子装置构成的混合体却远非如此清白。

---

1 这只白鹳以第一位统一上下埃及的法老美尼斯（Ménes）命名。

欧洲白蜡树

二十世纪七十年代中期，一月份阴湿的一天，我和母亲站在英格兰的一处山坡上，看手持链锯的男人切碎树木的残骸，把树枝投入火中。我那时五岁，咆哮的刀片和飘浮的烟雾令我吃惊又困惑。"他们为什么要烧掉那些树？"我问妈妈。"因为荷兰榆树病，"她答道，扯一扯头巾的结，"现在所有的榆树都得这种病死了。"她的话我不明白。在此之前，我一向以为乡间是永恒不变的地方。那个时期，荷兰榆树病正在各个大洲蔓延，枯萎病致使四十亿棵美洲栗死亡，而新的灾难性树木疾病也将随之而来。

上个星期我开车穿过萨福克郡的乡村，路边是刷过油漆的农舍，一片片耕种的坡地延伸在夏日氤氲的天空下，童年那段阴冷山坡的记忆又回来了。这一带的欧洲白蜡树显然正在死去，从前繁茂的树冠稀疏得近乎透明，十分怪异，树顶轻拂的羽状复叶如今只剩下光秃的枝丫，刺眼地指向天空。

这是我第一次看到白蜡树枯梢病，一种新发的恶性真菌感染，现已蔓延整个欧洲，正在向西扩散，可能会杀死英国所有的白蜡树。在美国，入侵性物种白蜡窄吉丁虫的危害也同样致命。这都要归咎于全球化。虽然树木疾病一直都在爆发，但是上世纪七十年代以来出现的次数已和所有历史记录中的持平。国际贸易流通的规模不断扩大，速度不断加快，将大量病原体和害虫带给那些对其缺乏天然抵抗力的物种。如果你是一棵树，死神就隐藏在木饰贴面、包装材料、运输集装箱、苗圃植物、切花，以及进口树苗的根部。

那天晚上，我强迫症似地在网络上搜索榆树的图片，在乡间田野的快照中，在二十世纪六十年代电影中的演员身后，寻找它们遒劲粗犷的黑色轮廓。我看到英国公学的板球赛场上高耸的大树，像是凝结的积雨云团，看到马萨诸塞州和缅因州海岸边榆树大道的明信片和照片，巍然挺立的大树荫蔽着夏日的街道和奥茨莫比尔轿车。这些树宛如依稀的记忆中风景的幽魂，我看着它们的照片，意识到活着的树也会阴魂不散。那次开车过萨福克郡，所见的情景已经改变了白蜡树对我的意义。从现在开始，我看到的每一棵树都意味着死亡，无论它可能有多健康。

但是，如果树木感染了致命疾病，它们会比我们应付得更好，很多树可以再生。阿巴拉契亚山中白花满树的大片栗林都已消失，然而倒木的根部仍然发出新苗，只是它们一旦长到某个高度，就会再次感染疾病死去。和成熟的树木相比，这些栗树和榆树活在无穷无尽的青年状态，结出的果实更少。它们

228

令人困惑，因为这不符合我们对树木的设想和期待。我们用树来衡量自己的生命，确定时间的概念。对大多数人来说，它们是恒久和延续的代名词，是超过人类很多世代的活巨人。我们希望树木最终成熟，我们希望它们顶天立地。

与旅鸽及渡渡鸟不同，网络上的榆树幽魂是另一种类型的消亡，即一处景观的消亡。后来好几天，我发现自己一直盯着窗外，看着本地山丘光秃的山脊，想象那里曾有繁茂如云的榆树。我准备思考下一个问题，假如所有的欧洲白蜡树也消失，这里会是什么样子？被迫提前体会"在地乡愁"（solastalgia）是痛苦的，澳大利亚环境哲学家格伦·阿尔布雷希特创造的这个术语，指人们在自己的家园景观因环境变化而变得无法辨认时产生的抑郁情感。他提到新南威尔士州的干旱和露天采矿的影响，但各种不同的景观变化都有可能让人体会到这种忧愁，比如融化的冻土带和野火肆虐的西南部各州。和干旱一样，树木的疾病导致了经济损失和生态贫瘠，也让我们一直生活的地方变得陌生。作家詹森·凡·杜里舒在他的《错位的自然》一书中写到美国的森林因一百年来的树木疾病而缓慢死亡，他发现自己几乎哑口无言："这里是我的家。你怎么可能把这样的事情诉诸文字？"

但还是有些树木能够慰藉人心。我也在网上搜到这些照片：最后一片高大的美洲栗，其中几棵还有名字，比如阿戴尔县的栗树，它们是 1999 年在肯塔基州发现的，树形圆润，不太像阿巴拉契亚山中那些虬曲苍劲、教堂石柱般的古老巨树，但它们也很美丽，迎着阳光伸展黝黑的枝丫和修长的锯齿边叶子。活下来的还有约五百棵，包括缅因州的希布伦栗树，俄亥俄州一棵未命名的栗树。人们找到这些死里逃生的非凡栗树，有的还从树上偷摘叶片和小块树皮作纪念品。这些树的确切位置时常需要保密，据说遇到一棵这样的栗树，就像发现了大脚怪那么稀奇。

为了再现我们失去的风景，科学家、志愿者和苗圃工人们花了几十年的时间力图恢复美洲栗树。一些组织，比如美国栗树基金会，正在将美国的栗树树种与抗病的中国品种回交[1]，来培育貌似美洲栗但具有足够中国品质的幼苗，能抵御枯萎病而存活下来。其他团队，如纽约州立大学环境科学和林业学院，将小麦和其他植物的基因插入美洲栗种胚，改变其化学性质，从而在疾病来袭时具有更强的抵抗力。虽然这样一类项目越来越成功，但是有些评论家认为它们走偏了方向，他们认为最好是将资源用于预防新病，而不是企图治愈旧疾。如果你认为恢复树木的努力仅仅是出于生态的考虑，那么他们的立场就

1　回交（backcross）是将子代和亲本进行杂交，在育种工作中，常利用回交的方法来加强杂种个体的性状表现，而用回交方法所产生的后代称为回交杂种。

有道理。然而，确实不只是生态，这些树木还塑造了我们生活的风景，和身份认同密不可分。

你越了解身处的环境，对周遭的动植物认识得越多，也就意味着让你悲伤的事情越来越常见。树木的恶性疾病会登上报纸头条，但是规模更小、更不显眼的消失时时都在发生。十年前在我家街区营巢的霸鹟已经消失了；我老家那片容纳了各种生物的大草地被地产商开发，除了我们自己的生命别无他物。人到了一定年龄难免伤感地回望已逝的一切：儿时买过东西的小店关张了，一个房间已成为回忆。但是那些私人意义上的、小件事物的消失，无论多么痛楚，跟物种多样性的丧失也不是一回事。城市天际线的变化和被甲虫祸害的大片树木不同，虽然树木和我们自身的故事纠缠在一起，但与其有关联的并非只是人类。它们支持着复杂而相互依存的生物群落，而当森林渐渐不再丰富多元，这个世界失去的并不只是树木这么简单。有研究认为莱姆病在北美和欧洲多个地区高发，部分原因正是多样化程度较低的森林有利于携带此病的蜱虫存活。

在我这个岁数，还记得榆树和它们造就的风景，只比我年轻几岁的人却不记得了，对他们来说，没有榆树的田野是令人安心的常态。现如今，我们真的开始习惯于一种新的自然叙事了吗？在这种叙事中，生态系统层面的加速变化已经成为日常生活背景的一部分。那些看着冰川后撤、海冰消失、村庄下沉、苔原野火肆虐和曾经常见的树木消失而长大的孩子，他们是否会将不断的消失视为世界的常规之道？我希望不会如此。但是，也许当所有白蜡树都消失不见，大地的景观变得更为枯燥、简单，也更为渺小的时候，此时尚未出生的某个人有一天将会点击屏幕，调出图像，为这些长有羽状复叶的秀木失去的辉煌惊叹。

一把玉米粒

　　莱斯利·史密斯夫人满头白发，五官线条柔和，带有一丝贵族气质。她独自住一间木屋，离我童年的家只有几步之遥，屋内摆满了书和油绿的室内植物。三十多年前一个温暖的秋夜，她邀请我母亲和我观看她的晚间仪式。她领我们进屋，在通往花园的玻璃门前的椅子就座，又拿出一个饼干筒，撬开筒盖，然后走到外面，在露台的石板地上撒下几把碎饼干，户外的一盏灯把碎渣照得闪闪发亮。回到光线昏暗的房间，我们静坐等待，一言不发，剧场演出的静默和仪式感，眼前这个活动都有。在灯光照亮的草坪边缘，一张黑白条纹的脸出现了，随即又退回黑暗中。不久以后，两只獾从黑暗中现身，慢吞吞地走过草地，嘎吱嘎吱地嚼起了碎饼干。距离如此之近，我们可以看到它们乳白色牙齿的曲线，鼻子皮肤上的图案。它们并没有被驯服，假如开灯，一定会逃之夭夭。可是它们离得这么近，我有一种冲动，想把手按在窗玻璃上，让它们知道我在这里。屋里的我们和花园里这些野生动物，相距的空间中充盈着一种纯粹的魔力。

　　我们小时候没有在家中花园里喂过獾，但喂过鸟，在澳大利亚、欧洲和美国，有五分之一到三分之一的家庭也是如此。美国人每年喂鸟的花费超过30亿美元，购买的鸟食有花生、针对特定鸟种的种子混合食料、板油、蜂鸟花蜜和冻干黄粉虫。我们依然还不清楚补饲对鸟类数量有什么影响，但是有证据表明，在过去一个世纪里，补饲渐渐普及，已经改变了一些鸟种的行为和分布范围。比如德国的黑顶林莺，一种浅灰色的迁徙性林莺，现在飞往西北，在食物丰足，天气益发温和的英国花园过冬，而不再像它们的祖先那样向西南迁飞至地中海。北美红雀和北美金翅雀的范围北扩或许也和喂食有关。

在后花园里投喂野鸟可能会引来捕食者，而旋毛虫病和鸡痘等烈性疾病也会通过被污染的喂食器传染。投喂对野生动物未必都有正面影响，对我们自身却是有的。把切开的苹果放在覆满白雪的草坪上，等乌鸫来吃，为雀类挂起喂食器，我们这样投喂野生动物是出于帮助它们的愿望。作家马克·科克尔认为："朴素的、方济各会式的投喂行为让我们觉得生活更加美好，以某种最根本的方式救赎我们。"这种救赎的感觉和喂食鸟类的历史紧密地交织在一起，因为这种做法源于十九世纪的人道主义运动，人道主义将对困苦中人的同情视为文明人的标志。

1895年，深受欢迎的苏格兰博物学家和作家伊莉莎·布莱特文提出建议，指导人们如何喂养和驯服欧亚红松鼠，让它们成为"自愿的家庭宠物"。在英国，花园喂养因"小鸟协会"[1]的成立而普及，这是一个十九世纪晚期的儿童组织，要求其成员承诺善待所有生灵，并在冬季投喂鸟类。该协会很有影响力，甚至收到了济贫院的孤儿写的信，他们讲到自己细心地从饭菜中省下面包渣，来喂养户外的鸟儿。

在美国，这场新运动中的一位重要人物是普鲁士贵族汉斯·冯·贝勒普什男爵。《如何吸引和保护野鸟》这本书详细地记录了他巧妙的鸟儿喂养方式，其中写到可以把种子、蚂蚁卵、干肉和面包混进熔化的脂肪，然后倒在针叶树的树枝上，供鸟儿冬天进食。他写道："善心人总是对我们这些冬日的羽翼来客心怀怜悯。""一战"期间，喂养美国本土野鸟也成为一种爱国责任，这样能帮助它们熬过寒冬，之后继续捕食给农业生产造成威胁的昆虫。到了1919年，根据鸟类学家弗兰克·查普曼的说法，在美国，庭园鸟类的角色"不仅是受欢迎的访客，也是我们私人的朋友"。

时至今日，情况却恰恰相反：人与动物的亲密接触越来

---

1 小鸟协会（the Dicky Bird Society）成立于1876年，由《纽卡斯尔每周纪事报》的编辑威廉·亚当斯发起，他用托比叔叔的笔名在报纸的"儿童之角"栏目介绍该协会的理念。到1900年，协会已拥有30万名成员（包括丁尼生、弗洛伦斯·南丁格尔和巴登·鲍威尔），建立共识以仁慈而非残忍的方式对待野生鸟类。

越少。我们只容许少数种类的动物作为宠物进入家庭，与野生动物的互动往往仅限于生物学家或公园管理员等专家。然而花园和后院是特殊的贸易区，跨越了自然与文化、家庭和公共空间的虚构界线。它们是共有的领地，人类和野生动物都视为家园的地方。即使如此，我们仍希望按照自己的规矩投喂动物，而不是它们的。我们期待它们在一种不言自明的社会秩序中各就其位。当一只警觉的松鼠或小鸟对你足够信任，在你手中取食时，这是令人满足的特殊时刻，超越了我们与它们、野性与驯化之间的边界。但是如果一只松鼠自作主张跑到你胳膊上索食，或是一只海鸥从你手中叼走一块三明治，往往会激起近似于愤怒的情绪。早年间，喂鸟的倡导者不得不与这种信念斗争，担心人工投喂会"宠坏"动物，让它们"无法在自然的家园里承担本分"。即使是今天，读到野生动物喂食建议的文章时，我们也不禁怀疑作者根本另有所指。比如我们被告知投喂狐狸需偶尔为之，以免造成依赖，还被警告说喂养野生动物会让它们失去对我们的"天然尊重"。

有可接受的动物和不可接受的动物，正如有值得救济的穷人和不配救济的穷人，一些熟悉的方式划分了是否体面可敬的界线，通过诉诸恐惧、入侵的威胁、异类、暴力和疾病。与往常一样，动物反映了我们自己对于世界本来的结构的设想。"喂狐狸属于你不会跟别人说起的一类事"，一位博客作者在网上承认，她担心邻居会发现她的秘密。故意投喂不该喂的动物，如麻雀、鸽子、老鼠、浣熊，狐狸，是一种违反社会约定的行为，那些担心混乱、健康、噪声或纯粹出于义愤的举报人会向有关部门举报你。当然，要是有足够的社会资本，你无论怎样都不会受罚。演员乔安娜·拉姆利不仅在自家花园里喂养驯顺的野生狐狸，还让它们登堂入室，报纸上曾登出照片，拍到一只狐狸在她起居室的沙发靠垫上安睡。

有些人由于社会或个人境况，难以或无法与他人交往，喂养动物给他们带来了深深的慰藉。喂养城市鸽子的人们往往与世隔绝，位处社会边缘，比如老年人、孤独的人、无家可归者。社会学家科林·杰罗马克对这类与鸽子接触的描述令人难忘，他说这种行为短暂地消解了人们的孤独感。而媒体上最让人难过的野生动物相关的报道中，有些人被罚款或监禁，只是因为他们拒绝停止在花园里喂鸟。"它们是我的全部生活，因为我所有的亲人都不在了"，塞西尔·皮茨解释说。他六十五岁，因 2008 年在位于皇后区奥松公园街区的家中多次给大群鸽子喂食而被罚款 500 美元。他同很多人一样，渐渐对街区中不受待见的居民产生认同，那些动物活在现代城市可见的运转机制背后，被人们忽略或轻视。

窗外的鸟儿喂食台伴随我长大，让我了解到很多动物行为——一只松鼠挑衅式的甩尾，一只求偶的知更鸟特定的姿势，都由当时的情境赋予意义。此外，我也体会到我们在野生动物身上发现的那种熟悉与陌生感的奇妙融合。动物并非人类，但是和我们足够相似，让我们有种奇特而强烈的亲密感。莱斯利·史密斯夫人的獾为她带来了很多客人的陪伴，他们很有兴趣近距离观看这些少见的生物，与此同时，也引来了其他选择在她家门口打发时间的野生动物。这个早上，我正给花园里的喂食器装食料，同时有一群小雀鸟在树篱间蹦蹦跳跳，而三只寒鸦有所期待地停在屋檐上，其中一只低头看我，抖抖暗淡的羽毛，打了个哈欠，在这个富有感染力的友伴时刻，我发现自己也打起了哈欠。鸟儿选择来我家花园，让我的住所显得不那么孤单，这也是许多人喂养动物的原因，不仅因为我们帮助了它们，有满足感，也因为身边从此环绕着认识我们的生灵，它们能够和我们建立联系，并且渐渐将我们视作它们那个世界的一部分。

浆　果

　　十二月的第一天，我把旧的人造圣诞树从阁楼里拖出来，插上电，它顿时熠熠发光。我那些古怪的圣诞装饰物收藏也上场了：一只戴着围巾的花呢腊肠犬，一条金色的剑龙，一只水晶雄鹿，一个陶土做的小机器人，还有一捧洒金粉的玻璃球。整件事不到五分钟就搞定了，为节日付出的努力如此轻易，我觉得好像有点受骗。到了傍晚，天光将逝，户外的空气有浓浓的烧木柴烟味，我就拿着一把修枝剪出门，在前门旁一棵大冬青树上采集一些枝叶。这棵缠绕着常青藤的树长得很高，今年果实累累。我把剪下来的每根枝条都晃一晃，抖掉上面越冬的昆虫，然后把一整捆冬青枝拿回屋里，摆在窗台和壁炉台上。台灯的光把叶子和宝石般的红果照得闪闪发亮，整间屋子的节日气氛格外浓厚，可是我却有点内疚，因为把户外的东西带进了屋里。那些浆果本来是为鸟儿准备的，不是为我。

　　浆果是拿来吃的，而不是做室内装饰。大部分浆果的种子外面包裹着脂肪和碳水化合物，渐渐演化为给鸟儿的植物供品；有些甚至还含有对哺乳动物有毒的生物碱化合物。通过鸟类的消化系统，种子被带到更远更广阔的地方，随后在鸟粪中沉积下来，生根发芽。单子山楂的点点红灯，黑刺李的棘刺丛中布满粉霜的圆球，蔷薇果好像微型灯泡，欧洲花楸和白花楸树上一簇簇的小"苹果"，此外还有样子更奇特的种类，槲寄生苍白如冰的魔法珠，欧洲卫矛的果实好像璞琪（Pucci）的新款式：粉色和橘红的蜡制爆米花形小饰物。胖乎乎的小鸟黑顶林莺最喜欢槲寄生果，它们啄食着黏性的果肉，直到嘴上糊满黏液，然后在树枝上蹭干净，种子随之附着在树枝上生长。近年来，德国的黑顶林莺开始到英国而不是非洲越冬，这可能直接导致了槲寄生被散播到不列颠群岛的其他地方。

初冬，槲鸫简直变成了斯毛格[1]，它们占据了那些尤为壮硕的紫杉树、冬青树、一团团槲寄生，或是结满浆果的灌木丛。为此它们防备着入侵者，用尖锐的、足球赛起哄式的怒喝声将其驱赶。它们越有能力保护自己的存粮，来年春天的繁殖就会开始得越早，也越成功。但是并非所有鸟类都有如此强烈的领地意识。每年此时，来自斯堪的纳维亚半岛和北欧其他地区的小群乌鸫会加入我们本土的乌鸫，然后共享浆

---

1 斯毛格（Smaug），英国文豪 J. R. R. 托尔金著名作品《霍比特人》（*The Hobbit*）中占据矮人在孤山的宝藏的恶龙。

果。如此丰盛的食物当前，本地乌鸫就算不是完全欢迎，也会容忍对方的存在。

除了犬蔷薇和悬钩子属，大部分灌木和乔木都是当年生长的新枝开花结果，因此每年秋天修剪树篱的传统做法会让一整片生物群落失去宝贵的冬季食粮。还好树篱的价值因为野生动物而越发受到重视，不再仅仅被视为农场牲畜的屏障，现在是每两年或三年轮流修剪，保证在最寒冷的几个月也有浆果供应。有些种类的浆果味道更可口。秋天的黑莓消失得很快，到冬天只剩下一些毛刺刺的、冻干的硬结，单子山楂和黑刺李也是如此。深冬时节，浆果已经所剩无几。斑尾林鸽在常春藤的黑色果子上大快朵颐，笨拙地攀在细枝上，过后在栖息处拉下艳紫色的粪便。冬日渐渐过去，一些浆果发酵后含有酒精，不时可以看到略微晕头转向的鸟儿在灌丛下恍惚徘徊。

冬日里最后被吃掉的那些浆果来自观赏类灌木和乔木，或许因为它们相对来说口味较差，或许是因为颜色太不寻常，很多本土鸟类以为不可食用。出乎意料的是，有一种鸟探访的目标恰好是这些浆果，在我心目中这种鸟比其他种类更能代表冬日的惊奇。我最后一次看到它们是五年前汉普郡奥尔顿的一个小步行区。那是一个严寒的二月天，所有人都裹紧帽子，低着头艰难地出入于各家店铺。我问母亲办完事后想去哪里喝咖啡，就在那一刻，我听到一阵奇异的颤音，好像一串银铃奏出的乐曲。一群圆润的鸟儿像一阵坠地的旋风，从空白的天空中盘旋而下，落在一棵苗条的 12 英尺高的花楸属树木上，就在我们头顶。是太平鸟，来自遥远北境的不定期访客。它们既非粉色，也非灰色或棕色，而是一种介乎其间的颜色，好像冬季天空难以形容的颜色。它们将这棵树据为己有，在嗉囊里塞满白色的浆果，每过一阵子就群飞升空，随即又以略微不同的组合落回枝头。它们有优雅的冠羽，盗匪般的黑色面罩，头部几抹棕红，黑色的尾羽和翼端点缀着洋水仙般的明黄。它们的翅覆羽尖端有一列奇异的装饰，小小的红色蜡质突起像极了火柴头，waxwing[1] 的名字由此而来。它们看上去十分雅致，却不大真实，任何圣诞装饰都无法企及这种夸张生动的美。太平鸟的魔力不仅仅因为它们来去不定（有些年会在此现身，有些年不会），还因为它们最常为人目击的地方。市政规划喜爱的园艺品种树木尤其吸引它们，所以每年冬天都有关于太平鸟群的网络目击报道，读起来便是："20 只，阿尔迪停车场"，或是："电脑商店后有小群出现！"

---

1 waxwing 英文中可指太平鸟属（*Bombycilla*）的三种鸟，结合上文的外形描述可以确定是太平鸟（*Bombycilla garrulus*，Bohemian Waxwing）这一种，中文俗名"十二黄"，就是因它十二根尾羽的尖端都为黄色而得名。但作者关于翅覆羽尖端的细节不够准确，实际上是次级飞羽的羽轴延伸出羽端 2—8 毫米，形成扁片红色蜡质突起。

我和母亲站在树下看得入迷。虽然最近的鸟儿离我们的脸只有两英尺，但别人都没有注意到。它们对人毫不在意，如果饿极了，甚至会吃你手中递来的苹果。又过了几秒钟，这幅冬日的奇景就像树叶再次飞旋而上，消失不见，只留下一棵光秃秃的树木。在购物中心的屋顶上，微弱的颤音绕梁不绝。

樱桃核

　　2017 年的秋天目睹了一场史无前例的"欧洲入侵"。相关报道充斥英国媒体，也在互联网的留言板上引发热议。人们特意出门寻找那些移民，有些还安装了麦克风，用来探测他们夜间的叫声。十月中旬到十一月中旬间，有五十名经过伦敦的格林尼治公园，还有一百五十多名被人看到在东萨塞克斯郡某地出现。因为原籍国食物短缺，他们辗转来到英国，出门寻找的人们都希望他们能在此地找到所需，安顿下来。

　　那些移民就是锡嘴雀，一种体形和椋鸟相近的加强版雀鸟，身披深浅不同的橙粉色、黑色、白色、黄褐色和灰色。它们硕大的鸟喙能啄开樱桃核，好像一把钢丝钳，也能轻易钳断人的手指。锡嘴雀喉部墨黑，铜红色的眼睛嵌进墨黑的眼罩，整体形象总让我想到一个穿着精致的拳击手。它们在英国不多见，且数量也在减少，只有八百对左右在此繁殖。我第一次看到锡嘴雀是在二十世纪九十年代末一个冬天的傍晚，当时我在黄昏的暴雨中开车穿过迪恩森林。拐过一个弯，一只鸟从路边飞了起来。车灯下它斑驳的翅膀在明亮的落雨中频频闪光，随即又消失在黑暗中。这次幽灵般奇异的邂逅正符合该物种在英国观鸟人中的名声，因为锡嘴雀出名的神秘、隐蔽、难得一见。本土的种群常常彻底消失好几年，然后又原因不明地在旧日的栖息地再次出现。通常只凭它们的叫声就能发现鸟，一声声短促果断、有金属质感的"西克"！秋叶落尽以后，更容易发现它们的踪影，然而它们极易受惊，我大部分时候看到的只是远处冬树顶端枝上栖息的小小黑影。

可是欧洲大陆的情况完全不同。几年前一个冷峭的春日，我和一个住在柏林的朋友走过弗里德里希斯海因人民公园。我停下脚步，看到一只锡嘴雀雄鸟就在头顶上几英尺高的椴树枝头歌唱，惊奇得无以复加。**是锡嘴雀**！我深吸一口气。"是啊，这里很多，到处都是"，她随口说道，耸了耸肩。鸟儿继续鸣唱，我却郁闷地挥挥手。这只鸟驯顺得出奇，就像一只野化的家鸽在城里那么自在，我无法跟朋友解释锡嘴雀本应是谜样的存在。

近来锡嘴雀涌入英国，可能是整个东欧地区的欧洲鹅耳枥种植病害引发的，不过也有人将之归咎为反常的天气。英国鸟类学基金会一名发言人提出，这一年最大的风暴"奥菲利亚"将暖湿空气推向西北，锡嘴雀因此被带到英国。不管原因如何，这一批空中难民前所未有的大量涌入引起了我的兴趣，一方面因为和当下的议题有如此明显的对应，即鸟儿不知道政治边界的不争事实，另一方面它提醒了我，人类关注的问题密切指导着我们对自然的理解。今天，我们本土常居的锡嘴雀小种群主要栖居在古老的林地，或是小规模集群生活在贵族庄园的树林和绿地，我甚至听过一个鸟类爱好者称它们为"国家信托雀"，因为这个遗产保护慈善机构管理着英国许多最宏伟的古老庄园。锡嘴雀与这些富于象征意义的英国景观有如此紧密的联系，以致我多年来以为它们是一个大幅减少的本土古老种群残留的一些成员，而这个古老的种群在今天的稀有地位是现代化造成的。后来我了解到从前并没有锡嘴雀在英国繁殖，直到十九世纪有好几对从欧洲大陆来勘探新领地，在埃平森林建立了一个营巢区，这让我大为惊讶。它们从埃平森林向四处散布，五十年后，英国几乎每一个郡都有锡嘴雀，它们充分利用苹果园和茂密的阔叶林地，那里满是它们喜爱的食物来源：欧洲鹅耳枥、欧洲水青冈、槭树、榆树、紫杉、单子山楂和樱桃树。英国的锡嘴雀种群数量在二十世纪五十年代到达顶峰，之后开始急剧下降。

英国锡嘴雀的历史提醒我们，我们是如此平滑无缝地混淆了自然史和国家史，又如此轻易地假定熟悉的事物都是源自本土，同时又如此不幸的健忘，忘记了我们原本都来自他乡。适宜生境的丧失是英国锡嘴雀减少的一个重要因素，而另一个因素是巢穴捕食者灰松鼠[1]，它们通常被视为不受欢迎的外来

1　灰松鼠（grey squirrel，*Sciurus carolinensis*）原产美国东部和中西部，因适应性和繁殖力强，引入英国后成为入侵物种，对本地原生的欧亚红松鼠造成生存威胁。此外，它还是鸟类巢穴捕食者（nest predator），会捕食鸟蛋和雏鸟。

入侵物种。颇为讽刺的是，灰松鼠和锡嘴雀几乎是同时出现在英国土地上的。

或许这些锡嘴雀移民会留在此地抚育雏鸟，很多人都希望如此，我也是。但是这次锡嘴雀难得一见地涌入英国，本来以依存古老森林和乡村庄园而闻名的鸟类如今意想不到地出现在各种寻常的地方，这让我尤为喜悦。它们在当地教堂墓园的紫杉树间攀缘，在郊区的公园落叶堆中觅食。十一月下旬，在伦敦的米尔·希尔体育中心看见了八只。"终于！"苏·巴纳特·史密斯女士在一篇锡嘴雀入侵的报道后评论："上周我儿子在我的租种菜地（西伦敦普特尼桥附近）看到一只鸟，我不认得。现在我们知道了它的身份。"这些引人瞩目的难民远离贵族庄园中的古木树冠，转而与麻雀共度时光，开心地啄食葵花花盘和花园鸟食台上散落的花生。

展台上的鸟

观鸟展会可谓英国最知名的观鸟活动，但有一点最奇怪，这里没有鸟。"当然有啊！"入口处排在我们后面的一个男人不忿地低语："有鱼鹰"，虽然我只是在跟我母亲讲话。确实，拉特兰湖上生活着鱼鹰，这是观鸟展会举行的地方。但是，观鸟展会上并没有鸟，只有数以千计的游人，夏日草地被踩踏后散发的清香，遮阳的帐篷里摆着桌子，有人兜售去往世界各地的观鸟之旅。双筒望远镜和单筒观鸟镜。书籍。提供茶点的帐篷，艺术帐篷，讲座帐篷。每次我去鸟类游园会都能看到我认识和喜爱的友人，但是没有鸟。

几年前，我和专职养鸟的男朋友开车去英格兰中西部参观另一种鸟类展会——鸟类展销会。我们把车停在斯塔福德郡的一片田野里，旁边是两个飞机库一样的大厅。走过我们身边的人看起来和观鸟展会上的完全不同，那些人大多面色白皙，神情迫切，穿着登山靴和工装裤，而这些人一边拖着箱子、笼子和搁板桌顶，一边大笑，他们穿着橄榄球衫、短夹克衫、带帽兜的运动衣、钓鱼背心，身上有刺青，还有很多人戴着棒球帽。根本没有望远镜。

但是有很多很多鸟，大厅里摆满了展示鸟笼，它们比家养的鸟住的笼子和鸟舍小得多，专门用来展示笼中生物的美丽。有些安着铁丝环，就像维多利亚时代案头鸟舍，壮实的金丝雀在内跳跃；有一摞摞垂直堆放的木盒，前部装有最细标准的铁丝，是为娇小的双斑草雀和梅花雀设计的；尺寸较大的笼子用于饲养鸽子、鸡和鹌鹑。有几张桌子上展示的是头部硕大、羽色完美的虎皮鹦鹉品种，胸部有斑点，它们看起来比笼子里的塑料饲料碟更不自然。我敬畏地看着一个男人抱着一只像婴儿那么大的羽毛紧实的白鸽走过。他告诉我那是一个匈牙利大家鸽培育品种，我立刻觉得因为没有这一种，自己的家更寒酸了。

一个工业丙烷加热器在角落里轰鸣，大厅里回响着天朗扩音器的广播，提醒参展者确保水盆和食盆是装满的，确保鸟儿不会觉得太热或太冷，也没有痛苦的迹象。我在展台边游走，使出我父亲从多年的摄影记者生涯中积累并传授给我的狡猾手段，用手机偷偷拍下照片。把手机低低地放在胯下，和摊主保持眼神交流、微笑，就这样，我用一个拇指拍下了一系列模糊歪斜的照片。养鸟的人都是警觉的动物，我不想让他们知道我在干什么，因为观看野鸟的文化好比饮酒，已经为社会全盘接受，而养鸟文化更像是摄入大麻的合法化。两者都涉及对鸟类的深爱和博物学鉴赏力，但是很多人认为养鸟在道德方面是可疑的，还容易出现打擦边球的不法行为。

所幸这个展会上所有的鸟都是国内培育的。二十世纪八十年代的立法规定，饲养野捕的英国鸟类是非法行为。自2005年欧盟禁止进口以来，野生鸟类的国际贸易已经下降了90%。这是一个完全由心碎构成的贸易，我永远也不会忘记我还是个孩子的时候，在西伦敦的克伦威尔路抬头看一个仓库的窗户，我看到许多只凤头鹦鹉惊慌地扇动翅膀，它们初抵英国，晕头转向，痛苦不堪。

展会上有一部分专门展示养鸟人所说的英国鸟，即本土鸟种，那些在我们的树林、花园、森林和田野里歌唱的鸟的同类。乌鸫和欧歌鸫这类吃昆虫和水果的鸟被放在笼子里展示，笼里漆成白色，还经常点缀着暗示其天然生境的装饰物，比如为穗鹏准备的岩石，给红尾鸲准备的一片林地树皮。英国本土雀类的展示笼外观漆黑闪亮，里面涂成布罗克牌油漆那款乔治亚绿，是十八世纪室内设计师特别青睐的一种苔藓绿。这些笼子里有红额金翅雀、赤胸朱顶雀、小朱顶雀、黄雀、红腹灰雀、锡嘴雀。

其中一个笼子吸引了很多目光，里面是一只杂色的红额金翅雀，体羽缀有奇特的白斑，这种不寻常的颜色突变在英国鸟迷中颇受重视，颏下有白点的金翅雀被称为"豌豆喉"（peathroat），喉部全白的则称为"小山羊皮"（cheveral）。一群爱尔兰游民[1]围在这个笼子前，兴奋地讨论着这只鸟的优点，而桌面上正点数着一沓二十磅面值的钞票。他们称金翅雀为"七色雀"，这是个非常古老的名字，观鸟人几乎从不使用。这一只可能命中注定要繁育"骡子"（mules）——罗姆人[2]和爱尔兰游民喜爱的一种杂交鸟。野生雀鸟（通常是金翅雀或朱顶雀雄鸟）和家养的金丝雀杂交后所生的后代，称为"骡子"，因为它们就像马和驴杂交所生的骡子一样，没有繁殖能力。它们为人珍爱，是因为歌声极其优美，结合了金丝雀甜美而音域宽广的颤音和它们野鸟父亲的变化多端、尖锐而有金属感的音调。

　　几年以前，我曾跟一个男人聊到这些，他坦白说从前年轻的时候，明知违法，仍诱捕过金翅雀。"我并没有养，我当时去捉这些荷尔蒙旺盛的雄鸟，是用来杂交配种的。""我把它们和一只金丝雀雌鸟关在一个笼子里，时间长到足以完成交配，然后就放了这些雄鸟。它们只是在诱捕笼、在我手中、在鸟笼里待了几分钟，这样能有什么伤害？问题是，"他阴郁地说，"他们根本不愿意我们养英国鸟。"

1　爱尔兰游民（Irish Traveller）是爱尔兰的一个少数族裔，数世纪以来生活在主流社会的边缘，过着漂泊不定的篷车生活。

2　罗姆人（Romani），即吉卜赛人（Gypsies），吉卜赛人这个名字现在被视为歧视性用语，已不大使用。

他口中的"他们"这个词有助于理解观鸟展会和鸟类展销会的一个区别,即我们对于自然的态度是由历史、阶级和权力塑造的。这两个活动反映了我们在与自然界的关系中长期存在的分歧。一种观点是自然界是原始而纯粹的外部存在,只能观察或记录;另一种则认为自然可以被带入室内,与之亲密互动。这与田野科学家和实验室科学家,或者猎人和农民之间的分歧如出一辙。这类分歧承载着社会意义,就像其他关于自然的论战,核心就在于谁有权力来定义野生动物是什么,谁有权力来与之互动,以及如何互动。

如今,观鸟及其他类似的观察性自然鉴赏活动拥有几乎普遍的文化认同,比如媒体有大量关于观鸟展会的报道,但是饲养小型的本土鸟类却没有这样的地位。长期以来,养鸟一直是一种与工人阶级和少数族裔有关的爱好,如矿工、移民、伦敦东区居民、罗姆人和爱尔兰游民。上一次我跟别人畅聊养鸟是在一个星期天的清晨,和一名罗姆裔出租司机在去机场的路上。在黑暗中,他的苹果手机屏幕上一张照片闪闪发光,照片上的鸟儿头顶黑色,有凶猛的喙,胸部的颜色就像年头较短的红酒。我跟他说,我看这是一只美丽的红腹灰雀,他高兴得忘乎所以:**你知道这种鸟!这是我养的鸟!**之后一路上我们都在聊他的鸟。他说很晚才有这个爱好,年轻时根本不知道鸟儿是如此完美,就像珍奇的宝石,却是活生生的。还有它们唱的歌！他解释说，他视鸟儿为生命，它们有两方面和小孩子一样，一是他心中所爱，二是他记不得在鸟儿到来之前，自己是个什么样的人。

我童年时代那场反对笼养鸟的伟大运动，在一定程度上是彼得·康德尔这种爱鸟人士的讨伐，他当时是英国皇家鸟类保护协会的主任，从前他在德国战俘营的铁丝网后熬过数年。但这并不是我们不愿看到笼中鸟的唯一原因。笼子从根本上减少了鸟类生活的种种可能。每次我看到笼中的鸟儿，心疼得几乎炸裂，就算它们看起来健康、快乐、适应良好。但是我们以各种手段限制了圈养动物的生活，评估这些手段的根据也并不总是动物的需求。比如在上锁的棚屋里高密度饲养肉鸡，被饲养的禽类体重增加得如此之快，以至于仅仅几个星期之后，许多鸡行走都有困难。这些情况几乎没有人能看到，因此很容易被忽视。此外，我们往往没有意识到施加于动物的很多行为是残忍的，因为不曾考虑过动物的世界应当容纳什么。被关在狭小的花园小屋里的单只兔子总是令我难过不已，无论它们得到多少宠爱。

几乎每年我都会读到新闻，某工人阶级男子因饲养非法诱捕的英国雀鸟而被拘留。与栖息地丧失和农业化学品对鸟类种群的破坏相比，他们这种掠夺行为的影响几乎微不足道，但这不是重点。他们的所作所为不只是违法，还被认为极不道德。那些物种是英国乡间活泼的风景，却被剥夺了自由，囚于笼中供工人阶级取乐，而他们眼里的鸟儿意义大为不同。养鸟带有一种家庭生活的温柔意味，它打破了工人阶级男性气概的常见叙事。打扫笼子，照料雏鸟，刮掉粪便，称量食物，手中静静握着鸟儿，细致而充满爱意地检查，这些行为对应的清洁、理家、烹饪和育儿更多时候是赋予女性的任务。我总是惊叹于养育和繁殖金翅雀的人们，对它们的习性、种内差异、繁殖行为和鸣唱的了解比多数观鸟者细致得多，对后者而言，金翅雀往往是郊区住家花园里喂食器的鸟，或是从结籽的蓟草上一飞而起的鸟群。我是观察着鸟儿长大的，却没有养过。对我来说，小朱顶雀一向是精致而遥远的存在，是在欧洲桤木树冠周围翻飞的小点。如果我没有在大型鸟舍和鸟笼里近距离观察的体验，我永远也不会知道小朱顶雀比红额金翅雀更加魅力张扬，个性十足。

养鸟本身不是问题。某些形式的养鸟几乎完全免于谴责，因为那属于高层阶级的权力范围。你可以在最小型的面包车里养一只唱歌的金翅雀，但是需要金钱和土地才能拥有一湖天鹅和潜鸭。水禽饲养名流包括贵族人士利福德勋爵，艺术家兼环保主义者彼得·斯科特爵士，还有开办同名英国百货商店的约翰·刘易斯，后者在他的汉普郡庄园里豢养了一大群雁鸭。在英国，让兽医截去一只鸭、雁或天鹅幼鸟的部分翅膀仍属合法，截去一只翅膀的最后一个关节[1]，这样它们以后可以行走和游泳，但永远不会飞翔，对这种迁徙的鸟类而言，这完全就是截肢，而它们的野生表亲每年春秋两季在冻土带和海洋上飞越数千英里之遥。我一直都有个疑问，在那些豪华庄园的湖水上，一只被剪去飞羽的雁和一只关在笼中的金翅雀是否经历着同等的艰难。

和室内的雀鸟不同，这类被收藏的水禽的地位并非家庭的亲密成员，而是更广大的领地的一部分，是庄园景观的附加物。失去自由的鸭子在湖上游曳，看似悦目天然，其实已被截去一只翅膀的根部，以防它们逃离。

打造这种精英版本的自然需要投入大量的工作，就像十八世纪的景观花园传统，经过专门的设计，呈现一种未经改变，恒久天然，不为人工所影响的面貌，虽然那正是人工设计造就的。与此相反，正如记者亨利·梅休在十九世纪中叶所写："鸣禽的买家主要是劳动人民。"他接下去描述了各个阶层的商人和工匠偏爱喂养的鸟种，比如说乌鸫和欧歌鸫深受马夫和马车夫的青睐。他总结说："整个工匠群体对于某一种鸟、动物或花草的喜爱令人瞩目。"这里的工匠（artificer）一词铮铮

1　这种截断的手术称为 pinion，鸟的初级飞羽将会因此停止发育，让鸟失去起飞所需的加速度。在英国，如果需截断关节的鸟年龄大于十天，则手术必须使用麻醉剂，此外，鸟类年龄不论，手术必须由兽医操作，否则违法。

作响，并且道出阶级制度的核心问题——品位。小鸟的饲养者爱惜它们，不仅将其视为个体，也视为可能性和潜在的机会。多年来，他们设计出复杂的配对和选种手段，以培育具有特殊外形、图案、颜色和鸣声的鸟。养鸟意味着未来，同样也意味着当下的这些时刻，比如一只"骡子"金翅雀抬起头，鼓起喉咙放声歌唱。这些并非雕虫小技，而是深具创意的艺术。显而易见的人工巧技是关键：和乡村庄园饲养的水禽那种精心打造的表面的自然不同，劳工阶级的养鸟人以人工为乐，他们培育的杂交雀鸟和鸫鸟，偏离自然的特点越丰富、越精致，也就越美。

　　"我的！"养鸟人提起金翅雀。"我的！"观鸟人也这么说。"我的！"而庄园贵族说到被他截翅的欧洲雁群。走出鸟类展销会，我听到后面一棵小树树顶有只红额金翅雀在唱歌。男友走到车边，而我停下脚步听了一会儿，这只鸟正在声张它全部的生命权利。它唱着种子和蓟籽的冠毛，唱着伴侣，飞翔，一个苔藓和蛛网铺成的巢中鸟蛋的脆弱，也唱着领地的争斗，寄生虫与雀鹰，食物短缺和生存压力。

隐蔽屋

野外隐蔽屋——一种为了让人消失而设计的建筑物。这一间是朴素的箱式木屋，一侧放置长椅，留有窄缝。走到跟前看，它活像一个小小的、久经风吹日晒的花园棚屋。

从我记事起，我就常常让自己消失在这些隐蔽屋。像这样的建筑物在世界各地的自然保护区都能看到，它们似乎是这些地方天然的组成部分，就像树木和开阔的水域。即便如此，我伸手去开门时，还是突然生出一种熟悉而紧张的感觉，于是停顿了几秒再打开门。屋内空气闷热，光线昏暗，有灰尘和杂酚油的味道。

里面没有别人。我把腿放在长椅上，拉下木制的百叶窗，在黑暗中开出一个明亮的长方形。当我的眼睛逐渐适应了这里，面前的空间显现出一个浅浅的潟湖，天上一列列积云。几乎是无意识地，我拿起望远镜扫视风景，开始标记物种：三只琶嘴鸭，两只小白鹭，一只普通燕鸥。但是我的心思却在别的地方，我琢磨着那种异样的不适感，想要搞清个中缘由。

野外隐蔽屋的背后没有清白的历史。它们从摄影师的百叶窗演变而来，而后者又脱胎于那些以猎杀动物为目的、让人们接近动物而设计的结构，比如水鸭百叶窗、鹿架、猎杀大型猫科动物的树上平台。狩猎的传统以各种各样不为人所察觉的方式塑造了现代自然鉴赏模式，包括将动物带入视野的手段。正如猎人们用诱饵引来鹿，用诱鸟招来野鸭，自然保护区的管理者也会在人们的隐蔽屋附近打造一个用于喂食的浅水塘，让涉禽在此集中，或是为警觉的夜间哺乳动物搭建喂食台。在苏格兰高地，一个著名的野外隐蔽屋让访客有95%的机会看到稀有的松貂，这些身手轻盈的树栖捕食者津津有味地吃着成堆的花生。

从隐蔽屋看到的应当是真正的现实，也就是说，野生动物的行为完全是自然的，因为它们不知道自己正被人观察。但是，把自己变成暗箱中的一双眼睛，副作用就是与隐蔽屋周围包罗万象的大地拉开了距离，从而强化了人类与自然界的分隔，让我们觉得动物和植物就是用来观看的，决不能触碰。有时我眼前的窗户简直就像是一面电视屏幕。

其实不必隐身也可以看到野生动物自成天然的行为。研究狐獴、黑猩猩和一种名叫阿拉伯鸫鹛的棕色小鸟的科学家们早就知道，只要时间够长，就能让它们习惯于人的存在。但是隐身是一个难以打破的习惯。观看那些看不见你的东西，这种给人暧昧的满足感的秘密伎俩深植于我们的文化。假如野生动物出乎意料地在近处现身，且对我们的存在不以为意，我们反倒会觉得如此慌乱不安，就像舞会上的青少年一样手足无措。

几年以前，我和朋友克里斯蒂娜在一个英国小镇上的公园穿行，一些我只在观鸟隐蔽屋见过的角色出现了：身着迷彩服的摄影师带着 300 毫米的镜头，一脸迫切专注的神情。我们望向他们的相机所指的地方。三码开外，有两只英国最神出鬼没的哺乳动物在流经公园的浅水河中游泳。水獭！它们似乎没有看到我们，反正它们也不在乎。它们在水里翻滚时，湿漉漉的胁腹好像焦油闪闪发光。它们冲破水面，用尖利的白牙咬碎鱼肉，水珠从硬挺的胡须上洒落，然后又溜入水下，沿河游走。那几个摄影师就像狗仔队一样追逐着水獭，不时往后跑，因为他们带的镜头不适合这样近的距离。好一番激动人心的景象。我们跟随水獭到下游，遇到一个带着学步幼童的女人，她推的童车里还有一个婴儿，她们也在看水獭。她说她很喜欢水獭，它们属于她的小镇，属于当地社区。它们把那些豪宅的鱼池里的锦鲤全吃光了，她说到这个觉得很好笑："住那儿的人简直疯了，那些鱼可是贵极了！"然后她摆摆头，看着那些摄影师。"他们不奇怪吗？"她问。走出隐蔽屋的摄影师看起来确实可笑。他们太习惯于望远镜、迷彩服和高倍变焦镜头，即使是完全不需要的场合，也不得不用。

隐蔽屋是为观看野生动物而设计的场所，而屋里这些看野生动物的人，观察和目击他们奇怪的社会行为，同样很有收获。我在步入一个小隐蔽屋之前有片刻犹豫，一个原因就是担心里面还有别人。走进一个拥挤的藏身之处很像是在戏剧演出现场迟到后试图找到座位。隐蔽屋有一些不言而喻的规则，正如剧院或电影院里要求观众保持沉默，或是低声说话。有些生效的规则表面上是为了防止动物察觉你的存在，比如通常会禁止打电话，关门用力太大，将手伸出窗外。但是也有一些规则更为奇怪，它们源自一个独特的问题：待在隐蔽屋是为了假装你不在此地，倘若屋内不止一人，这个花招所需的游离感就受到了威胁。常去隐蔽屋的游客用空间策略来解决这个难题。家在墨尔本的克里斯蒂娜第一次进入隐蔽屋时，好奇于人们为何选择坐在最边缘的位置，而把景观最佳的座位空出来。"我以为这是自我牺牲式的英国礼仪，"她说，"后来我才意识到人们坐在隐蔽屋最靠边的位置，是为了跟他人尽量拉开距离。"

在隐蔽屋，人们听到彼此低声谈论看到的外界景物，等于是在时刻监控他人的专业水平。别人出错的时候，你会觉得格外难受。我记得有年春天在萨福克郡，一个人信心十足地告诉他的伙伴，说正在观察的动物是一只水䶄，当时的气氛一片肃杀。隐蔽屋的其他人都知道，这只动作笨拙的长尾巴动物是一只大个的褐家鼠。但是没人说一个字。一个人咳嗽了一下，另一个哼了一声。气氛紧张得令人无法承受。本着无可挑剔的英式矜持，谁都认为自己不能给他纠错，让他在朋友面前丢份。有几个人实在受不了这种气氛，离开了隐蔽屋。

隐蔽屋的用途就和藏身其中的人们一样多元。可以拿着相机坐好，期待抓到一只路过的鹬子或是猫头鹰的完美镜头。可以跟一个内行的博物学家坐在一起，听他低语物种鉴别的技巧。也可以在长途行走的时候，半路在这里歇个脚。大部分人会坐下来，拿望远镜扫视风景几分钟，再决定那里有趣或是罕见的生物是否多到足以让他们留下。但是还有一种我越来越心仪的观看之道，即接受可能一无所获的现实，字面意思的等着瞧。一两个小时坐在黑暗中，透过墙上的一个洞来看世界，这需要一种冥想的耐心。给自己一些时间，注视云朵从天空的一边飘到另一边，在九十分钟的时间里，投在开阔水面的云影缓缓游移。一只睡着的鹬把长喙插在羽端洁白的肩羽中，身体紧贴着光影斑驳的灯芯草，它醒了，抬起翅膀舒展。一只鹭鸟好像一尊大理石雕塑，连续好几分钟一动不动，瞬间却像眼镜蛇一般突袭抓鱼。你坐得越久，就越抽离这里，同时又定在此处。湖岸上一只鹿突然现身，一群野鸭翻飞而下，在阳光照亮的湖面泼溅水花，只因时间单纯地流逝，都成为宝贵的财富。

悼 词

到九点，太阳已经沉落在国王森林的后面。天空是一种柔和的蒂芙尼蓝，我们头顶上的颜色更深。没有一丝风。朱迪思对这个地方很熟，她领着我们穿过幽深的林地，来到几英亩的林中空地，一片齐头高的小松树在草丛和荆棘间生长，四周环绕着成熟的大树。

我们正在等待一些事情发生，要等到光线几乎消失，就先沿着沙质小径散一会儿步。夜幕渐渐降临，我们也延展各个感官来迎接它。远处有一只雄狍子在吠叫，草丛里有小型哺乳动物窸窣作响。昆虫极微弱的鸣声。欧石南略带刺激的树脂味香气越发浓烈持久。我们经过成片的蓝蓟，眼看着暮色将它们的叶子渐渐变黑，将紫色的花瓣变得更蓝、更鲜明，几乎在发光。小径也变成了黑暗中的夜光之路。白色的蛾子从地面扶摇直上，一只鳃金龟从我们身边飞掠而过，抬起鞘翅，嗡嗡地振动翅膀。

很快所有的色彩都将消失，这个念头让我难以接受。这几个星期，我多次去本地一家临终关怀医院探望斯图，他和他的伴侣曼迪是我挚爱的亲密友人。二十世纪九十年代，一个酷寒的十二月早上，我在东英吉利亚低地举行的一次驯鹰田野聚会上第一次见到他。斯图高大魁梧，一头卷发，带着一只个头很大的老苍鹰。他看似威严，未免令人生畏，但我注意到他怎么照顾自己的鹰和狗，动作无比温柔细心。我对斯图的很多记忆都与这种温柔相关，他注视自己家人的神情，他的目光追随自己的猎隼飞翔时，微微扬起的脸部的表情，他用食指和拇指清理它们钩状鸟喙的轻柔动作。他是一个强大的人，一个意志坚强的人，在生命中开辟了一条属于自己、旁人无法仿效的道路，他拥有一种惊人的能力，时时给予人们安慰、教诲和激励。

斯图随时能够看到这个世界的神奇。有一次他难以置信地摇着头告诉我，午夜时分他看到了一只白色的雄鹿踱过马路，就像从一个中世纪传奇里走出来的。还有一次他全速开着摩托车，皮夹克兜住了一只蝙蝠，他又惊又喜，就把它放进口袋，带回家给所有人看，过后放归。得知被诊断出致命疾病以后，他和指示犬科迪在田野里散步，当时科迪发现了草丛里藏着两只刚出生的小野兔。斯图是最坚强的那种男人，可是他跟我说到野兔的时候，眼里却含着泪：它们那么小，才刚刚出生。

这个时候，我注视着周遭的细节慢慢消减，想到斯图和他的病情，想到他的家人，想到当世界与我们告别，在生命的长夏尽头我们所要面对的种种，想到有一天，我们都要步入黑暗。然后就响起了那种声音，从松树苗后面的树丛中不绝如缕地发出。在暗处，我瞥见朱迪思的脸上闪过一丝微笑。那声音仿佛来自一台高速转动的缝纫机，又或是一个正在出线的鱼线轮，但是这类机械的联想无法传达其中丰富的音乐性。那种深沉优美的颤鸣持续了四五秒钟，然后发声的那只动物吸了口气，短暂地降低调门，随即又抬高。朱迪思把手扣在耳后，转过头去定位声音的来源。她出手示意在我们的前方，往左一点。大致在那个方向，纵立于枝头，鼓起喉咙朝夜色唱出这首奇妙歌曲的鸟，是一只欧夜鹰。

想象一只纤瘦的鸟，体长和你从手腕到指尖的长度相当，有墨黑生动的大眼睛。想象它的羽毛图案是所有林地的东西揉作一体：树皮、腐木、蕨叶干枯的叶尖、蛛网、断枝颜色鲜明的断口、斑驳的树影、凋零的叶。欧夜鹰是一种神秘的野物，对它来说，微妙低调就是安全。白日里它们休憩，在地面做窝，羽色与大地如此契合，即使只隔几英尺，也很难被人发现。它们平滑的鸟喙看起来相当普通，可是一旦张开大嘴，就变成了一个巨大的、青蛙似的粉色裂口，周围长着粗硬的刚毛，有利于捕捉飞行中的猎物：蛾类、甲虫和其他昆虫。我们听到的这只欧夜鹰在非洲度过了冬天，飞到此地，在这片棋盘式的针叶林和欧石南林地求偶交配，抚育幼雏，到了八月末或九月再飞回南方。又响起一阵颤鸣，接着又是一阵。五只，六只？说不好。但它们就在我们周围鸣叫。这音乐优美动听，而我企望着更多的收获。

真的有。一声轻柔的鸣叫，是一种不同的叫声，它们飞行时发出的。暗夜中我吹出一声相似的口哨作为回应。叫声又有了，这次离得更近。我睁大眼睛盯着那方喧闹的黑暗，依稀能看出是一只鸟向我飞来，翅膀像细细的浪线，在叫声和我扬起的面孔之间这段距离时隐时现。下一刻，它恰好掠过我们的头顶，天空衬托着黑色的身影，一只欧夜鹰。它奇特不凡，像一只瘦削的隼，但飞行的样子有一点像纸飞机。空中的欧夜鹰如此轻盈，似乎完全没有重量，也有点像一只飞蛾。我刚好能看清它翅膀内侧的条纹，羽端旁边没有白色，是一只雌鸟。我们注视着它在空中弓起身子，旋飞至左下方，短暂地悬停。一只雄鸟前来加入，白色的翼斑变成虚影，它们绕圈飞了几秒钟，随后分开，消失在黑暗中。我们听到雄鸟在飞行时拍击翅膀的上沿，发出短促干脆的一声，这是一种求偶炫耀的方式，听起来就像闷声鼓掌。之后它们都飞走了，滑入我们四周的虚空。

多年以来，时断时续地，我总是在黑暗中惊醒大叫，人终有一死的事实让我恐惧。这是我最持久，也最感无力的一种恐惧，反而是斯图为我驱走这恐惧。在临终关怀中心，他深深地注视我的眼睛，非常严肃，也非常平静地说起自己的状况：

没事，没事的。我知道实际并非如此，他所做的只是为了安慰我，这是一种如此豁达的举动，一时间我内心没有任何力量能够强大到让我做出回应。**没关系**，他说，**这不难**。这些话在我们继续前行的时候浮现在我的脑海。时间一分钟一分钟过去，夜色无比浓重，有星光，有尘埃，感觉到脚下踩着沙子。现在黑极了，我已经看不见自己。但是歌声仍在继续，笼罩我们的空气中充满无形的羽翼。

救　助

　　我的朋友朱迪思用一把指甲钳剪掉一只死蟋蟀的头，扔掉它长着腿的多刺胸部，接着把腹部丢进餐桌上的一个小瓷碟，就是那种用来放腌橄榄或椒盐脆饼干的碟子。蟋蟀的内部呈白色乳脂状，就像软质干酪。屋外，麻雀在花园里吵闹，唧唧喳喳的叫声回应着指甲钳刀刃切入几丁质的嘎吱声，还有昆虫尸体一个接一个扔在虫堆上湿乎乎的啪嗒声。小碟旁边是一个塑料的洗碗池，我凑过去往里看，下面挤作一团的白花花的小脸上，一双双黑眼睛紧盯着我。

　　盆里满是雨燕雏鸟。成鸟或因空中飞行的轻盈而闻名，可是我面前这些雏鸟简直像两者的杂交：地铁里的老鼠和一堆突然动弹起来的引柴。它们的爪子长得太小，无法行走，只能拖着脚走，难以置信的修长翅膀以各种难以实现的角度展开。朱迪思是一个温和从容的女人，银发修剪成方便的波波头。她拎起一只雏鸟，把它安放在覆有纸巾的毛巾上，从碟子里捏起一团蟋蟀肉，轻触它小小的嘴尖，那张小嘴就张开成为粉红的大嘴，吞咽下她指尖的东西。蟋蟀消失在鸟的喉咙里，接着又是一只。

朱迪思蹙眉凝神，镇定地给鸟儿喂食，那镇定来自长期的救助经历。十七年前，她遛狗的时候在路边注意到有什么东西，以为是一堆羽毛。其实是一只雨燕的幼雏，她捡起来带回家。无数专家告诉她，雏鸟很难喂养，会死掉的。"当然没死，"她说，"它活下来了。不过那真是一条陡峭的学习曲线。"

她现在因为擅长喂养雨燕而闻名遐迩，英格兰东部各地都有人把雨燕孤雏送到她的手中。有些来自兽医，有些是人们碰到从巢中掉落的鸟，随后在网上发现她的名字，便送过来。今年她手中有三十只左右，喂给它们的全是蟋蟀和沾着维生素粉的螟蛾毛虫。虽然有些雏鸟没能存活，通常是由于最初的救助者喂食不当，但大多数都战胜了死亡，被成功放归野外。此刻我之所以坐在她的小平房里，就是因为有机会看到这种特殊的成就。这里是萨福克郡美国空军基地附近的一个村庄，朱迪思从前曾在基地负责通讯和公共事务。如果上午过些时候风势减弱，我们就去放归几只她救助的雏鸟。"一大早可能会觉得累！"她说，"不过你放飞雨燕的那一刻，简直就像魔法。有时傍晚在花园里会看到二三四十只雨燕在空中飞，我总是想，**它们可能都是我养过的，虽然我知道不是。**"

通常，野生动物只有在遭到捕猎、被人研究，或是遇到麻烦的时候，我们才会接触到它们的身体，而最后这个问题通常是我们的过错。我们拿走鸟窝，泄漏的原油浸透海鸟，开车撞到野兔和狐狸，在玻璃窗和高压线下捡起伤亡的生命。我十二岁时抚养了一窝红腹灰雀，一个邻居砍掉了巢树，把这窝雏鸟带来给我。那些幼鸟自由放飞的时候，我深刻地感觉到这仿佛匡正了人类对这个世界的不义之举。

在环境破坏和物种数量急剧减少的大背景下，人类对自然界的影响引发的社会焦虑常和动物的个体悲剧联系在一起。照料受伤和孤儿动物，直到它们状况健康，可以放归野外，让我们觉得这是一种反抗、矫正，甚至救赎的行为。在二十世纪八十年代，抚养一窝小雀无法阻挡英国鸣禽数量的减少，但是我拯救它们的单纯的正义感被放大了，因为我看到了除此之外决不会知道的事情——它们怎么睡觉，怎么交流，还有种种迷人的个性。

诺尔玛·毕晓普是加利福尼亚州胡桃溪市林赛野生动物体验馆的主任，那里有美国历史最悠久的野生动物康复中心，建于1970年。她说："我们觉得自己有责任。这有点像诺亚拯救动物的故事。"康复师们强调，这里的动物绝不是宠物，而他们的任务是尽快将其放归野外，但是他们和被照料的对象不可避免地产生了感情。英国法规允许个人在遵守既定福利准则的前提下照料受伤的动物。而在美国，野生动物康复治疗仅限于执照专家，他们通常为慈善机构工作。无论康复师的地位如何，他们都为此付出了巨大的心力。比如在肯尼亚，小象孤儿的饲养员每晚都睡在它身边，但是饲养员们会轮流陪睡，因为如果小象对某个饲养员产生过多的依恋，其人晚上不在场时，小象就会悲伤得无法自持。

人们为什么要救助野生动物？杰出的兽医约翰·库珀认为："人类面对一个无助的生物，内心会有所触动。我们觉得负有责任，必须有所作为。"毕晓普也有同感："我相信大多数人，尤其是孩子，都见不得一只动物受苦。"林赛康复中心接收各种动物，无论是北美短尾猫、蛇，还是雏鸭和鸣禽，都是社会上的爱心人士送来的，有些人会驱车数英里。在洛杉矶的蜂鸟康复中心工作的特里·莫希尔认为，救助动物激发了"原始的情感，释放出我们对人性、死亡和在自然界中的地位最深刻的不安全感"。这种不安全感常常导致错误的救助尝试，很多在树上"迷路"的羽翼渐丰的幼鸟或是睡在高草丛中的小鹿根本没有走丢，父母依然在喂养它们。

经常有人认为康复师过于感情用事，还把他们的工作贬低成针对动物个体的同情之举，缺乏环保价值。这种看法虽有一定道理，却忽略了重要的一点，那就是野生动物的生活轨迹很少与我们的重合，所以很难与之建立有意义的关联。蝙蝠是让大多数人紧张的神秘生物，在夜晚短暂而出其不意地现身，从空中飞掠而过。但是假如手握一只棕色的小蝙蝠，隔着几英尺的距离注视它朦胧的眼睛，看着它上倾的鼻子和老鼠似的小巧耳朵，这一刻它就更容易让人喜欢了。听康复师谈论他们的救治，同我自己救助动物的体验深有共鸣：这是个令人沉醉的过程，渐渐了解一个和你完全不同的生物，真正明白不仅要让它存活，还要放手让它回归自然，就像把一枚拼图碎片填入那个它遗留在身后的世界。

当对象是雨燕时，朱迪思拒不接受感情用事的指责。近二十年来，英国的雨燕数量减少了超过 35%。她告诉我，经她救护的每一只鸟对于这个物种的命运确实都很宝贵。越来越多的老房子屋檐上的洞被人们堵死了，而那是雨燕营巢的地方，它们在现代建筑上常常找不到任何能筑巢的位置。北美洲的烟囱雨燕也面临着同样的问题，废弃和破败的烟囱都被拆除了。很多改革家不了解雨燕对我们人类建筑的依赖，不知道他们正在破坏它们的家，因为他们根本不知道那儿有雨燕生活。如果你见过一只被救助的雨燕，一切都会改变。"一旦人们见到手中的一只雨燕，就会对它们充满敬畏"，朱迪思说。她的厨房里放满了祝福者和送来雨燕的人写的卡片，救助者也会顺道拜访，看看他们救下的雏鸟情况如何，其中有些人还受到启发，在自己的屋檐下搭建巢箱，欢迎这些鸟儿入住新家。

风停了，房子上空是一泓愈见宽广的蓝天。朱迪思把七只雨燕放入一个垫着厨房纸巾的宠物盒，它们羽毛相触，挤作一团。一只伸过头去，为另一个巢中同胞轻轻地梳理覆羽。看着它们，我意识到自己从来没见过如此渴望依偎的雏鸟，它们好像已被磁化，紧紧挨在一起，翅膀贴着翅膀。

　　朱迪思最喜欢的放飞地点是村里的板球场，开车过去很近。我们到那儿时，一场当地的比赛刚刚开始。经过简短而友好的协商，板球手们中断比赛，开始围观。朱迪思从盒子里拿出一只雨燕，在它毛茸茸的头顶轻轻一吻，以示告别，然后递到我手里。人们总以为放飞雨燕的方式是把它高高地抛到空中，但是如果鸟儿没有做好准备，这样就会让它们遭受重伤。正确的方式是把鸟儿放在你伸出并高举的手掌上，转个身，让它面对风的方向，然后等待。在明亮的空中，雨燕看起来是一个非尘世所有的怪异生物，一个扇形羽毛和丑怪翅膀的精致组合。它缩成一团，微型的爪子抓住我的手指，深深的眼睛像反光的宇航员面罩。我想知道它能看到什么：也许是磁力线，上升的空气，飞行的昆虫，还有夏日暴雨的迹象。它身下平阔的绿色跟它毫无干系。我把手抬得更高，能做的唯有等待。

　　它注视风中片刻，开始颤抖。期待之情，我心想。功能方面的解释：这只鸟在热身，活跃胸肌为起飞做准备。情感方面的解释：期待、好奇、欢喜、恐惧。它的飞羽和光滑的体侧之间那些敏感的纤羽随风轻拂，头一遭感受到自然的力量。

没有什么明显的变化，但是有事情正在发生，就像一架飞机的航空电子系统接通电源，开始启动程序。信号灯闪烁，发动机检查。**检查**。不，这个类比不大适用，因为我正在目睹一样新东西从别的东西里脱胎而出。我毫无怀疑这是一种巨大的转变，完全就像蜻蜓的幼体从水中爬出，脱壳后化作一种有翅膀的东西。在我伸开的掌心，一种此前只以厨房纸巾和塑料盒为家的生物正变成一种不同的生物，它的家将会是数千英里的天空。

终于，雨燕下定决心。它扬起帕格犬牙般尖利的小嘴尖，弓起背，从我摊平的手心落下，生硬地扑闪几下翅膀，令人心痛。有五六秒钟，一切都感觉不对。小鸟离草地只有一英尺高，我的心跳得好快。"向上，向上，向上！"朱迪思[1]大叫。它没有受伤，我们只是在看一只鸟儿学飞。就像挂挡，它纵身

1　朱迪思，全名为朱迪思·韦克拉姆（Judith Wakelam），2021 年 7 月 21 日因病去世。2002 年，毫无经验的她在英国鸟类学基金会的克里斯·米德（Chris Mead）的指导下，第一次成功救助了路上捡到的一只雨燕幼鸟。此后近二十年来，她一直致力于雨燕的救助和保护。2008 年她居住的村子里一栋有雨燕栖息的老屋要被拆除，是她联系了剑桥的"雨燕行动"保护团队，询问是否可能在本村的圣玛丽教堂放置人工巢箱。教堂至今已安装了至少 58 个雨燕巢箱，每年夏天都有雨燕入住，圣玛丽教堂也成为雨燕保护的旗舰。

向上开始升空，快速振动翅膀，飞入越来越高的点染着黄昏卷云的天空。它在我们头顶仔细地画了个圈，然后飞升到更高的地方，径直向南方去了。板球球员鼓掌喝彩。我低头看着自己的手，拇指上有一道抓痕，那是它在离开我之前爪子抓住的地方，它紧抓着这只手，此后数年再也不会接触的，最后一样坚实的东西。

山 羊

儿时，我发现有一种简单的游戏很适合跟山羊玩。把手
平贴在一只公山羊的前额，然后，只用一点力，推。你推，它
也反推。你使一点劲推，它也如此，有点像掰手腕比赛，可是
好玩得多，而且山羊每次都赢。

我有一次跟父亲说起我喜欢推山羊，只是在谈论别的事
情时插入的题外话。但他一定是把这条信息存档记住了，因
为大约一年以后，他非常生气地回到家里，而且是生我的气，
那是非常少见的。他是个新闻摄影记者，那天在伦敦动物园为
"年度动物普查"拍照。有一刻，他正好跟其他新闻记者一起
站在儿童爱畜园区。

就在那儿，他看到一只山羊。

他就跟所有人说：**看我的**。

我对那个游戏的讲解不够清楚。因为他把手背贴在山羊
的额头上，而不是手心。每个人都在旁观。然后他推了一下。

他用力过猛。

山羊摔倒了。

一片长久的沉寂，然后摄影师和记者们的声音打破了沉

寂："天呐！麦克！"，还有人说，"搞什么鬼?！"

那只山羊起身后瞪着他，接着跑掉了。那个媒体团永远也不会让他忘记这件事，他曾经在所有人面前推倒了一只山羊。而这全是我的错。

山谷来信

大概十年前，有一档电视真人秀叫作《维多利亚农场》。我看的时候充满怀旧之情，回忆起1997年冬天的生活场景。那一段日子，我在午饭时间走到山上的房子，查看绵羊，给它们干草，喂母鸡，砸开水槽和饮水器里的冰，把外面厕所的煤桶装满，步履艰难地走进房子，给"雷伯恩"炉子里加满煤，然后再下山，走回办公处，它在一条乡村车道边上，路面上的车辙又冻了冰。

那是《X档案》和《老友记》、《神探贝克》和《神童》、克隆羊多莉和戴安娜之死的年代。我大学刚毕业，已经受够了图书馆、大学食堂昏暗的灯光，还有大学酒吧里一堆想做诗人的家伙。我年轻、自视颇高、一心只想着自己。我想要真正的生活，想要一份真实世界里真实的工作，和现实明智的人们共事。所以，当我被威尔士乡下一个隼类保育繁殖场雇用的时候，我十分确信自己找到了完美的职业。

我很少想起那段时光，但是看到某个科幻电影，一队有性格问题、无法合作的队员被困于宇宙飞船，在深邃的太空中无处可去的时候，那段记忆总会回来。当时就是那种状况，只不过有时我们全都钻进一辆汽车，到斯温西去买东西。我们一周工作七天，这对精神健康不利，但是至少在做我们热爱的工作，我对自己这样说。有时我会念咒似的大声说出这句话，比如在我们的厨房门外听见当地的建筑工人嘟囔："他们应该把这个房子拆了，真是一塌糊涂。"

房产属于我们的老板和他妻子。卵石墙面的箱式房屋，墙上布满绿藻。松木镶板的厨房，天花板很低的起居室，置有雷伯恩炉子，一个棕色的人造皮沙发，还有一块令人眼花缭乱的二十世纪七十年代的地毯，要是喝醉了酒它就会让你遭殃。我喜欢这所房子，因为它就是我的家，尽管住到最后，在我就快离开之前，每逢下雨，水如珠帘从天花板浇下地毯，还有一次别人开门后，一只大老鼠从壁炉里窜出来，我站在旁边惊愕不已。夏天一派田园牧歌，家燕在我卧室窗外的电话线上喳喳不休，梳理羽毛。可是冬天常常冷到要把电吹风伸进羽绒被筒，吹得足够暖和了我才能睡觉。房子里不够干燥，老板说我们不能把隼带回家，因为它们呼吸系统脆弱，无法适应员工居住的环境。

这所房子坐落在一个陡峭的泥岩谷地顶部的劣质草场。我们身后是幽暗的树林和草丛密布的田野，老板在那里放牧了一小群混合品种的肉牛，它们性情日渐狂野。有时我们失去了牛群的踪迹，因为它们真的从围篱的缝隙溜走了。没人当过农民，但我们都尽力了。晚上我们长途跋涉，去酒吧喝啤酒、玩撞球，深夜里再走回来，最后房东禁止我们再去，他从前也禁止过别人去那儿，后来酒吧也关门了。至少我记得事情就是如此。那个时候发生了很多事，都有点童话的意味。

我在那里工作的四年间，每个夏天为鹰隼痴狂的志愿者们都会蜂拥而至。有一个是墨西哥贵族子弟，兽医专业的学生，一个是吉尔吉斯斯坦共和国的自由搏击冠军，还有一个家伙在浴室里花太多时间打飞机，我们总是捶门叫他住手。都是男的。除了一个我来后过了几个月就走了的生物学家，那些长期员工也都是男的。和我一起坐办公室的是一个瘦高个的黑头发北方人，他在业余攻读博士学位，后来跟我谈了一阵恋爱。其他人都在户外照顾鸟儿。有热情的乔迪，他跟我解释，跑到橄榄球场上的正确心态是："去打断他们的胳膊！"一个精瘦的前海军陆战队员负责育种项目，他十分擅长隼类人工授精及孵化的复杂操作，却没法煮出不黏在一起的米饭，为此相当沮丧。有一个瘦骨伶仃的小伙子在大篷车营地长大，每天好脾气地冲刷着沾满粪便的鸟舍。他曾告诉我，如果中了国家彩票，他就会给自己买一辆福特嘉年华。有一个津巴布韦种烟草的白人农民的儿子，他穿着高筒雨鞋和短裤踩来踩去，发表意见说接受同性恋是一个社会堕落注定灭亡的征兆。还有一个性情安静的南非人，他会给我们做咖喱肉末，还喜欢匈牙利民间音乐。他修补石墙，照顾一群翻飞鸽，最终适应了我们斯巴达式的生活，只是来的第一个晚上，他几乎整夜抱着雷伯恩炉子取暖。这就是真实的世界，这些就是我离开学术圈投奔的达人。

有一次真是天寒地冻，围篱旁雪积得很高，田野里散落着一些来自北境的瘦弱憔悴的鹨鸟。我冷得实在无法忍受，满腔怨怒终于爆发。我把炉膛里的煤装到最满，最后手拿煤块往里塞，把所有的通风口开到最大，然后回去工作。一部分的我知道这样很不明智，事实也如此。当我下班回到家里，房子里烟雾弥漫，烟道周围的墙纸都烧掉了。但雷伯恩是我们的真朋友，它把水加热到金星的温度，在停电（经常的事）的时候拯救我们。我们还用它烤鸡，经常拿自己养的软骨头小公鸡，毛拔得很不干净，支棱着一些毛羽。我们在烛光下坚忍地咀嚼鸡肉。

办公室有几台笨重的灰色电脑，网络信号极弱，三天才能下载一个音频文件。我们的工作令人时而陶醉，时而清醒。苏联解体后，有组织的诱捕和走私团伙开始进入猎隼的繁殖范围，导致隼类的数量直线下降。我们派田野考察组去猎隼的繁殖区监测种群的衰退，开展可持续教育项目；每年秋天还给海湾国家送去上百只自己繁育的隼，力图削弱那里捕猎野生隼类的传统市场。我也和考察组一起出差。我记得坐在波音 747 的夜间照明的驾驶舱里，身旁的飞行员递给我一朵粉色的玫瑰，一边向我解释说飞机在黑暗中通过闪灯互相致意。他让我扳下闪灯的开关，不可思议的远方的回应让我的心跳到了几千英尺。阿布扎比这座城市苍白多尘土，正处于海滨沙漠小镇到科幻式摩天楼大都市的突变过程。从我在滨海路酒店的房间可以看到城中最老的建筑之一，1972 年英国使馆低矮的混凝土房体。

我钟爱在阿联酋和当地驯鹰人谈论鹰隼和传统的那段时光，但是有机会在海湾国家消磨时间并不是让我留在农场的原因，鸟儿才是。鸟儿把我们所有人都留在了那里。赛马训练师明白这一点，年轻人为了从事他们酷爱的工作，几乎可以忍受一切。每年我们都会亲手喂养几只隼，在办公室里把它们养大。我会发现幼鸟在我的键盘上熟睡，我轻轻地把它们推醒，叫它们挪个位置好让我打字，它们就性急地尖叫，翅膀扇起的尘土飘浮在空中。有时我在强化木地板上把团起来的纸球滚给它们，它们跑动起来，矮胖的身体，跟跄的脚步，翅膀半张，用动作还不够协调的爪子去抓滚动的目标，无比兴奋地啾啾叫。它们的存在让办公室变得舒服多了。然而繁殖季对鸟类员工意味着残酷。他们轮流睡觉，彻夜喂养雏鸟，几星期过去，他们筋疲力尽，会在午饭吃到一半的时候睡着，头枕在胳膊上；有时在沙发上昏睡过去，口水无声地流到靠垫上。整个春天，他们靠成品脱的速溶咖啡和垃圾食品过活，生活的内容不外乎剁碎冷冻的鹌鹑，换纸巾，检查育雏箱的温度，把食物填到反反复复反反复复乞食的雏隼口中。

　　我在农场学到了很多东西。猛禽生物学和隼类繁育自不必说，还有如何在紧密的团队中工作，并学会爱上这种工作，以及如何欣赏酒吧电视上的英超足球赛，包括越位规则的精确性质。我了解到数羊看起来容易，实则困难，而有些羊确实比另一些更好看。还有房子对面田野尽头的湿草地是沙锥的地盘，隆冬时节，丘鹬散布在山谷林间，背上的图案像指纹和欧洲蕨叶。我知道自己有一天会离开农场，但很长一段时间里，那只是个像结婚生子一样未经审视的模糊想法。让这种心理暗示变得清晰的契机，不是我对这种生活愈发不满的感觉，而是那次可怕的鸵鸟事件。

　　因为农场有鸵鸟。威尔士西部的湿润山谷不是它们应该出现的地方，但是老板和他妻子把农场的部分土地重新规划，用作鸵鸟养殖。那是英国鸵鸟大泡沫的时期，鸵鸟肉排被誉为未来的健康食品，受精的鸟蛋卖到100镑一个。这个鸵鸟养殖市场很快就会饱和，和多数其他农场一样价格狂跌。空气里已经有灾难的味道，我回忆起我们某晚参加的威尔士鸵鸟养殖户的社交活动，仍不寒而栗，一桌桌从前养羊的农户难过地嚼着鸵鸟肉排，吃着治心脏病的药片，而一个身着西装的男人正用卡西欧风琴弹奏着流行曲调。

鸵鸟不像隼类，它们真的很危险，所以养殖场四周高高的铁丝网底部都有一个缺口，如果你被它们追赶，可以从那里滚出去。我和鸵鸟尽量不打交道，但是偶尔会被要求检查养殖场边界的围栏。我羞于承认这一点，但为了让这份差事更有趣，我那时会假装自己走在《侏罗纪公园》中隔离恐龙的带电围栏边。一天早上我去检查围栏，老板娘也陪着我，然后就发生了那件事。我们看到山上更高处有一团东西，走近以后，发现是一只雌鸵鸟，它躺在一摊被践踏过的、浸透鲜血的污泥中。那只可怜的鸟前一晚不知何时把一只脚伸出了铁网，它惊恐万分，试图挣脱的时候折断了腿。它还没有死，还能把头抬离地面，但是脖子大部分搁在泥里。胫跗骨复合性骨折是如此污秽不堪的场面，被撕裂的红色肌肉和折断的白骨混作一团，我直接开启急救的完全模式。我摸摸口袋，掏出一把印有当地一家摄影店标志的迷你小刀。我拉开小刀，捡起一块大石头，砸在鸵鸟头上，让它失去知觉，然后跪在地上，割开它的喉咙，让它脱离苦海。钥匙扣式的新奇小刀不够锋利，要花一些工夫。只能这么做，因为没有别的选择。我站起身，看着鸵鸟那条完好的腿又踢又蹬，直到一动不动。势在必行的决绝感渐渐退却，我心中开始涌起巨大的痛楚。这死亡如此无谓。这只鸟本不应该折断腿，她不应该整个晚上这样受苦，她根本不应该在这里。我盯着自己的手在牛仔裤上抹出一道道血污，然后抬头，看到老板娘痛苦煎熬的脸。我忘记了她也在场。

哎呀，我对自己说。

指挥系统崩塌了。在这最严酷的紧要关头，鲜明强烈的个体自主性骤然爆发。我从沙子里抬起头。我们沉默不语地走回车子。那个早晨以后，我对农场的感觉跟以前再也不一样了。我的心总有什么地方盘旋着想要逃离的迫切念头，就像一只鸟被困在上锁的谷仓。几个月后，我给老板递交了辞职信。老板告诉我他想给我报名当地大学的文秘课程，这也许让我更想早日离去，但最终决定我离去的事件是山坡上的牛。

那是一个枯燥的夏夜，其他人都去镇上喝酒了。我不想去，但也不想待在家里，就去农舍后面的林中散步。我对我的生活感到厌倦，我如此无聊，甚至不知道自己无聊。我需要**做点什么**。然后我就看到了远处背风山坡上的牛群，它们太久没人理会，现在几乎完全是野生的。此时我有了一个无比激动的计划。我在心里一通盘算。山谷里黑暗一片，山肩被低垂的太阳照亮。风是对着我的脸吹的。没有太多的掩蔽物，我可能无法成功。那么我要不要做呢？要。

我潜入白桦林深处，开始悄悄接近它们。过了一小会儿，我抓起一些欧洲蕨的叶子，连扯带拧，直到把它们拽下来，然后塞进 T 恤，这样就把头遮住了一半。我手上沾满蕨叶的汁水，感觉沙沙的。我又抓了一把泥涂在脸上，完全成了《现代启示录》里的威拉德上尉。

那真是一场史诗级的跟踪。遮盖，隐蔽，伪装。没有突兀的动作，一切缓慢而确定。离目标三百码处，我手脚并用在地上爬。距离更近的时候，我开始匍匐前进。很长一段时间我一动不动，因为长期保持静止是演习的关键。我预料到这会是一场引人入胜的追踪，但没有料到这种体验能真正地改变心智。每当我停止移动，世界便倾斜摇摆，悬浮在我四周。我感到自己松散地分离开来，几乎不再是一个单独的存在，而是一个由叶子、尘土和石头构成的物体。我猜自己实际上极度不适，虽然当时没有感觉，因为后来我发现一条胳膊在淌血，不知被什么割破了，而右膝疼了几个星期。但是我继续坚持。我从右边接近了牛群，几乎置身于牛群之中。它们卧在丛生的蓟草里，甩动尾巴抽打背上的干泥，反刍食物，晃动耳朵。我闻到牛身上的浓郁气味，我一路上爬过了多少堆牛粪，只有上帝才知道。现在，我近得足以看到苍蝇和牛的睫毛。

然后我出手了。我从地上跳起来，挥动手臂，大喊大叫。在低低的威尔士天空下，对着一群受惊的牛，我是一个身着自

制的吉利服 [1]，跳着舞，不知从哪里冒出来的抹着泥巴的可怕怪物。牛群忙乱起身，哞哞叫声中的恐惧我完全能够体会，它们开始狂奔，大地在密集的牛蹄下颤抖。简直**完美**。我冲着这些牲畜喊了又叫，它们乱作一团，拼命往山上跑，翻过山坡，最终都不见了。整个过程中，我向老天发誓，这是我一生中迄今为止最满意的一件事。我一瘸一拐地回到农场，嘴巴笑得很疼，被满身的蓟刺和肾上腺素刺激得十分兴奋。我把自己搁进浴缸，躺在里面把泥泡掉，肾上腺素渐渐消退，方才意识到自己完全不明白为何这样做。

这些年来，我有一次把这件事告诉了几个人。用泥巴和叶子遮盖自己，跟踪一座小山上的牛群，听起来显得我有点精神不稳定，不过，稳定平和从来都不是我的长处，而且那个时候我确实感受到一种与世隔绝的单调空虚，这通常伴随着某种形式的长期抑郁。我几乎从不讲述鸵鸟的事。一个朋友曾经告诉我，我那么做就像个精神病人。"不是的，"我被刺痛了，反驳道，"那件事的意义正相反，它表明我们再也没有人习惯于看见死亡了，更不用说必须……算了，那也不是关键，关键

---

1 吉利服（ghillie suit）可谓最早的迷彩服，相传为苏格兰猎手吉利所发明，用绳索和布条缀满外套，伪装的效果很好，鸟兽难以发现。

在于不论是谁，我们都能完成我们以为自己做不了的事，真正困难的事，假如不得不做的话。"

他们抬起眉毛："比如用石头和花哨的小刀杀死一只鸵鸟？"

我试图解释当所有的选择范围只缩小到势在必行的一点，那一刻甚至想不到别的办法。"也是啊，"他们慢慢地说，"不过听起来只会显得你更糟糕。"

真的，如今我们大部分人从来没有杀死过比一只苍蝇大的动物，尽管今天人类杀掉的动物比以往任何时候都多，比如说每年杀死 650 亿只鸡。我们都有能力做到自己无法想象能做到的事，这也是真的。但这也并非故事的关键。

关键在于，没有鸵鸟和牛，我就不会逃离农场。

我在旅行途中和很多陌生人谈论过悲伤、鸟类、爱与死亡。不少人慷慨地跟我分享了他们与动物第一次有意义的接触。渡鸦、猫头鹰、鹰或熊；苍鹭或猫、狐狸，甚至蝴蝶。每一次相遇都预示着这个人与世界的关系发生微妙的结构性变化，而且动物往往出现在目击者处境最艰难的时候，出现在它们不应该出现的地方。一个女人告诉我，她深爱的父母在一家城市医院去世后，她听见一只孤单的大雁在外面的小院子里疯狂地呼唤着雁群其他成员，然后它飞走了，消失在城市的屋顶线上。一个男人讲到一只喜鹊在葬礼中飞到了棺材上，在那里坐了很久，直勾勾地盯着送葬者。一个资深直升机飞行员被拒绝颁发飞行执照后，一只野生黑鸡鸾开始每天来访。

我一直以为这些意味深长的相遇就是确认偏误的例子。大事发生以后，你会发现自己在周围的事物中寻找意义，就在那时，你看到了原本一直存在，只是你从未注意过的动物。但是我听到的故事越多，越觉得这种解释不够满意，应该更仔细地思考动物可能的含义。我确信那只转过脸来瞪着一个悲痛的儿子的仓鸮只是飞走之前有一时的惊讶，但即使如此，一只动物和一个人彼此的对视也是含义更为丰富的交流。

现如今我们把动物的意义包裹得如此紧密，让它们穿梭在彼此隔离、互不接触的认识论中。你可以把欧亚狼当作社会性的犬科哺乳动物，也可以把它看成具有深刻灵性的原型，但是科学家们似乎不应当谈论魔力，新世纪成员通常不愿了解动物生理或行为的持续研究。我们当然需要科学来理解这个移动的世界的复杂性，借助科学来决定维护现存事物的最佳办法。但是除此之外总有些别的东西。也许十六世纪有一个方向值得思考，那是最后一段将博物学赋予象征意义的繁荣时期，动物在我们眼中不仅仅是生物，每一个物种都能引发丰富多彩的联想，将人们获得的所有知识和它对人们所意味的一切相关联：寓言、经文、谚语和个人经历。

鸵鸟和牛群是活生生的动物，拥有自己的生活世界，理应有自己的故事。但是它们对我来说也是象征，是被我的潜意识解读的征兆，促使我尽快摆脱糟糕环境中滋生的日常困惑。和动物的相遇在此逐渐显现为个人的真理，而这些真理的本质殊异，它们不是通过心理治疗的谈话而艰难获得的，也不是神灵的启示。我想，和这种真理最接近的是塔罗牌所传达的意义。

塔罗牌和易经一样，拥有极为独特的社会文化地位。我遇到过很多杰出人士，有科学家、作家、律师，他们时常求助于塔罗牌，只是大多对此保持缄默，因为在高雅的场合解读塔罗显得太玄乎了。我也用过塔罗牌，次数不多，但足以让我了解用塔罗牌占卜未来用处不大，也能看出这些牌是多么准确地反映出我内心最深处的状态，那些我当时拒绝感受情绪。我完全不知道这是通过什么机制实现的，但即使如此，我发现自己还是愿意相信，塔罗牌给我们的示意值得认真关注。

与动物相遇，遇见的总是真实存在的动物，但它们也是由我们此前了解到的相关故事构建的，往往已经具备了象征意义。我们固然应当尊重它们的生活现实，相信科学，然而我想，我们是否也更有可能接受动物的象征意义。

有时答案很简单，鸵鸟给我的启示我几乎立刻就明白了。但是那群牛意味着什么，我很多年后才参透。有一个下午，我在公路上超车，经过一辆动物运载卡车的时候，瞥见被挤到边上的一头母牛湿润的粉红鼻子。我心中充满怜悯、内疚、责任感和悲哀之情。我想到这只动物陷入的这种残酷无情的系统，又想起我在山上跟踪牛群的那一天，后者的意义无比清晰地凸显。因为那时的我就像其中一只肉牛，那个无人照管的野化牛群中的一员，在荒无人烟的地方享受生活，不考虑未来会发生什么，也不太为此担心，可是内心深知我终有一天将会面对屠宰场。逃离深海上岸是不可能的。我的跟踪和呐喊并不是丧失心智，是一种想把它们从安逸满足中敲醒的不成熟的尝试。那是一个警告，让它们**赶紧离开那里**，因为我们所在的山谷黑暗幽深，不会有好下场。

神圣的平凡

　　小时候，我家里那款二十世纪六十年代的收音机有一个红木木壳，一个滚花加工的金属旋钮和印有波段和调频指示的玻璃面。要找到一个电台，需要转动旋钮，让指针移过充斥各种尖声和静电噪声的频道，我总觉得自己有点像一个解锁保险箱的小偷：哒，哒，哒，细至毫厘的专心致志。指尖的螺纹和内耳深处感受声音的毛细胞之间的反馈让我变成了连接二者的短电弧，不由觉得那些声音只是等着我一个人去发现。卢森堡，不来梅，斯特拉斯堡，玻璃屏上以大写字母显示。布达佩斯，BBC 轻松节目，波尔卡，华尔兹，陌生语言的声音。那个收音机让欧洲成为我的一个概念，我爱上了它。不过随着年龄的增长，我对那部上世纪六十年代收音机的迷恋逐渐消退，把玩的时间少了很多。最终它被放在我的卧室书架上，频道几乎永远调至 BBC 第四台。

　　可是后来，到了八十年代初期，偶尔有几晚我开始注意到非常奇怪的事情。不论电台在播放什么，也许是新闻，谈话类节目，悬疑广播剧，有一丝旋律漂浮在那些声音后面，像灰烬一样转瞬即逝。那曲调通常难以察觉，然后就埋没在节目背后，有时却有清晰的乐声出现。十个钟声般的音符充满神秘，如此哀婉又奇异，我又迷上了开收音机，怕它万一出现。数十年后，我在网上的收音机爱好者论坛泡了一段时间，终于搞清楚了，在我小小的英国卧室里，我听到的是全苏 Mayak 广播电台的间隔音乐。Mayak 是俄语中灯塔一词。这旋律来自著名的俄罗斯歌曲《莫斯科郊外的晚上》，歌词是 "Речка движется и не движется,"小河静静流，微微翻波浪[1]。那段日子过去后，会有一些无法预料的事情让我想起这段十个音符的旋律，比如博物馆开放式抽屉里一张数千只鸟类羽毛皮肤标本的照片，银河迷离的星尘，扫描电镜中喷涂的样本细节，或者是夏日流星雨拖曳的细细尾迹。昨天我又想到了它，当时我躺在沙发上看《夺宝奇兵》，听到缺乏道德标准的考古学家勒内·白洛克对印第安纳·琼斯解释约柜的本质。"它是一个发报机，"他说，"是和上帝通话的无线电。"不知为何，在我十几岁时滑落在每个夜晚的电台节目幕间标志乐曲，也成了我心中神圣的音乐。

从小到大，我没有任何宗教教育。我是那个在朋友家里总为餐前祷告惊奇的孩子。我的祖母是一个引人注目的高个女人，烫着螺丝卷，穿着时髦的克林普纶衬衫。我还不会读书的

---

1 这句俄语歌词的字面意思是，河水流动又静止。译文沿用中文通用歌词。

时候，她送给我一本儿童版《圣经》做圣诞礼物。书中插图是按照二十世纪五十年代的好莱坞彩色史诗片的审美惯例绘制的，景致大多与南加州的山麓相似。插图上有冰雹砸向濒死的牛群，人们消灭青蛙，一个天使含情脉脉地看着上身裸露的基甸，还有一幅我最喜欢，因为有一只我没见过的鸟，是一只渡鸦把小块的肉喂给以利亚。《启示录》给艺术家提出了某些挑战，他们选择用冷色调的抽象表现来处理悲惨的末世主题。

童年时我家的房子是神智学会的地产，在那里长大没有把我引向信仰，但是扩展了我对信仰的可能性的理解。我的邻居们相信转世轮回，神秘主义，相信世上所有宗教经文内核中的神话。我去林中观鸟时，路上经过解放派天主教堂敞开的门，有时停下脚步深吸几口燃香的香气，但我不记得自己曾踏入门内。

青少年时期，我想到宗教的时候不多，偶尔想到也只是觉得我不信教，不需要信教，而信教的人都是悲伤的，我对他们有一种未经反省的轻蔑，也许更是嫉妒，想到有些人竟能这么容易感受到无条件的爱。但是就在那段时间，我做了一个跟上帝有关的梦。那样的梦只做过一次，但我所梦到的到底是什么，那是毫无疑问的。它——因为梦里不是"他"——很高大，大致是人形，没有眼睛和其他面部器官，它的表面完全映照出四周的一切。一面缓缓移动的、有意图的镜子，说出的不是我从内心感受到的话语，深沉的亚音速。它燃烧着，同时释放出无法忍受的炙热和无法忍受的寒冷。我不记得它对我有什么特别的关注，或是为什么出现在我的梦里，但在那时，虽然轮不到我做此想，但我猜那就是意义所在。那个梦没有让我相信宗教，后来也没有任何事让我信教。然而近来我又开始思考宗教问题。

　　让我产生这个想法的原因主要和一门技艺有关。我在写父亲去世和我通过驯鹰来化解悲伤的那本书时，一直试图找到合适的文字来描述某种体验，却失败了。我的世俗词库无法表现那种感受。也许你自己也有过类似的体会，在那种时刻，世界艰难地缓缓行进，翻转又负载意料之外的含义。比如狂喜主宰了某一刻，让它焕发光彩。比如暴雨来临之前深沉的寂然，一群白鸽迎着低垂的太阳飞起，拍打翅膀的声音，一条白霜镶边的野蔷薇枝在阳光下闪亮。爱，美，神秘。是顿悟，我想。是恩典的时刻。

　　很长一段时间，为了描写这种体验，我试图从大量论及崇高这一哲学概念的著作中取经，有些用处，但还远远不够。最近我才找到我需要的这种语言，来自描写宗教体验形式的著作。威廉·詹姆斯和鲁道夫·奥托的著作考察了我们对神圣产生的直觉本质为何。根据奥托所述，对神圣感的体验是一种外在于自我的神秘之物，令人畏惧又向往，当神圣者在场的时候，"灵魂无言以对，战栗不已，直抵内在的最深处"。这些文本可能在学习神学的第一天就发到你手里了，然而对我却是全新的。我读过以后试图思考和写作，感觉有点像尝试自学吹制玻璃。这些概念灼热、柔韧、耀眼强烈，令人觉得有一丝危险，从来没有人传授过它们的承受力如何，又该怎样处理，而我借此创造的东西一定会让这个领域的专家觉得可怜又好笑。我是一个作家、历史学家，不是神学家或形而上学家，然而我还是深受吸引，思索着这种物质，试图根据它的热、光和纹理将它塑造成形。

对我来说，自然界这种物质结构并不是只有获得单一造物主的神启才熠熠生辉。在自然中那些激发神圣感的时刻，我的注意力总是无法解释地抓取一些微小而短暂的事物：脚下黑色土地上冰雹的排列形状，一道阳光透过云间的裂隙投在山腰之上，一只长耳鸮从山楂丛中端详着我，这些稍纵即逝的时刻让我不能自已。在我短暂的人生岁月，我竟然恰好在合适的时间、合适的地点，又具备足够的注意力看到了它们。当这些时刻出现时（它们并不经常出现），它们开启了一个机会，让我们匆匆一瞥这个世界非人类部分的系统，这个系统运转的尺度既过于庞大，也过于微小，过于复杂，让我们难以把握。我的体会就是奥托所写的对神圣存在神秘的敬畏感，察觉到某种全然另类的东西让我难以呼吸，震撼不已，还有威廉·布莱克在《弥尔顿》一诗中用四行诗句表达的这种感受：

> 一天中有一个时刻，撒旦无法发现，
> 他警戒的同党也做不到，但勤勉的灵魂
> 发现了此刻，它将迅速增长。一旦发现，
> 时机得当，这一刻会让所有的时刻复原。

我离勤勉的灵魂还差得很远，但有一点也许接近，就是对事物密切关注的能力。这几句诗完全道出了那些时刻对我的意义。它们不仅复苏了那一天的每一刻，还不断扩展，成为当时和未来所有的一切。它们打破了时间本身。

在自然中，这些体验的神圣之处还与它们的不可预测有关。刻意寻找是没有用的，从我的经验来看，如果出门期待着神启，那么只会挨雨淋。但是就像灯塔电台的音乐，这些年来我发现以一种不同的方式遇见神圣是更为容易的，在这些时刻，人类的艺术和不可预知的自然现象相交，神秘应运而生。从灯塔电台的旋律抵达我的方式来看，那段幕间音乐是一种恩赐。它是电波从电离层反射后传到我的耳朵的，这个过程叫天波传播。信号从莫斯科升入高空的大气层，在那

里碰到带电粒子层，再向下反弹传到我这里。我从来没法预测何时有清晰真切的音乐旋律，因为电离层永远在变动，它的情况随着一天中的时间、季节，甚至是太阳黑子十一年周期的不同阶段变化，每一点变动都会影响反射信号的强度。幕间标志音乐的神圣感来自无数事件的相互作用——有些是偶然的，有些受规律左右。我现在想到那段旋律，它容纳了空间气象的性质，世界形态的规律性和不规律性，电磁学的法则，还有遥远的苏维埃电台不知名的广播员的希望，这希望寄托的对象是听众，是所有可能注意到他们发射到空中的信息的人心。

我拥有的最神圣的平凡之物是一盘索尼 BHF90 氧化铁录音磁带。它的黑色塑料盒有些凹痕，绿色的标签也因年深日久而磨损。磁带播放的时候发出吱吱咯咯的声音，我拥有它已将近三十年了。在它神秘地传到我手中时，我还是一个文学专业的学生，在剑桥的一所学生公寓和朋友们消磨了很多时光。其中一个朋友，一个高个子男生，他身上有种沉郁的温柔，像是一个被定为弱声的噪音，你忍不住凑过去听，意外地发现自己挨得太近。公寓里他最好的朋友刚刚放弃了男性身份，不是因为他觉得那不符合他的性别认同，更重要的原因是他最近才得出结论，男人的行为大多糟糕之极。他对弗吉尼亚·伍尔夫情有独钟，吸着卷烟，把浓密的头发扎成一个马尾。他俩一起读帕斯捷尔纳克的书，还乐于在房间里实施动机不明的奇特暴行，比如应和着巴托克的弦乐四重奏把椅子砸烂，把刀叉塞进厨房的塑料天花板，为了某种诡异的趣味让它们一直留在那里。虽然如此，我还是把他们的陪伴当成安全的避风港。没有多少人给我这种感觉。我辍学了一段时间，因为爱上了一个已婚的大学教授，是那种很久以后会告诉别人我编造了整段关系的已婚大学教授。那是一个多雾的夏季，天上满是飞机滑过后长长的尾迹，我在城市绿地漫无目的地溜达，一走几个小时，飞蝗在绿地小径边的浓密草丛里鸣唱。当这盘磁带出现的时候，我是个迷失了自己的人。

磁带上只有一条音轨，录制了伦纳德·伯恩斯坦指挥的西贝柳斯《第七交响乐》。从主持人的介绍来看，是从日本的一个电台节目录制的。它归我所有以后，我每听完一遍，就把磁带倒回去再听一遍。我听了上百次，并未觉得安慰。这首乐曲和我心中的痛苦角度如此契合，有些地方总觉得太快，有些地方又慢得过头。不知怎么，乐曲从一处流淌到下一处的感觉就像是人心在应对预知的死亡。音乐中流转的每一种情感都是我曾经抗拒、假装无感的。但这只是这曲录音的一部分力量。这盘磁带质量不高，信噪比很低。在那个时候，虽有岁月和距离的各种侵蚀，它也依然完好。宇宙射线将自己埋葬在水的穹隆[1]，锈迹染上你的指尖。

但是仅有这些也不足以让录音变得神圣。它是偶然产生的，是在一场雷电交加的暴雨中录制的电台节目。抵达我的信号穿越其中的那片天空炽热无比，充满无限可能，断断续续的频率过载噼啪作响，一阵阵白噪声淹没了广播。在交响乐的起始偶尔有闪电炸开的声音，快到结尾时已经爆发得非常频繁，几乎难以听到乐曲声，只有炙热的爆裂声不断撞击，后面微弱的弦乐就像一片海洋的横流。当闪电最终抹杀了音乐，噪声如此巨大，感觉像是一片寂静。仿佛上帝用大拇指在录音带上按下了指纹。

我知道这是一种不可重复的事件，它被永远固定在磁带上，可以一次又一次地播放。那种僭越的意味如此明显，听这盘磁带感觉自己就像个异端。我依然不大确定自己对这盘磁带的需求中有多少是寻求庇护，有多少是渴望清除一切。我想起我母亲一个朋友的儿子，他小时候对 C.S. 刘易斯的《黎明踏浪号》产生了病态的迷恋，谁也不明白缘由。后来才知道，他发现了一个家族的惊天秘密，一个永远无法大声道出的秘密，所以他紧紧抓住这本关于世界末日的书，书中男孩身上的罪就

1　"水的穹隆"（vaults of water）典出《创世记》（1∶6）："神说，诸水之间要有穹隆，将水分为上下。"

像一层可以剥除的皮肤。也许这盒录音带也差不多。一种奴役着我的沉重得难以置信的东西，一小片对我的灵魂没有益处的神圣之物，一件永远不该封存在磁带上反复聆听的东西，一个横在我和秘密的讲述之间的东西。这盒磁带我听了几个月，直到一天早上，我突然做出决定，以后再也不听了。如今这盘磁带在我房子里的某个地方，放在一个箱子里，依然因为承载着当时的意义而让人激动，我有几次把它拿起来放在手中，惊讶于分量如此之轻，也惊讶于此时依然难以将它握在手中。它是某个特殊时刻的遗物，来自逝去已久的往昔，来自旧日的我，而如今，它的力量恰恰在于我深信自己决不会再听。

动物教给我的事

很多年以前，我九岁还是十岁时，在学校写了一篇作文，主题是长大以后想做什么。我宣称要做个艺术家，要养一只宠物水獭，然后加了一句，**只要那只水獭快活**。作业本发下来以后，老师有条评语："可是你怎么知道一只水獭是否快活？"我看了怒不可遏，心想我当然知道，如果水獭可以玩耍，有一个柔软的地方睡觉，可以四处探索，拥有一个朋友（那就是我），在河里游来游去抓鱼，那它就很快活。水獭的需求可能与我的并不相符，在这一点上我唯一承认的事实是对鱼的需求。但我从未想过，也许我并不了解一只水獭想要什么，对于水獭是怎样一种动物也所知有限。我以为动物都跟我一样。

我是一个奇怪而孤僻的孩子，很早就痴迷于寻找野生动物，无比投入。也许这是我在出生时失去了双胞胎兄弟的部分后遗症，一个小女孩寻找她失去的另一半，却不知道在寻找什么。我翻开石头看有没有蜈蚣和蚂蚁，在花丛间跟随蝴蝶，花了很多时间追逐和捕捉小东西，却从不考虑它们会有什么感觉。我是一个会跪在地上，单手从封闭的笼子里取出一只蚱蜢的孩子，神情凝重，因为需要下手轻柔。我皱着眉头察看它网状的翅膀，印刻着纹章似的胸部，像宝石一样精致发光的腹部细节。这样做不仅是在了解动物的形态，也是在测试我在伤害和关爱之间的危险地带探索的能力，一半是了解我对它们可以控制到几分，一半是了解我的自控力有几分。在家里，我用玻璃水族箱和生态缸饲养昆虫和两栖动物，摆在卧室书架和窗台上的越来越多。后来，加入其中的又有一只乌鸦孤雏、一只受伤的寒鸦、一只獾的幼仔，还有一窝因邻居修整花园而无家可归的红腹灰雀雏鸟。照料这些动物让我掌握了很多动物饲养学知识，但是回想起来，动机是自私的。救助动物让我自己感觉良好，有它们陪伴在侧，我觉得没那么孤单了。

我父母对我这些怪癖全盘接纳，风度极佳地容忍着厨房台面上四处散落的种子和客厅里的鸟粪。可是在学校就没那么容易了，借用一个发展心理学的术语，社会认知不是我的强项。有一天早晨，为了辨识附近鸟儿的鸣叫，我在一场无挡板篮球赛的中途溜出了赛场，还对我在队员中引发的怒火迷惑不解。这类事情不时发生。我无法适应团队活动或是规则，或是同龄人群的任何一种圈内笑话和复杂的效忠。不出所料，我成了他们欺侮的对象。为了减少与同龄人之间日渐增长、刺痛心灵的差异，我开始利用动物隐没自己。我发现如果使劲盯着昆虫，或是把双筒望远镜举到眼前，将野鸟拉近，专心致志地观察动物，就能让自己暂时脱离现实。这种在困境中寻找庇护的方式是我童年时期的持久特点，我以为自己已经摆脱。可是几十年过去了，在我父亲去世以后，它势不可挡地卷土重来。

那时我已经三十多岁了，驯鹰也有很多年的经验。驯鹰之术是一种令人惊奇的情商教育，它教会我清晰地思考行为后果，理解正强化和赢得信任时温柔的重要性。它让我准确地了解鹰隼何时已经饱腹，何时宁愿独处。最重要的是，它让我明白在一段关系中对方看待某事的角度或许不同，或与我意见不合，都有其正当原因。这些经验教训事关尊重、自主性和另一种思维。说起来未免尴尬，这些我在鸟类身上先学到的经验，很久以后我才推及他人。但是父亲去世后，这些经验全都被遗忘了。我想成为像苍鹰那样凶猛、缺失人性的东西，于是我和一只苍鹰同住。我看着她在我家附近的小山坡上翱翔捕猎，我如此认同在她身上发现的特质，以至于忘记了自己的悲伤。但是我也忘记了如何做一个人，就此陷入抑郁的深沼。对于做一个人，过人的生活，一只鹰注定是个糟糕的榜样。小时候我以为动物跟我一样，后来的我假装是一只动物，借此逃避自己。二者都有同样错误的前提，因为动物给我最深刻的教益，就是我们太容易不自觉地把其他生命看作自己的映像。

动物的存在不是为了教诲人类，但是一直都发挥着这种作用，而它们教给我们的大部分东西，只是我们对自身一厢情愿的了解。中世纪的动物寓言讲述的都是为人处世之道，但我不知道如今还有谁会把鹈鹕看作基督教自我牺牲的典范，或是把虚构的毒蛇和七鳃鳗交配看作规劝寓言，劝导妻子们忍受讨厌的丈夫。但是我们的头脑依然像动物寓言那样发挥题旨。想到自己能像一只鹰或鼬那样充满野性，勇猛地追求内心渴望的东西，我们便激动不已；动物的视频节目让我们欢笑，渴望像活蹦乱跳的羔羊一样欣悦地体验生命。全世界最后一只旅鸽的照片，让我们对难以想象的灭绝的悲哀和恐惧变得真切可触。动物承载了我们的理念，放大和延伸我们自身的某些方面，将其变为简单安全的避风港，容纳我们可以感受却无法表达的东西。

谁也无法将动物看清楚，它们身上满载着我们赋予的故事。和动物相遇，遇见的是你从先前所有的目击中了解的一切，来自书本、影像和谈话。即使是严谨的科学研究，提出问题的角度也反映了我们人类的关注。比如二十世纪三十年代末，荷兰和德国动物行为学家尼可·廷伯根和康拉德·洛伦茨让老鹰模型掠过火鸡雏鸟头顶，看到它们被吓呆的样子，试图证明这些鸟出壳时头脑中已经存在类似飞鹰的某种形象。但是后来的研究显示，火鸡幼鸟有可能从其他火鸡那里习得了恐惧的对象。在我看来，这些二十世纪三十年代的实验似乎反映出第一次受到大规模空战威胁的欧洲的忧惧心理，当时有这样的宣传，无论国防多么严密，"轰炸机总能越过"。

只是了解到这段历史碎片，了解到家养火鸡雏鸟在形似老鹰的东西飞过头顶时会吓呆的事实，这让火鸡在我眼里已经成为一种不同的动物，它比农场家禽或可供烤制的半成品复杂多了。因为研究、观察、与动物打交道的时间越多，塑造它们的故事就会出现更多的变化。这故事将变得更加丰富，所拥有的力量不但能改变对动物的看法，也能改变对自我的看法。想到家园对一只铰口鲨或一只迁徙的家燕的意义，这扩展了我对家园概念的理解；了解到橡树啄木鸟的育雏习性是几只雄鸟和雌鸟共同养育一窝幼雏，之后我对家庭的观念也有所改变。不是说人类生活要仿效动物，我身边没人会以为人类应该像随水漂流的鱼儿那样产卵。但是对动物的了解越多，我就越发觉得，表达关心，体会忠诚，热爱一个地方，穿行在这个世界，正当的方式也许不止一种。

试图想象动物本来的生活注定失败。紧闭双眼，想象拥有膜质的翅膀，以一种声调与黑暗对谈，它将以世界的形状来答复你，这样才能在黑暗中找到方向，但你不可能通过这些来了解身为蝙蝠的感觉。哲学家托马斯·内格尔这样解释，要想了解做一只蝙蝠的感觉，唯一方式就是成为一只蝙蝠。那么想象的意义何在？尝试如此呢？想象依然是宝贵的，也是重要的。它迫使你去思考这个动物身上你不了解的东西：它吃什么，住在哪里，和别的动物如何交流。这种努力所激发的问题真正指向蝙蝠的世界有何不同，而不只是成为一只蝙蝠有何不同。因为动物在某一地的需求或重视的东西并不总是我们需求、重视，甚至会去留意的。在我家附近的森林里，小鹿吃光了从前夜莺栖身的林下灌木，现在这些鸟已经消失了。在我等人类看来，这是一个自然风光优美的地方，但对夜莺来说不啻荒漠。我对那种应当爱护自然，因为它能治愈心灵的论调感到不耐烦，也许原因就在此。在森林里漫步确实有益于我们的心理健康，但是为此而爱护一片森林可谓歪曲了它的本质——森林不只是为我们存在。

　　几个星期以来，我一直忧虑着家人和朋友的健康。今天我数小时盯着电脑屏幕，眼睛酸痛，心脏也疼。我需要透透气，便坐在后门门阶上。我看见一只秃鼻乌鸦，欧洲乌鸦中一个喜爱社交的种类，它正穿过光线渐暗的天空，低低地向我的房子飞来。我立刻用上了儿时学会的把戏，当我想象着它的翅膀如何感受到凉爽空气的阻力，所有难过的感觉都缓解了。但是我最深切的安慰不是来自想象自己能够感其所感，知其所知，而是由于心知做不到而缓缓生发的欣喜。近来给我情感慰藉的便是这种认识——动物跟我不一样，它们的生活并非围绕着我们展开。它飞过的房子对我们二者都有意义，对我来说是家，那么对秃鼻乌鸦呢？一段旅程的落脚点，一个瓦片和斜坡的集合，可供栖息；或是一个可以在秋天摔碎胡桃的地方，它再啄出壳里的胡桃仁。

不止如此。当它飞过我的头顶时，它歪了歪头，看了我一眼又继续飞。这一瞥让我觉得针扎似的痛，一直蔓延到脊梁骨，我的方位感发生了变化，世界仿佛被放大了。乌鸦和我没有共同的目的，我们只是注意到了彼此。当我看着它，它也看着我，我便成为它的世界中的一点特征，反之亦然。我和它互不相干的生活在此重合，在这稍纵即逝的瞬间，我所有耿耿于怀的焦虑都消失了。天空中，一只飞往别处的鸟投来一个眼神，越过分歧，把我缝合在这个彼此拥有同等权利的世界。

致　谢

　　无限感激我的代理人比尔·克莱格，为他惊人敏锐的评判力、热情、智慧，还有他给我的支持和灵感。第一次见面我就觉得早已认识他了。我很开心在克莱格代理公司找到了家的感觉。谢谢你们，代理公司的全体员工，你们一直都很优秀。特别要感谢马里恩·杜韦特，戴维·堪布和西蒙·托普，你们一向对我都很容忍，而我不只是邮件回复慢得过分。

　　乔纳森·凯普出版公司的丹·富兰克林不仅是出版界的传奇，也是这个世界造就的最杰出的人之一，我很荣幸有他做我的编辑，他也是我的朋友。丹，谢谢你所做的一切。还要感谢贝亚·赫明、雷切尔·库格诺尼、艾丹·奥尼尔、艾莉森·蒂莱特、萨拉·简·福德、苏珊娜·迪恩、克里斯·沃梅尔，和其他付出努力让这本书诞生的所有人。能和你们共事，我深为开心和荣幸。

　　格鲁夫·亚特兰大出版公司的伊丽莎白·施米茨在诸多方面令人称奇，要一本书的篇幅才能道出所有内容。能和她合作我十分兴奋，太多事要归功于她。伊丽莎白，永远向你致以最特别的谢意。我也十分感激我有幸与之共事的格鲁夫的出版人员：摩根·昂特尔金、德布·西格、约翰·马可·博林、朱迪·霍屯森，还有很多人。你们在纽约的办公室总是给我家的感觉。

致谢书商，节日活动组织者和志愿者，还有这几年来我遇到的读者、对话者和观众，感谢你们所有人！同你们的对谈极大丰富了我的生活和思考。特别要感谢"难民故事"项目（盖特威克机场被羁留者福利团体慈善组织的外展项目）中同我面谈的那位逃亡者，还有陪伴他前来的志愿者。他俩的姓名这里不便道出，但是我希望那次会面后，我所写的文字道出了这个世界的体制和禁锢让那些人遭受的困难和不义，而他们理应拥有全然的幸福。

这本书中有些文章是为朋友写的，是探索某个主题的快乐过程，有时是连缀起一个故事，考查一个让我困惑或着迷的事物。很多篇章来自给《纽约时报》的供稿，时报的编辑萨莎·魏斯才华横溢，与她合作我很开心。她教会了我很多技巧将这些东西锻造成篇。我将永远对她和她的同事们心怀感激。谢谢你，萨莎！书中还有多篇文章是我发表于《新政治家》的季节随想。汤姆·加蒂，谢谢你的约稿，也谢谢你如此耐心乐观，能容忍我最后一分钟交稿的积习。其他文章之前收入了一些选集（谢谢你，蒂姆·迪伊、安迪·霍尔登、安娜·平克斯和戴维·赫德），还有网络杂志《万古》（谢谢你，玛丽娜·本杰明）。此外，《椋鸟群飞》一篇是出色的艺术家萨拉·伍德的作品所附的文字。

我对我的家人致以深深的感谢，我深爱他们：芭芭拉、莫、詹姆斯、谢丽尔、艾梅、比阿特丽丝、亚历山德里娜和亚瑟。还有我深切怀念的爸爸阿利斯代尔，无论他在何处，他可能还在为我告诉他推羊的游戏而生气。我永远挚爱的死党克里斯蒂娜·麦克莱什，深深感谢她，她有木星一般宏伟的大脑，心也同样博大。她最能帮助我理清思绪，检测观点。只有她会给我打来视频电话，让我看她手心爬来爬去的一只刚脱壳的翠绿色的蝉。她就是这么优秀。

这本书的诞生倚赖许许多多人们的灵感、友谊、帮助和支持。我要感谢托马斯·埃兹、克莉丝廷·安德斯、西恩·布兰琪、内森·巴德、娜塔莉·卡布罗尔、凯西·塞普、詹森·查普曼、加里·查普曼和乔恩·查普曼、马库斯·科茨、艾伦·卡明、萨姆·戴维斯、比尔·戴蒙德、萨拉·多拉德、尤恩·德赖堡、阿比盖尔·埃莱克·斯格尔、阿曼达·福尔和斯图尔特·福尔、安德鲁·法恩斯沃思、梅利莎·费博斯、托尼·菲茨帕·特里克、玛丽娜·弗拉斯卡-斯帕达、斯蒂芬·格罗希、梅格·卡斯丹和拉里·卡斯丹、尼克·贾丁、迈克尔·兰利、赫敏·利斯特-凯耶、约翰·利斯特·凯耶爵士、托比·梅休、安德鲁·梅特卡夫、帕德里克·欧·唐奈、费尔·OK、史黛西·里德曼、埃蒙·瑞恩、扬·谢弗、格兰特·谢弗、凯瑟琳·舒尔茨、巴勃罗·索布龙、伊莎贝拉·斯特雷芬、克里斯蒂安·坦布利、贝拉·托克蒂、穆昆德·乌纳瓦内、朱迪思·韦克拉姆、希拉里·怀特、利迪亚·威尔逊、珍妮特·温特森、杰西卡·伍拉德。我是一个极度缺乏条理的人，致谢名单上很可能无意中漏掉了一些人。之后几个月里，很可能我会夜半惊醒，一个一个地突然记起他们的名字。我向他们先行致歉。

还有我的鹦鹉伯杜尔，虽然他不识字，而且如果他以后咬到这一页，很可能用喙把它撕成碎片，我依然感谢他以羽毛之身陪伴，感谢他让我漫长的写作时间不那么孤寂。我非常爱他，即使我在紧迫的最后期限忙碌工作时，他依然坐在我的键盘上，咬我的手指。

译后记

　　海伦·麦克唐纳曾在一篇名为《书写自然时我告诉自己的事》的文章中列出十一条"可以"和"不可以"，其中第一条是"避免弗雷德里克·福赛斯式的解释"，她提到福赛斯在惊悚故事的中途偏离叙事，转而将大量事实信息抛给读者，比如《战争猛犬》里的一个人物发现白金矿藏以后，福赛斯插入了一篇关于国际白金市场的冗长解说，之后则是一段催化转换器的历史。麦克唐纳不反感福赛斯的模式，但她自己偏爱勒卡雷的风格，"你不会读到他解释英国情报机构的历史和体系。他只是在白厅的俱乐部里放上两个人，从他们谈论或是闭口不谈的内容里，你自己去了解所需了解的东西"。确实，她的行文流畅自如，要言不烦，从不堆砌信息。

　　然而身为一个热爱脚注的译者和读者，我恐怕自己多少偏离了作家的这一黄金原则，总是不厌其烦地搜索背景事实，添加脚注，力图解释说明。但我依然希望这些脚注对读者有些用处，有些涉及文中关键的物种，有些则是文化背景、人物介绍和典故，另有一些是关于物种译名的处理。此外在书后还附有译者整理的专名对照表，方便读者查阅某个专有名词或物种名称的英文。为规范起见，鸟种的中文通用译名均参考世界鸟类数据库（Avibase），植物及昆虫的中文通用译名均参考中国自然标本馆（CFH）网站。鉴于作家在文中大多使用物种俗名（common name），译者按照文中的细节和地域分布来确定物种的具体种类，再查找学名。自然书写常常涉及大量的物种，而海伦·麦克唐纳的博物学素养深厚，她完全了解自己谈论的对象，不会语焉不详。我在物种名称的处理上也非常小心，尽了最大的努力，但疏漏错误恐怕仍不可避免，读者如有任何问题，可写邮件至 wei_zhou15@163.com，欢迎商榷细节。在此我也要谢谢有野外鸟类考察经验的友人陈创彬，是他帮我敲定"隐蔽屋"这个名词的翻译。

海伦·麦克唐纳这部自然散文集在《以鹰之名》（2014）出版六年后面世，诚如《卫报》丽莎·阿勒代斯的一篇书评所言："第一本书写作之时，她正'囿于一己之伤痛的高墙'，而这本新的散文集《在黄昏起飞》是书写这个世界的挽歌。"作家有言："讲述自然便是袒露时常萦怀的悲伤"。在气候变化已经如此莫测又剧烈的今日，在物种"第六次大灭绝"正在地球上发生的当下，在人类社会不同族群的观念日渐极化的历史时刻，麦克唐纳深刻地体会到我们身处的整个世界都在经历持续不断的损失：无论是至关重要的物种多样性，规律稳定的时令节序，还是开放包容的价值理念。她在本书的"引子"部分将自己的书写意图和盘托出，希望能以文学的手法传达自然的真切质感，描述这些损失到底意味着什么。

《泰克尔公园》里让儿时的海伦尽情探索的九英亩牧草地，那片丰饶繁盛，蜂蝶飞舞的生境在她和家人搬离以后依然维持了多年，但她四十多岁时重访，却发现新的业主数年间将它当作普通草坪处理，一切鲜活的生命都被铲除殆尽。海伦又一次哭泣，之后细细反思这种丧失的意味，她写道："失去这片草地，和失去我童年中消失的其他东西不一样，麦克连锁鱼店、Vesta Paella 方便海鲜饭、弹跳球、学校午餐、旋转木马玩具、旅行干道边的连锁咖啡馆里我吃完一餐就能得到的硬棒棒糖。你可以替自己这一代人哀悼快资本造成的伤亡，但是你知道它们不过是被另外一些节目、媒体、可看可买的东西代替。我无法这样对待我的草地，我无法把它缩减为简单省事的怀旧。当栖息地被破坏时，失去的是微妙复杂的生态机制和所有构成这个机制的生命体。它们的损失不是我的损失，尽管草地消失了，一部分的我也随之消失，或者说从存在转换成一份直到今天还激荡我心的记忆。我无法告诉任何人：**看啊，这里有多美，看看这里的一切**。我只能写下它的过去。"

我翻译到这篇也落泪不止，因为我在那段时间也失去了一片野草地，此前有一年我几乎天天走过那里，因为是接送小孩上学的必经之地。只是一片非常普通的野草地，但我们曾在那里收获了多少美妙和快乐的体验：秋天爬满围栏的牵牛，深玫红色和紫色的两种几乎有天鹅绒的质感；冬天里我们寻找萝藦的果实，连连吹气，火柴头大小的种子乘着白亮的冠毛随风四散；春夏的草地随时令变幻着色调，早开堇菜、紫花地丁、二月蓝、阿拉伯婆婆纳，蓝紫色的涟漪荡过去，换上银白的夏至草、灿黄的苦荬菜；六月中鞘翅莹亮如蓝宝石的萝藦叶甲也出现了，它们在萝藦叶子边缘啃出参差不齐的食痕。喜鹊、灰喜鹊、珠颈斑鸠、灰椋鸟、八哥和麻雀都喜欢在这片草地觅食，最让人惊喜的来客是冠羽耸立、花纹鲜明的戴胜。这也是周边少有的一片开阔草地，孩子们在这里放风筝，踢球，自由奔跑。可是暑假将至的一天，我看到草地上停着一架挖掘机，那片野草闲花已经消失在翻起的黄土之下。

目睹这种"日常悲剧"的失望伤心很难为外人所道，我怀着深重的无力感，一次次地重读《泰克尔公园》的结尾，认定这篇是写给我和其他有类似体会的读者："一大片混杂丰富的植被连同其中所有的无脊椎动物，无论如何都胜过现代的种植计划和田野里诡异贫瘠的寂静。我很想知道，人们的审美和道德标准如何才能与这种直觉一致。我又想起那片草地，如云的蝴蝶已经局部灭绝，但是土壤种子库还在维持，它们还将维持很长一段时间。这些日子我开车经过围栏，在50英里的时速下凝视窗外，这时候我知道自己在寻找什么。就在围栏那边，有一个地方牵动我心，因为它既不完全存在于过去，也不是现在，而是夹在二者之间的时空，那时空指向未来，它牵动的微小痛楚就是希望。"最终以希望作结。

伤逝，痛楚，爱与希望，没有谁比海伦更会书写这种失去意味着什么，也没有谁比她更有勇气袒露自我的脆弱，她如此感性，是我所读到的在自然体验中最容易落泪的一位自然文学作家。她在书写自然的时候便是这样，从不置身事外，真挚热切的情感令人动容，让有相似经验的读者有深深的共鸣，因而得到慰藉。

驯鹰专家、"哥特式业余博物学家"、前科学史研究员、自然文学作家，海伦的多重身份造就的丰富视角、跨界的知识和迷人的复杂性，在这本散文集中有充分的体现。她的立场也十分明确："在书写自然时不可能不包含关于自身的大量信息。族群、性别、阶级，还有个人历史，都会影响你的观点，即使人们觉得自然原本和这些议题无关。"这本散文集是一种出色的示范，关于跳出传统自然文学的窠臼，避免一味抒情赞美；还有引入各种人的角度声音，迫使读者反思。她用到的一个略含讽意的短语"gatekeepers of British nature appreiciation"，英国自然鉴赏界的守门人，让我印象深刻。《巢》《巢箱》《展台上的鸟》几篇散文都提到这个问题，即谁有权力来规定哪一类人群可以与自然互动，以及如何互动。她的目光会落在主流"自然鉴赏"文化不予认同的边缘族群，比如养杂交金丝雀的罗姆人和爱尔兰游民。不少篇章中的叙述者人称从"我"转换成了"我们"和"你"，作者也着力发掘每一个自然故事的意义。很明显，海伦选择让读者清楚地听到她的邀请和呼召。但她并不说教，而是在一篇篇精心构造的叙事中，以鲜活的描述让自然成为闪光的主角。

她的眼光有时如此炽热专注，几乎洞穿对象，文字风格如此鲜明，让我想到美国自然文学的一位前辈高人：安妮·迪拉德（著有《听客溪的朝圣》等多部经典散文集）。海伦的《日食》完全可与迪拉德的《全食》（收入散文集《教顽石开口》）比肩。两人都描写了日食发生以后大地呈现的异常色调，迪拉德看日食的地方是喀斯喀特山脉，她注意到脚下的高丛野草色如白金，"草茎、种穗和草叶的每一处细节就像艺术摄影师的铂金显影照片，发亮却无光，鲜明却不真实"，海伦站在土耳其的一片海岸上："我周遭的一切都被漂洗得沉重、潮湿、陌生。沙子是深橘色的，好像日落时分，但是太阳依然高悬空中"，"燕子沿着捕食的曲线飞行轨迹越过废墟，背部不再是阳光下闪着虹彩的青蓝色，而是深邃的靛蓝"，我甚至怀疑海伦这篇更为出色，她以非凡的笔力描述最具戏剧性的天象及其对人心的重击，并探究个体与群体的关系令读者大受撼动。

海伦在书写自然时总是直面现实，笔下无所不包，有时是后工业场景（《游隼与高塔》），有时血污混乱（《车灯下的鹿》《山谷来信》），她可以像一个外科手术医生，有强悍的意志和心脏。我们对自然有太多成见、误解，或是麻木漠然，本书不少篇章读来不啻解毒剂或强心针。

在翻译过程中，业余爱好观察自然的我时时受到启发，而现实生活和书中的内容一再出现奇妙的交织。拿到试译时我和家人正在北戴河避暑，宾馆附近有一个鸽子窝公园，而我打开邮件看到文章的题目，恰恰是《巢》。夏夜花园散步，有一只鳃金龟缠在我的头发上，"我能感觉到微小而持续的拉扯，很不耐烦地用手指梳过头发，把虫子搞掉"。去年年底，我们有了"疫年宠物"（pandemic pets），四只虎皮鹦鹉，几个月后的一天，"就在那时，我所见过的最为美好的人与动物的交流突然发生了。安铁克向鹦鹉郑重地点点头，鹦鹉则深深地、礼貌地鞠躬，以示回应"，此处把安铁克换成我儿子的名字就好。最令人难忘的是这个夏天我们回安徽探亲，在滁州停留一晚，夜访醉翁亭。走在琅琊古道上，"二十英尺以外，突然闪烁出一点明亮的光芒。再往那边，又一点。接着又一点，细小的冷火微粒在大地上点画出一片稀疏的星野。我凑到跟前，跪下来仔细注视那不似凡间的一星辉光。"人到中年，第一次看到这萤火点点的瞬间，我脑海里浮现的是海伦在剑桥大学郊外的废弃白垩采石场看到欧洲栉角萤的场景。有时做梦也会梦到书中的某个情景，"一只雌乌鸫在交通灯柱红灯顶上搭的窝里稳坐不动"，只是在梦里乌鸫成了雀鹰。这本魔法书陪伴了我整整两年，让我收获了迄今为止最宝贵美好的翻译体验，也激发了我的自然文学创作热情。翻译是总有缺憾的艺术，但我衷心希望自己的译笔没有太辜负原作，能有更多读者通过这本译作体会到麦克唐纳文字的魔力和她对自然的挚爱。也许哪一天，你也会发现那个穿越今昔，无限扩展的"平凡的神圣"时刻。

最后，我还要深深感谢豆瓣的几位海伦·麦克唐纳同好，谢谢 Artful Dodger 老师的热心引荐，朱尔赫斯编辑的信赖，还有友邻别的熊——聊起海伦我们总是心有戚戚。如果有一天我们在现实中相遇，接头暗号是现成的，H 开头，四个词。

周　玮

2022.9.4

北京海淀

专名对照表

阿巴拉契亚山脉 Appalachian

阿戴尔县 Adair County

阿德里安·多科特 Adriann Dokter

阿尔蒂普拉诺 Altiplano

阿尔顿 Alton

阿方索·达维拉 Alfonso Davila

阿格德角 Cap d'Agde

阿加莎·克里斯蒂 Agatha Christie

阿莱斯特·克劳利 Aleister Crowley

阿利斯代尔 Alisdair

阿穆尔隼 Amur falcon

阿瑟·柯南·道尔 Arthur Conan Doyle

阿塔卡玛沙漠 Atacama Desert

阿塔卡玛圣佩德罗 San Pedro de Atacama

艾丹·奥尼尔 Aidan O'Neil

艾莉森·蒂莱特 Alison Tulett

埃德加·华莱士 Edgar Wallace

埃德蒙·格林 Edmond Grin

埃德温·兰瑟 Edwin Landseer

爱尔兰游民 Irish Traveller

埃里克·霍斯金 Eric Hosking

埃平森林 Epping forest

艾瑟尔湖 IJsselmeer

安德烈·卡耶 André Cailleux

安德鲁·法恩斯沃思 Andrew Farnsworth

安德鲁·马维尔 Andrew Marvell

安第斯山脉 Andes

安妮·古迪纳夫 Anne Goodenough

安托法加斯塔 Antofagasta

按蚊 *Anopheles*

奥茨莫比尔轿车 Oldsmobiles

奥杜安·多尔菲斯 Audouin Dollfus

奥杜邦鸟类协会 the National Audubon Society

奥尔德斯·赫胥黎 Aldous Huxley

奥松公园 Ozone Park

巴勃罗·梭布仑 Pablo Sobron

巴德西 Bardsey
巴霍纳盐沼 Salar de Pajonales
巴里·海因斯 Barry Hines
霸鹟 flycatcher
白额雁 white-fronted goose
白腹毛脚燕 house martin
白鬼笔 *Phallus impudicus*
白花楸 whitebeam
白蜡树枯梢病 ash dieback disease
白蜡窄吉丁虫 emerald ash borer beetle
百里香 thyme
百脉根 trefoil
半蹼鸻 semipalmated plover
斑林鸮 spotted owl
斑头雁 bar-headed goose
斑尾林鸽 wood pigeon
斑尾塍鹬 bar-tailed godwit
斑胸田鸡 spotted crake
暴风鹱 fulmar
保罗·威尔莫特 Paul Wilmott
北方天主教大学 Catholic University of the North
北美短尾猫 bobcat
北美金翅雀 American goldfinch
北美红雀 Northern cardinal

北美红杉 redwood
《北美鸟类标记》*Color Key to North American Birds*
彼得·康德尔 Peter Condor
彼得·斯科特爵士 Sir Peter Scott
比尔·戴蒙德 Bill Diamond
鼻后滴流 post nasal drip
玻利维亚高原 Bolivian Altiplano
波洛克 Pollock
伯纳德·阿克沃斯 Bernard Acworth
波特兰比尔 Portland Bill
布朗克斯郡 Bronx County
布罗德斯泰斯 Broadstairs
布氏拟鹂 Bullock's oriole

C. S. 刘易斯 C. S. Lewis
蔡司 Zeiss
苍头燕雀 chaffinch
仓鸮 barn owl
查尔斯·达尔文 Charles Darwin
查尔斯·皮亚齐·史密斯 Charles Piazzi Smyth
查尔斯·沃特顿 Charles Waterton
查普曼 Chapman
长角蛾 *green longhorn* moth

赤颈鸭 wigeon

赤鸢 red kite

《春日观察》*Springwatch*

《错位的自然》*Nature Out of Place*

大杜鹃 cuckoo

达芙妮·杜穆里埃 Daphne du Maurier

大花金龟 giant flower beetle

大麻鳽 bittern

大天鹅 Whooper swan

大卫·鲍伊 David Bowie

大卫·拉克 David Lack

大盐湖 Salar Grande

大西洋蠵龟 loggerhead turtle

大折射镜 Grande Lunette

戴维·巴伯 David Barber

戴维　奈伊 David Nye

德·库宁 de Kooning

邓杰斯 Dungeness

迪恩森林 Forest of Dean

迪克斯堡 Fort Dix

蒂罗花 waratah

地之角 Land's end

东萨塞克斯郡 East Sussex

冬青 holly

东英吉利亚低地 East Anglia Fen

毒鹅膏菌 deathcap

杜鹃 rhododendron

杜鹃叶蝉 rhododendron leaf hopper

椴树 lime

短吻鳄 alligator

多错原理 many wrongs principle

E. H. 伊顿 E.H. Eaton

厄律曼托斯野猪 Erymanthian boar

反嘴鹬 avocet

《房子里的大杜鹃》*A Cuckoo in the House*

费尔岛 Fair Isle

粉脚雁 Pink-footed goose

凤头卡拉鹰 crested caracara

凤头鹦鹉 cocktoo

佛塔树属 banksias

弗吉尼亚·伍尔夫 Virginia Woolf

弗兰博尔 Flamborough

弗兰克·查普曼 Frank Chapman

弗雷德里克·伦马克 Fredrik

红背伯劳 red-backed shrike

红额金翅雀 European goldfinch

红腹滨鹬 knot/ red knot

红腹灰雀 bullfinch

红菇属 russula

红灰蝶 small copper

红隼 kestrel

红头潜鸭 pochard

红尾鸲 redstart

槲寄生 mistletoe

虎皮鹦鹉 budgerigar

胡桃溪市 Walnut Creek

黄孢红菇 crab brittlegill

黄翅澳蜜鸟 New Holland honeyeater

皇后区 Queens

黄雀 siskin

黄腰林莺 yellow-rumped warbler

黄鹀 yellowhammer

《火星上的湖泊》Lakes on Mars

灰嘲鸫 catbird

灰鹤 Eurasian crane

灰鹡鸰 grey wagtail

惠灵顿公爵 Lord Wellington

灰林鸮 tawny owl

灰松鼠 grey squirrel

霍尔托巴吉 Hortobágy

霍华德·卡特 Carter, Howard

J. K. 斯坦福 J. K Stanford

鸡油菌 chanterelle

加尔达湖 Lake Garda

加勒白眼蝶 marbled white

加里·库珀 Gary Cooper

贾森·查普曼 Jason Chapman

家燕 swallow/barn swallow

家朱雀 house finch

箭矢鹳 pfeilstorch (arrow-stock)

角百灵 crested lark

铰口鲨 nurse shark

焦散效果图 caustic map

解放派天主教会 Liberal Catholic Church

金黄鹂 golden oriole

金眶鸻 little ringed plover

锦葵花弄蝶 grizzled skipper

金姆的游戏 Kim's Game

金姆·沃伦-罗兹 Kim Warren-Rhodes

金丝雀 canary

荆豆 furze

鸢 kite

林岩鹨 dunnock

鳞柄白鹅膏 destroying angel

柳毒蛾 white (satin) moth

《柳林风声》The Wind in the Willows

硫黄口蘑 Tricholoma sulphureum

龙虱 diving beetle

鲁道夫·奥托 Rudolph Otto

鲁德亚德·吉卜林 Rudyard Kipling

鹭鸟 heron

芦苇莺 reed warbler

伦纳德·伯恩斯坦 Leonard Bernstein

罗伯特·巴登·鲍威尔 Robert Baden-Powell

罗伯特·波义耳 Robert Boyle

罗杰·兰斯林·格林 Roger Lancelyn Green

罗杰·托里·彼得森 Roger Tory Peterson

罗莉·威洛伊 Lolly Willowe

罗蒙湖 Loch Lomond

罗姆人 Romani

洛克特和米利奇 Locket and Millidge

洛伊特·布尔马 Luit Buurma

罗斯托克 rostock

绿翅鸭 teal

马丁谷 Ma'adim Vallis

马盖特 Margate

马卡里奥 Macario

马可尼 Marconi

马洛礼 Malory

马里奥 Mario

马克·科克尔 Mark Cocker

马克斯·尼科尔森 Max Nicholson

马萨诸塞州 Massachusetts

马士基航运有限公司 Maersk Sealand Hanjin

麦克斯韦·奈特 Maxwell Knight

《麦瑟姆小姐和小人国》Mistress Masham's Repose

曼迪 Mandy

毛脚燕 martin

梅花雀 waxbill

玫胸白斑翅雀 rose-breasted grosbeak

美洲夜鹰 nighthawk

美洲银汉鱼 silver grunion fish

米尔·希尔体育中心 Mill Hill Sports Centre

《弥尔顿》Milton

蜜环菌 honey fungus

《秘密花园》The Secret Garden

缅因州 Maine

螟蛾 wax-moth
默东天文台 Meudon Observatory

奈杰尔·法拉奇 Nigel Farage
《男孩与隼》A Kestrel for a Knave
娜塔莉·卡布罗尔 Natalie Cabrol
尼尔·阿姆斯特朗 Neil Armstrong
尼可·廷伯根 Niko Tinbergen
《鸟类的争斗》Birds Fighting
《鸟类田野指南》Field Guide to the Birds
《纽约州鸟类》Birds of New York
诺埃尔·科沃德 Noël Coward
诺尔玛·毕晓普 Norma Bishop

欧歌鸫 song thrush
欧内斯特·汤普森·西顿 Ernest Thompson Seton
欧石南 heath
欧亚红松鼠 red squirrel
欧亚鸲 robin
欧亚野猪 boar
欧夜鹰 nightjar
欧洲白蜡树 ash

欧洲赤松 Scots pine
欧洲鹅耳枥 hornbeam
欧洲蕨 bracken
欧洲花楸 rowen
欧洲卫矛 spindleberry
欧洲栉角萤 Lampyris noctiluca

帕查玛玛 Pachamama
帕斯捷尔纳克 Pasternak
帕特里克·赖特 Patrick Wright
帕特丽夏·克雷格 Patricia Craig
排点木蠹蛾 reed leopard moth
潘非珍眼蝶 mall heath
蓬子菜 lady's bedstraw
鸊鷉 grebe
平克·弗洛伊德 Pink Floyd
普蓝灰眼蝶 common blue
普特尼桥 Putney Bridge

七姐妹海崖 Seven Sisters
槭树 maple
乔安娜·拉姆利 Joanna Lumley
乔治·史迈利 George Smiley
乔治·沃特斯顿 George Waterston

琼·米勒 Joan Miller
曲芒发草 wavy hair grass
犬蔷薇 dogrose
雀类 finch
雀鹰 sparrow hawk
《群鸟》The Birds

蝾螈 newt
《如何吸引和保护野鸟》How to Attract and Protect Wild Birds
《如何驯服和照顾动物》Taming and Handling Animals

萨福克郡 Suffolk
萨拉·伍德 Sarah Wood
萨里郡石南荒原 Surrey Heath
萨塞克斯郡 Sussex
塞缪尔·泰勒·柯尔律治 Samuel Taylor Coleridge
塞特福德森林 Thetford Forest
塞西尔·皮茨 Cecil Pitts
塞西莉亚·尼尔森 Cecilia Nilsson
三叉神经中枢 trigeminal ganglion
三磷酸腺苷 ATP
《三人同舟》Three Men in a Boat

三趾鸥 kittiwake
沙丘鹤 sandhill crane
沙锥 snipe
闪光暗点 scintillating scotoma
《闪灵》The Shining
《闪耀吧，你这疯狂的钻石》Shine On, You Crazy Diamond
山雀 tit
神智学会 Esoteric Society
什罗普郡 Shropshire
矢车菊 knapweed
鸸鸟 nuthatch
双斑草雀 owl-finch
水䶄 water vole
水蒲苇莺 sedge warbler
水青冈 beech
丝盖伞属 Inocybes
斯堪的纳维亚半岛 Scandinavia
斯拉普顿·莱湖 Slapton Ley
斯塔福德郡 Staffordshire
斯塔特角 Startpoint
《斯泰尔斯的神秘事件》The Mysterious Affair at Styles
斯坦利·斯宾塞 Stanley Spencer
斯图 Stu
斯图尔特·史密斯 Stuart Smith

斯沃尼奇 Swanage
松貂 pine marten
苏·巴纳特·史密斯 Sue Barnecutt Smith
穗鹏 wheatear
索邦大学 Sorbonne
索菲亚·戴维斯 Sophia Davis

T. H. 怀特 T.H. White
塔提奥 El Tatio
泰克尔 Tekels
太平鸟 Bohemian waxwing
汤姆·梅希特尔 Tom Maechtle
唐纳德·特朗普 Donald Trump
特里·莫希尔 Terry Masear
天波传播 skip propagation
廷塔基尔 Tintagel
庭园林莺 wood warbler
《庭院鸟类研究》Garden Bird Study
《童军侦探》Scouting for Boys
秃鼻乌鸦 rook
托科皮亚地震 Tocopilla earthquake
托马斯·金 Thomas King
托马斯·内格尔 Thomas Nagel

王鹫 ferruginous hawk
微刺佛塔树 hairpin banksias
韦尔尼水禽湿地信托 Welney Wildfowl and Wetlands Trust
威尔特郡 Wiltshire
《维多利亚农场》Victorian Farm
"维多麦" Weetabix
威廉·劳森 William Lawson
威肯沼泽 Wicken
威廉·布莱克 William Blake
威廉·詹姆斯 William James
温迪·赫蒙 Wendy Hermon
文须雀 bearded reedlings
沃尔顿庄园 Walton Hall
乌鸫 blackbird
无梗花栎 Sessile oak
乌斯河河漫滩 Ouse Washes
五月岛 Isle of May

西昂·赖德 Siân Rider
西贝柳斯 Sibelius
希布伦 Hebron
锡利群岛 Scilly
吸蜜鸟 honeyeater
锡嘴雀 hawfinch

肖恩 Shaun
小嘲鸫 mockingbird
小褐鹎 spectacled bulbul
小马恩岛 Calf of Man
小鸟协会 the Dicky Bird Society
小酸模 sheep's sorrel
小天鹅 bewick's swan
小朱顶雀 redpoll
象海豹 elephant seal
橡树啄木鸟 acorn woodpecker
香脂杨 balsam poplar
匈牙利大家鸽 Hungarian Giant House Pigeon
辛巴火山 Simba
新罕布什尔州 New Hampshire
新南威尔士州 New South Wales
绣球菌 *Sparassis crispa*
悬钩子属 bramble
旋木雀 treecreeper
雪雁 snow geese
荨麻蛱蝶 small tortoiseshell

亚历克斯·索勇-金·庞 Alex Soojung-Kim Pang
《亚瑟王之死》*Le Morte d'Arthur*

崖沙燕 Sand Martin
烟囱雨燕 chimney swift
岩豆 kidney vetch
岩生拉拉藤（自拟名）heath bedstraw (*Galium saxatile*)
鹞子 harrier
夜鹭 black-crowned night heron
耶拿 Jena
野豌豆 vetch
野猪 / 欧亚野猪 boar
伊比萨岛 Ibiza
伊莉莎·布莱特文 Eliza Brightwen
伊妮德·布莱顿 Enid Blyton
伊莎贝拉·罗西里尼 Isabella Rossellini
印第安纳·琼斯 Indiana Jones
印加 Inca
银斑弄蝶 silver-spotted skipper butterfly
银鸥 herring gull
英国鸟类学基金会 British Trust for Ornithology (BTO)
疣鼻天鹅 mute swan
游隼 peregrine /peregrine falcon
《幽情密使》*The Go-Between*
雨燕 swift

鱼鹰 osprey

鹬鸟 snipe

圆叶风铃草 harebell

园蛛 garden spider

"圆桌会运动" Round Table

约翰·宾汉姆 John Bingham

约翰·库珀 John Cooper

约翰·勒卡雷 John le Carré

约翰·刘易斯 John Lewis

约翰·默里 John Murray

《在库克姆数天鹅》Swan Upping at Cookham

詹姆斯·费舍尔 James Fisher

詹森·凡·杜里舒 Jason Van Driesche

沼泽山月桂 swamp laurel

珍奇柜 Wunderkammer

直布罗陀角 Gibraltar Point

智利南洋杉 monkey puzzle

朱迪思 Judith

朱顶雀 / 赤胸朱顶雀 linnet

朱利安·赫胥黎 Julian Huxley

侏鸬鹚 pygmy cormorant

啄序原则 principle of pecking distance

紫翅椋鸟 starling /Eurasian starling

紫杉 yew

棕斑鸠 Laughing dove

文景

Horizon

社 科 新 知　文 艺 新 潮

在黄昏起飞

[英] 海伦·麦克唐纳　著　周　玮　译

出 品 人：姚映然
策划编辑：朱艺星
责任编辑：朱艺星
营销编辑：高晓倩
封扉设计：陆智昌

出　　　品：北京世纪文景文化传播有限责任公司
　　　　　　（北京朝阳区东土城路8号林达大厦A座4A　100013）
出版发行：上海人民出版社
印　　　刷：山东临沂新华印刷物流集团有限责任公司
制　　　版：南京展望文化发展有限公司

开 本：850mm×1168mm　1/32
印 张：10.75　　字 数：182,000　插 页：2
2023年6月第1版　　2024年7月第2次印刷
定 价：79.00元
ISBN：978-7-208-18162-5 / I·2067

图书在版编目（CIP）数据

在黄昏起飞 /（英）海伦·麦克唐纳
（Helen Macdonald）著；周玮译.—上海：上海人民
出版社，2023
书名原文：Vesper Flights
ISBN 978-7-208-18162-5

Ⅰ.①在… Ⅱ.①海… ②周… Ⅲ.①散文集—英国
—现代 Ⅳ.① I561.65

中国国家版本馆 CIP 数据核字（2023）第 031083 号

本书如有印装错误，请致电本社更换　010-52187586